Arno Surminski

Amanda oder Ein amerikanischer Frühling

Arno Surminski

Amanda
oder
Ein amerikanischer Frühling

Roman

Langen*Müller*

Die Hauptpersonen dieses Romans sind frei erfunden, Ähnlichkeiten mit lebenden älteren Damen oder jungen Studenten wären rein zufällig. Real sind dagegen John Wayne, das Monument Valley, der Niagara, die Außerirdischen und »Weekly World News«. Zu danken habe ich Mark Twain für »Roughing It« und Johannes Gillhoff für »Jürnjakob Swehn der Amerikafahrer«.

Arno Surminski

Besuchen Sie den Langen*Müller* Verlag im Internet unter
www.langen-mueller-verlag.de

1. Auflage Juli 2009
2. Auflage August 2009

Umschlaggestaltung: Wolfgang Heinzel
Umschlagfoto: getty-images
Herstellung und Satz: VerlagsService Dr. Helmut Neuberger
& Karl Schaumann GmbH, Heimstetten
Gesetzt aus der 10,7/13,7 Adobe Garamond
Druck und Bindung: GGP Media GmbH, Pößneck
Printed in Germany
ISBN 978-3-7844-3188-8

Für Josephine und Jonathan

Uns Alten bleibt nur eines: das Geld.
Amanda von Vegesack

DIE GESCHICHTE begann an einem regnerischen Tag im Mai, der die Sehnsucht nach fernen Sonnenscheinwelten weckte. Im Schaufenster sah er eine Landschaft mit roten Felstürmen, daneben ein Schild: Mit John Wayne durchs Monument Valley. NUR 1599 DM.

Muss es unbedingt Amerika sein?, fragte die Frau im Reisebüro, die so aussah wie Doris Day in ihren besten Tagen.

Weserbergland kenne ich schon, antwortete er.

Sie blickte zu der Wandkarte, die die Erde im blauen Zustand zeigte, gehalten von dem Spinnennetz der Fluglinien, die so entrückte Namen wie Honolulu, Los Angeles, San Francisco, Vancouver und Seattle verbanden.

Wer für weniger als dreihundert Mark nach Amerika will, muss schwimmen, sagte die Frau und versenkte ihre Hand im tiefen Blau des Ozeans.

Sie wissen schon: Ich dachte an Billigflüge, wo die Passagiere auf Holzkisten im Frachtraum sitzen und Choräle singen.

Amerika umsonst gibt es nicht, erwiderte die Herrin des Spinnennetzes und riet ihm, es mit frommen Sekten zu versuchen, die gelegentlich ihre Nachwuchsmissionare zur Ausbildung über den Ozean schicken. Mit dem Militär käme er auch in der Welt herum, ohne dass es etwas koste.

Melden Sie sich freiwillig, dann fliegen Sie zu Übungen in die Wüste Nevada.

Doris Day machte sich an einem Schränkchen mit Karteikarten zu schaffen und ließ ihn allein mit dem blauen Globus.
Sind Sie Student?
Ja, Bettelstudent.
Sie warf ihm einen kritischen Blick zu. Arme Studenten sollten lieber mit dem Fahrrad durch die Lüneburger Heide radeln, unter Wacholderbüschen schlafen und Preiselbeeren essen, schien sie zu denken. Sie werden übermütig, die Herren Studenten, sie wollen umsonst nach Amerika. Und wohin soll die Reise gehen, wenn sie keine Studenten mehr sind? Vielleicht zum Mond oder doch durch die Lüneburger Heide?
Er erzählte von einem Freund, der mit sieben Quartern in der Tasche und etwas Gelegenheitsarbeit Amerika abgebummelt hatte. Bis auf das Hinkommen sei es eine preiswerte Reise gewesen.
Die Sklavenschiffe fuhren umsonst, behauptete die Frau und wollte wissen, ob er ein bestimmtes Reiseziel habe.
Von Ost nach West oder von West nach Ost, es ist mir einerlei.
Warum Amerika?
Seinetwegen. Er zeigte auf das Schaufensterposter mit John Wayne.
Also ein Westernfan, stellte sie fest und lachte. Wie viel Zeit haben Sie?
Sechs Wochen.
Sie griff ins Kästchen und zog eine Karte, die sie wie Trumpf-Ass auf den Tisch warf. Er sah eine rote Telefonnummer, davor in Klammern gesetzt den Namen: Amanda von Vegesack. Sie ist eine ältere Dame, recht vermögend, aber ein wenig hilflos. Gelegentlich besucht sie ihren Sohn in den Vereinigten

Staaten und braucht für die Reise eine Begleitperson. Wenn Sie das übernehmen, zahlt sie Ihnen das Flugticket und ein kleines Taschengeld für den Aufenthalt.
Er schaute zur blauen Weltkarte, auf der sich die Fluglinien von Frankfurt, Paris, London und Hamburg über New York zu einem schwarzen Knäuel vereinigten.
Frau von Vegesack geht übrigens an Krücken, hörte er aus der Ferne. Es ist aber nicht nötig, sie zu tragen, nur im Notfall.
Gab es nicht eine Amanda, die das Lied »Follow me« berühmt gemacht hatte?, fragte er.
Die ist es nicht, antwortete das Reisebüro.
Wie alt ist sie?
Sie behauptet, sie sei siebzig, ich vermute, es werden ein paar Jahre mehr sein, aber für Sie sollte das Alter keine Rolle spielen, es handelt sich ja nur um Stunden.
Das erklärte die Frau, während sie die Karteikarte drehte und wendete, auf den Kopf stellte, einordnete und wieder herausnahm.
Ihre Aufgabe wird es sein, das Gepäck zu tragen, Amanda beim Ein- und Aussteigen zu helfen, unterwegs neben ihr zu sitzen, sie zu unterhalten und ihr zuzuhören. In New York holt ihr Sohn sie vom Flughafen ab.
Und bis zum Rückflug habe ich frei?
So frei, wie man mit sieben Quartern sein kann.
Die Frau griff zum Telefon und wählte Amandas Nummer.
Bei mir ist ein Student, der nach Amerika will, hörte er sie sagen. Schätzungsweise vierundzwanzig Jahre alt, ein Meter achtzig groß, blondes Haar, blaue Augen …
Frau von Vegesack möchte wissen, was Sie studieren.
Medizin.

Tiermedizin wäre ihr lieber, aber Humanmedizin geht auch, es könnte ja Unpässlichkeiten auf der Reise geben. Sind Sie in der Lage, einem alten Menschen den Puls zu fühlen?
Die Frau reichte ihm den Hörer.
Sie möchte Ihre Stimme hören.
Ich heiße Konrad Eisbrenner … Weiter kam er nicht.
Konrad? Das ist doch der aus dem Struwwelpeter, fiel sie ihm ins Wort und wollte wissen, ob er mit dem Komponisten Eisbrenner verwandt sei. Den habe sie bei den Dreharbeiten zu »Große Freiheit Nr. 7« kennengelernt, nach seinen Liedern habe sie getanzt.
Er hörte eine raue, tiefe Stimme wie die der Amanda Lear. Über dem grönländischen Eis wird sie behaupten, diese Stimme der Zarah Leander kurz vor ihrem Tode abgekauft zu haben.
Sie fragte nach englischen Sprachkenntnissen und Verwandten in Amerika. Außerdem: Wie steht es mit Frauen? Es geht nur, wenn wir allein reisen. Eine mitreisende Freundin lenkt schrecklich ab.
Danach legte sie auf.
Die Herrin des Reisebüros lächelte, ein Lächeln, in dem sich Mitleid und Bewunderung mischten.
Also auf nach New York!
Kennen Sie die Frau näher?
Sie ist unsere beste Kundin. Kehrt sie von einer Reise zurück, plant sie die nächste. Sie werden Ihren Spaß mit ihr haben. Amanda ist übrigens auch ein Westernfan. Als John Wayne starb, flog sie zu seiner Beerdigung nach Amerika.
Als Konrad Eisbrenner schon an der Tür stand, winkte sie ihn zurück.

Gehen Sie vorher zum Friseur, junger Mann. Amanda mag keine Männer mit ungepflegten Haaren. Und stellen Sie sich darauf ein, dass sie morgen fliegt, vielleicht auch erst in einer Woche. Bereit sein ist alles!
Am nächsten Tag rief das Reisebüro an und bat um ein Foto. Amanda wollte sich ein Bild von ihm machen.

18. Mai 1990, morgens

DAMALS WAR ER MEDIZINSTUDENT im fünften Semester. Siebzehn Jahre später, als er sich daranmachte, Amandas Geschichte aufzuschreiben, arbeitete er als Chirurg an jener Klinik, in der der große Sauerbruch, noch bevor der Zweite Weltkrieg zu wüten begann, Amanda den Bauch aufgeschnitten hatte. Hätte sie vorher gewusst, dass er in anderer Leute Leiber herumschneiden wollte, wäre es zu der Reise nie gekommen. Zehntausend Meter über dem Atlantik sagte sie: An fremden Menschen herumzuhantieren ist ein furchtbarer Beruf. Und das noch an Kranken. So etwas tut man nicht!

Man muss viele Frösche küssen, um einen Prinzen zu finden! Mit diesem Kalenderspruch, den er unter »Zu guter Letzt« in der Morgenzeitung gefunden hatte, machte sich Konrad Eisbrenner auf den Weg nach Amerika. Er hatte nicht vor, die Prinzessin Amanda wachzuküssen. Zehn Stunden wollte er neben ihr im Flugzeug sitzen, danach sollte ihm Amerika zu Füßen liegen. Er war hochgestimmt und voller Erwartungen. Seine erste Reise ins Gelobte Land.

Um sieben Uhr stand er am PanAm-Schalter und sah aus wie ein Tramp vor dem großen Abenteuer. Er trug Jeans, Turnschuhe und ein T-Shirt mit dem Bild des bärtigen Fidel Castro. In einem Rucksack führte er die Kleinigkeiten mit, von denen er annahm, sie genügten für Amerika. Während er wartete, träumte er amerikanisch: Hinab in den tiefen Süden, zu den Nationalparks des Westens, per Schiff über

die Großen Seen, im Greyhoundbus zu den Niagarafällen, einmal mit einem Silbertruck die Highways abfahren, per Eisenbahn nach Santa Fe, im Monument Valley die Kojoten hören …, alles wäre möglich.
Vermutlich erschrak sie, als sie ihn erblickte. Auch er erschrak, denn Amanda saß im Rollstuhl. Hupend bahnte sie sich ihren Weg durch die Menschenmenge, eine Person, so klein, so zierlich, auf dem Kopf ein Sommerhütchen mit Trockenblumenstrauß, ein gebräuntes, faltiges Gesicht, hellwache Augen wie ein verschrecktes Reh. Auf dem Schoß lag die Krücke, ein schwarzes Täschchen baumelte um den Hals, die Hände versteckte Amanda in lachsfarbenen Handschuhen. Sein erster Gedanke: Sie wiegt keine hundert Pfund.
Sie bremste den Rollstuhl scharf neben ihm und sagte: Ich werde dich Conny nennen und du darfst Amanda sagen.
Für zehn Stunden wäre ihm das distanzierte Sie lieber gewesen, aber sie wollte Amanda und Conny, weil es so ähnlich klang wie das berühmte Räuberpaar Bonnie und Clyde.
Sie drückte ihm ein paar Geldscheine in die Hand und bat, den am Eingang wartenden Taxifahrer zu bezahlen.
Als er zurückkehrte, tippte sie mit der Krücke auf seine Brust.
Das T-Shirt musst du ausziehen und in den Müll werfen, Conny. Mit Fidel Castro auf der Brust lassen die Amerikaner keinen einreisen.
Er gehorchte halb, indem er über das T-Shirt einen Pullover streifte, der Fidel Castro unsichtbar machte.
Wegwerfen geht nicht, sagte er, es ist das Geschenk einer Freundin.

Während er die üblichen Sicherheitskontrollen über sich ergehen lassen musste – der Rucksack wurde entleert, sein Inhalt aufs Fließband gegeben, das Fidel-Castro-T-Shirt durfte unbeanstandet an seinem Körper bleiben –, öffneten sich für Amanda alle Türen. Sie schien eine bekannte Größe zu sein, das Personal lächelte sie an, die Polizisten winkten sie durch, eine Lautsprecherstimme verkündete, Amanda von Vegesack werde an Gate 17 erwartet.

Seine zweite Dienstleistung bestand darin, sie aus dem Rollstuhl zu heben. Im Flugzeug brauche sie keinen Rollstuhl, erklärte sie, und in New York werde ein neuer Rollstuhl an der Gangway stehen.

Die linke Hand führte die Krücke, die rechte hängte sie an seinen Arm. Sie reichte ihm bis zur Schulter, er spürte Elle und Speiche ihres Armes in seiner Seite, die ganze Person schien zerbrechlich.

Plötzlich blieb sie stehen und musterte ihn von oben bis unten.

Ich weiß nicht, ob sie dich in diesem Aufzug in die erste Klasse lassen, Conny. Ich werde der Stewardess versprechen müssen, dich in New York neu einzukleiden, damit du auf dem Rückweg manierlicher aussiehst.

Das betraf die Turnschuhe, die ausgefransten Jeans und den Pullover, der eine vom Einsturz bedrohte Brücke mit dem verblichenen Namenszug »Golden Gate« zeigte.

Wenn einer durch Amerika trampen will, muss er so aussehen, sagte er. Mit Schlips und Kragen geht Amerika nicht.

Das gefiel ihr, sie klopfte ihm auf die Schulter und lachte.

Vor allen anderen durften sie die Maschine betreten. Die Stewardess umarmte Amanda. Der Kapitän erschien und gelei-

tete sie zu ihrem Platz, Konrad Eisbrenner zockelte wie ein Maulesel hinterher.
Wer war Amanda, dass ihr alle so huldigten? Gehörte ihr das Flugzeug oder die ganze PanAm-Gesellschaft? War sie Königin in Hollywood gewesen oder Tänzerin am Broadway?
Die Stewardess brachte mehrere Kissen, die sie vor Amanda auf dem Boden ausbreitete.
Heb mal meine Füße an, Conny.
Auch ihr Anschnallen musste er besorgen.
Ist es deine erste Amerikareise?
Er nickte.
Beim ersten Mal ist es am schönsten, meinte sie und schwärmte vom amerikanischen Frühling. Die Kakteenwüste Arizonas ist im Frühling das Größte, was Amerika zu bieten hat.
Als die Maschine zum Start beschleunigte, griff sie nach seiner Hand. Amanda schloss die Augen und öffnete sie erst, als sie über den Wolken flogen.

Blaues Blut

SIE HATTE IHM den Fensterplatz zugewiesen, zwischen ihnen lag die Krücke, ein Stück schwarzes Ebenholz mit goldverziertem Knauf.
Ich habe schon alles gesehen, erklärte sie und erzählte von ihrem ersten Flug mit einer »Superconstellation« vor fünfunddreißig Jahren. Stundenlang saß ich am Fenster und zählte Schiffe. Wir sahen siebenunddreißig Dampfer, bevor wir vor Neufundland in den Nebel gerieten.
Mit geschlossenen Augen saß sie neben ihm. Ab und zu zuckten ihre Lider, er hatte das Gefühl, sie beobachte ihn. Er vertiefte sich in die PanAm-Safety-Informationen, die so furchtbare Dinge wie das Aufblasen von Schwimmwesten und den Gebrauch der Notrutschen schilderten. Über den Rand des Papiers hinweg sah er ihre überpuderten Krähenfüße, die braunen Flecken auf den vertrockneten Händen und die hervortretenden blauen Adern. Amanda hatte einen Adligen geheiratet, seitdem besaß sie blaues Blut. War Vegesack nicht ein Vorort von Bremen?
Auch im Flugzeug trug sie ihr Hütchen. Die Goldkette schien zu schwer für den zarten Hals, ein mit Steinen besetzter Ring hob sich vorteilhaft vom Schwarz der Krücke ab. Im Central Park in New York werden sie dir die Kette vom Hals reißen und den Finger samt Ring abschneiden, dachte er und versuchte sich vorzustellen, wie die zierliche Person vor fünfzig Jahren ausgesehen haben mochte: Bubikopf, Rehaugen,

Grübchen im Gesicht, ein sehr kleiner Mund. Sicherlich eine Schönheit, nach der sich die Männer in Berlin, Hamburg, München, Paris und New York umschauten. Etwas Geheimnisvolles umgab die kleine Frau; die wenigen Stunden bis New York würden nicht ausreichen, um das Geheimnis zu lüften.

Eine Viertelstunde lang fiel kein Wort, nur das Flugzeug dröhnte und die Stewardessen flüsterten. Amanda kommentierte die ungewöhnliche Stille später mit den Worten: Durch Schweigen hat sich noch keiner um Kopf und Kragen geredet.

Die Stewardess brachte ihm ein Sandwich und einen Becher Joghurt, Amanda bestellte geistige Nahrung: »Financial Times« und »Wall Street Journal«. Zwischen ihnen die Krücke, die die Welt teilte: links Käsesandwich und Erdbeerjoghurt, rechts die Türme des Kapitals, unter ihnen Nordfrankreich.

Bevor sie sich ins bedruckte Papier vertiefte, brach sie ihr Schweigen. Hast du eine Großmutter, Conny?

Sie ist vor drei Jahren gestorben.

Die Leute sollen nicht denken, dass ich mit meinem Enkelsohn auf Reisen bin. Deshalb bitte ich dich von Herzen, sag niemals, ich sei deine Großmutter.

Also gut, für die paar Stunden konnte er die Rolle eines jugendlichen Freundes einer alten Dame spielen. Danach wird er durch Manhattan bummeln, zu einer Greyhound-Station gehen und fragen, wann der nächste Bus nach Texas fährt.

Der Dollar ist gestiegen, ärgerte sich die Kapitalistin an seiner Seite. Sie treiben immer das gleiche Spiel: Im Frühling,

wenn die Touristen ausschwärmen, jagen sie den Dollar in die Höhe, im Herbst, wenn sie abreisen, fällt er in die Tiefe.
Über der Kanalküste erwähnte sie einen Feldflughafen, in dessen Kasino sie getanzt hatte, vermutlich im September 40. Wenn die Piloten vom Englandflug zurückkehrten, mussten sie aufgeheitert werden. Ein junger Mann namens Harry hatte gesungen, Amanda getanzt.
Die Kapitalistin war also auch Tänzerin. Er warf einen verstohlenen Blick auf ihre dünnen Beinchen, entdeckte auch hier blaue Adern unter durchsichtigen Seidenstrümpfen.
Starr nicht so unverschämt auf meine Beine, Conny! Das ist das Los aller Tänzerinnen. Wenn sie älter werden, versagen ihre wichtigsten Werkzeuge den Dienst.

***

> Der große Vorzug adliger Abkunft ist,
> dass sie die Armut besser ertragen lässt.
> *Nietzsche*

ALS DIE TOWER BRIDGE AUFTAUCHTE und rechter Hand der Buckingham-Palast grüßte, offenbarte sie ihm, dass sie Elisabeths Krönung beigewohnt habe. Das englische Königshaus habe so lange mit der Zeremonie gewartet, bis das Fernsehen erfunden war und Millionen Menschen die Feier sehen konnten.
Glaub mir, die über alle Sender verbreitete Krönungsfeier hat mehr zum Ansehen Großbritanniens beigetragen als sämtliche Schlachten von Trafalgar bis El Alamein.

Conny kannte beide nicht.
Hat man dich nach London eingeladen?
Nein, ich stand vor dem Schaufenster eines Radiogeschäfts in Wanne-Eickel. Zwei Dutzend Passanten drückten sich die Nase platt, um die junge Königin in Schwarz-Weiß zu sehen.
Du liebst also Königshäuser?
Amanda behauptete, schon vielen Königen und Prinzen begegnet zu sein. In ihrer Jugend habe sie mit den Hohenzollern zu Mittag gegessen, der Kronprinz sei wirklich ein schrecklicher Schürzenjäger gewesen. Sie habe sich seinen Nachstellungen nur mit der Bemerkung entziehen können, sie sei noch nicht konfirmiert und immer noch Jungfrau.
Sie blickte ihn herausfordernd an, als erwarte sie, dass er nach den näheren Umständen ihrer Defloration fragen würde, aber er kratzte lieber die Reste aus dem Joghurtbecher.
Wer für das Schöne, Erhabene und die Kunst ist, muss Royalist sein, erklärte sie feierlich. Die Republikaner in ihren steifen schwarzen Anzügen kämen ihr vor wie die Teilnehmer einer Beerdigungsgesellschaft. Gegen die Kommunisten hatte sie dieses vorzubringen: Sie machen die Welt so grau und hässlich. Stell dir vor, Conny, eine Milliarde Chinesen läuft in blauen Kitteln herum!
Ein rumänischer Prinz hatte um Amandas Hand angehalten, da war es schon zu spät, sie war bereits verheiratet. Mit der Zarentochter Anastasia trank sie nach einer Tanzdarbietung im Separee Kaffee, dabei plauderten sie über das traurige Schicksal der Romanows.
Kurz bevor die Maschine zur Zwischenlandung in Heathrow aufsetzte, erfuhr er, dass Amanda John F. Kennedy den Königen zurechnete. Mit ihm sei sie im offenen Auto durch

Berlin gefahren und habe ihm den Satz »Ich bin ein Berliner« beigebracht.
Ihm kamen Bedenken, sie bemerkte es und sagte:
Du brauchst nicht den Kopf zu schütteln. Als du auf die Welt kamst, war Kennedy schon lange tot.
In Heathrow hängte sie sich wieder an seinen Arm, ein Bild wie Königinmutter mit einem ihrer Enkelprinzen. An der Gangway stehend, blickte sie über das Rollfeld, aber kein Mitglied der königlichen Familie war erschienen, sie zu begrüßen.
Sie vertraute ihm an, so alt werden zu wollen wie die Königinmutter. Die Windsors haben kräftige Männer und langlebige Frauen.

Nie mehr Lockerbie

NACH DER DURCHSAGE, die Maschine nehme nun Kurs über Schottland Richtung Island und Grönland, schickte sie die Stewardess zum Kapitän mit der Bitte, nicht über Lockerbie zu fliegen.

Der Name regt mich schrecklich auf. Lieber ins Meer fallen, als so zugrunde gehen wie in Lockerbie. Damit du es weißt, Conny, es war eine PanAm-Maschine, die den kleinen schottischen Ort berühmt gemacht hat.

Ob der Flugkapitän ihren Wunsch erfüllte, wurde nicht bekannt; die Maschine flog über den Wolken, Schottland und Lockerbie blieben unsichtbar.

Nach der Erwähnung von Lockerbie befasste sie sich mit den Safety-Informationen, und zwar mit dem Kapitel Notrutschen. Sie erwartete, Conny solle sie zur Rutsche tragen und mit ihr, ohne loszulassen, in die Tiefe sausen. Wo enden Notrutschen im Ozean?

Im Rachen eines Walfisches, behauptete sie und lachte.

In jedem Fall sollte er ihre Krücke retten, die sei kostbar.

Er versprach es und stellte sich das Ebenholz in meterhohen Wellen vor, ein Strohhalm, an dem eine Feder namens Amanda hing.

Bist du versichert, Conny?

Wer jung ist, braucht keine Versicherung.

Ich habe dich versichert. Wenn du aus dem Flugzeug fällst, bekomme ich eine Million Dollar.

Und was bekomme ich, wenn du aus dem Flugzeug fällst?
Nothing, mein lieber Conny. Wer jung ist, kann auch ohne Geld glücklich sein.
Die Stewardess brachte Champagner.
Zur Feier des Tages, sagte Amanda und tat so, als feiere sie Verlobung, Hochzeit oder Geburtstag. Sie legte ihre trockene Hand auf seinen Arm, um der Stewardess und den Mitreisenden, vor allem der Rothaarigen, die hinter ihnen saß, zu demonstrieren: Seht her, die Alte reist mit einem jugendlichen Liebhaber nach Amerika! Die Gläser klirrten, Amanda beteuerte – da hatte sie noch keinen Schluck getrunken –, dass sie einen Schwips habe.
Er hätte gern geschlafen, aber das erlaubte sie nicht.
Ich habe noch viel zu erzählen. Bist du enttäuscht, mit einer alten Frau nach Amerika zu fliegen?
Nein, überhaupt nicht, ich bringe auch Großmütter über die Straße und helfe ihnen die Treppe rauf, wenn es sein muss.
Damit du nicht lange herumrätselst, werde ich dir mein Alter verraten: Ich bin wenige Wochen vor Ausbruch des Ersten Weltkrieges geboren.
Ich dachte an den Zweiten Weltkrieg.
Danke, flüsterte sie und befahl ihrer trockenen Hand, seine Wange zu streicheln.
Du hast dich nicht rasiert, Conny!
Sie hielt einen Vortrag über die potenzsteigernde Wirkung von Bärten. Alle ihre Männer trugen Bärte, aber ordentliche Bärte, nicht diese Verlegenheitsstoppeln, wenn der Kerl morgens nicht aus dem Bett finden kann. Lass dir in Amerika einen anständigen Bart wachsen, Conny, dann bist du auf der Rückreise ein richtiger Mann.

Keine Angst vorm Fliegen

Wie oft bist du schon geflogen?
Einmal Hamburg-Berlin, als es noch die Mauer gab.
Hamburg-Berlin hielt sie für einen Grashüpfersprung, richtiges Fliegen beginne über den Ozeanen. An die dreißig Mal hatte sie den Erdball umrundet, sieben Meere und fünf Kontinente überflogen, nur die Tasmanische See und die Antarktis fehlten in ihrer Sammlung. Ihre Lieblinge waren die Huskys der Alaska Airlines.
Man muss sehr alt werden, um so viele Meilen zu sammeln, dachte Conny.
PanAm wird bald sterben, flüsterte sie. Wenn du PanAm-Aktien hast, musst du sie sofort verkaufen.
Conny besaß weder PanAm- noch sonstige Aktien.
Sie blickte zu der Rothaarigen und sagte so laut, dass die es hören musste: In Brisbane lebt Eduard, mein zweiter Sohn. Willst du mich begleiten, Conny, wenn ich nach Australien fliege?
Die Rothaarige schüttelte den Kopf.
Amanda griff nach seiner Hand und betrachtete die Innenfläche wie eine Zigeunerin, die Leben und Tod vorhersagen kann.
Das sind nicht die Hände eines Löwenmannes, erklärte sie. Damit kannst du unmöglich Menschen operieren, versuche es lieber als Gynäkologe.
Woher wusste sie, dass er im Sternzeichen Löwe geboren war?

Hatte sie Erkundigungen eingeholt? Jedenfalls hielt sie Löwenmänner für sanft und plüschig wie im wahren Löwenleben. Sie liegen auf der Couch und überlassen den Löwenfrauen die Arbeit.
Du bist am 30. Juli 1966 auf die Welt gekommen, als im Wembley-Stadion dieses ominöse Tor geschossen wurde, sagte die Zigeunerin.
Die Rothaarige schüttelte den Kopf.
Du brauchst keine Angst vorm Fliegen zu haben, runter kommen wir alle. In über tausend Flugstunden bin ich dem Tod noch nie über den Wolken begegnet. Der liegt unter den Betten und kommt, wenn es Zeit ist, aus der Matratze gekrochen.
Ich habe keine Angst vorm Fliegen.
Die Rothaarige lachte.
Amanda erzählte die Geschichte von einer Bruchlandung in Chicago, als sie auf Rutschen in den ekligen weißen Schaum gleiten musste. Übergeben hatte sie sich nur bei ihrem ersten Flug, als eine Propellermaschine auf dem Weg von Zürich nach Italien in ein tiefes Loch fiel. Amanda war gerade schwanger.
Sie bestellte für ihn einen Brandy, der den Magen beruhigen sollte.
Aber mein Magen ist okay.
Vor meinen Hochzeiten habe ich immer einen doppelten Brandy getrunken, nur so sind Hochzeiten zu ertragen.
Die Rothaarige schüttelte den Kopf.
Die Stewardess brachte das goldschimmernde Getränk, Amanda fragte nach dem Namen. Als sie »Napoleon« hörte, gab sie die Gläser zurück. Der Korse sei ein Bandit gewesen,

der in der Gegend, in der sie auf die Welt gekommen war, viel Unheil angerichtet hatte.
Stell' dir vor, irgendwann erfindet jemand einen Hitler-Schnaps und verkauft ihn im PanAm-Duty-free-Shop!
Der war doch Antialkoholiker, wagte Conny einzuwenden.
Wenigstens das, seufzte Amanda. Es hätte sich bestimmt ein Verteidiger gefunden, um auf Unzurechnungsfähigkeit zu plädieren, weil der Kerl betrunken war, als er die Welt ansteckte. Eine schlechte Jugend hat er auch gehabt, und diese ständigen Probleme mit Frauen. Jawohl, A. H. hätte mildernde Umstände bekommen und wäre resozialisiert worden!
Die Stewardess brachte zwei neue Gläser.
Amanda beobachtete die Rothaarige aus dem Augenwinkel mit jenem abschätzigen Blick, den Frauen für andere Frauen haben. Sie erzählte, nun in gedämpftem Ton, die Geschichte der jungen Frau, die Stewardess bei PanAm gewesen sei, bis sie reich heiratete. Seitdem flog sie hin und her, um sich von ihren früheren Kolleginnen bedienen zu lassen.
Nach ihrem Urteil war die Person furchtbar fett, was sie auf das faule Herumsitzen in den Flugzeugen zurückführte.
Vor Jahren, Conny, als Öl wie flüssiges Gold gehandelt wurde, hätte ich einen Scheich heiraten können. Die Verbindung scheiterte am Fett. Ich war ihm zu mager, er war mir zu dick. So nahm das Schicksal seinen Lauf, und die Ölpreise stiegen und fielen, wie sie wollten.
Sie fragte, nun wieder so laut, dass die Rothaarige es hören musste, ob er fette Frauen möge.
Ab hundertachtzig Pfund wird es unästhetisch.
Amanda hielt fünfzig Kilo für eben noch erträglich.
Darauf tranken sie einen Brandy.

Der Optimist schaut in die Ferne,
der Pessimist will nur nach Hause.

Wir sind beide Optimisten, Conny. Ich habe es deiner Stimme am Telefon angemerkt. Wer ohne Geld nach Amerika reisen will, muss Optimist sein.
Er fragte nach ihrem Sohn.
Mein Richard lebt in den Blue Mountains und die Blue Mountains liegen in Pennsylvania.
Einen Termin für ihre Rückreise konnte sie nicht nennen. In vier Wochen oder in sechs. Wir treffen uns an einem Sonntagmorgen am Kennedy-Flughafen, auf dem Heimflug muss jeder erzählen, was er in Amerika erlebt hat.
Über den Orkneyinseln bestellte sie einen weiteren Brandy, um mit ihm auf Scapa Flow anzustoßen. Ich bin nicht fürs Kriegerische, aber in Scapa Flow hat sich ein wirkliches Heldenstück ereignet.
Conny wusste nichts von den Helden Scapa Flows, aber Amanda hatte ihnen die Hand geschüttelt. Nach der Rückkehr von Scapa Flow war Prien mit seiner U-Boot-Besatzung im Café Vaterland in Berlin aufgetreten. Amanda tanzte, Prien küsste ihr die Hand, die »Royal Oak« lag mit tausend britischen Matrosen auf dem Grund des Meeres und in Deutschland sangen sie »Das kann doch einen Seemann nicht erschüttern« …
Was soll aus euch nur werden, wenn ihr nicht mal Scapa Flow kennt?, seufzte sie.
Dafür kannte er Little Richard und Jerry Lee Lewis. Jede Generation hat ihre eigenen Helden.

Sie entnahm einem Etui einen Zigarillo, steckte ihn in eine goldene Spitze und bat die Stewardess um Feuer.
Ich darf das, Conny, aber du solltest in meiner Gegenwart nicht rauchen. Wenn einer so alt ist wie ich, kommt es nicht mehr darauf an, aber du musst deine Lunge schonen, du wirst noch viel laufen müssen. Außerdem: Ein Mediziner, der raucht, kommt mir vor wie ein Tankwart, der mit einer brennenden Zigarette an der Zapfsäule steht.
Die Rauchringe verfingen sich im Trockenblumenstrauß, sie hüstelte.
Er dachte an Schlafen, aber sie redete ohne Unterlass. Ihm wurde klar, dass er nicht zum Schlafen engagiert war, sondern zum Zuhören. Über der Küste Islands erfuhr er, dass sie vor einem Vierteljahrhundert um ein Haar einen Isländer geheiratet hätte, den bekanntesten Tennisspieler der Insel, der es nie zu Weltruhm gebracht habe, aber ein vollendeter Kavalier gewesen sei.
Über Grönland wollte sie mit ihm Eisbären zählen, doch La Jana kam ihnen dazwischen.
Vor fünfzig Jahren sah ich aus wie La Jana. Ich nehme an, du hast schon mal etwas vom »Tiger von Eschnapur« gehört.
Hatte er nicht. Als das Raubtier in den Kinos brüllte, schwamm Konrad Eisbrenner noch im großen Teich. Als er geboren wurde, lag der »Tiger von Eschnapur« schon im »Indischen Grabmal« und die Engländer schossen in Wembley das dritte Tor.
Wenn du über Grönland einschläfst, werde ich dich mit der Krücke wach klopfen, drohte sie. Neben mir ist noch nie ein Mann eingeschlafen.
Der Anblick der Gletscher jagte ihr einen Schauer über den

Rücken, sie fröstelte. Die Stewardess brachte eine Decke, Connys Aufgabe war es, Amandas Beine einzuwickeln.
Unter ihnen blaue Eisseen wie Tintenkleckse auf weißem Papier.
Wir beschmutzen alles, stöhnte sie. Amanda litt unter der Vorstellung, aus den Toiletten der Flugzeuge fielen ständig braune Dreckklumpen auf den weißen Spiegel des Grönlandeises. Bei meinem ersten Atlantikflug hat das Grönlandeis sauberer ausgesehen, es war geradezu strahlend.
Er erhielt den Auftrag, aus zehntausend Metern Höhe Eisbären zu zählen. Er entdeckte keinen, aber sie glaubte, auf einer Scholle, so groß wie das Saarland, liege eine Eisbärenmutter mit zwei Jungen. In Gottes Namen, im Saarland gibt es eine Eisbärenmutter mit zwei Jungen, dachte Conny.
Er bestellte Pepsi-Cola und verursachte damit einen Eklat. Auf keinen Fall Pepsi! Wenn schon ein Getränk, muss es Coca-Cola sein. Das ist so, weil ich Coca-Cola-Aktien habe und keine Pepsi-Aktien!
Die Maschine hatte keinen Tropfen Coca-Cola an Bord, was bei Amanda einen Zornesausbruch verursachte. Sie werde nur noch mit einer Airline fliegen, die Coca-Cola ausschenke, rief sie so laut, dass es bis zur zehnten Sitzreihe zu hören war und die Rothaarige sich angewidert umschaute. Sofort nach der Landung wollte sie das PanAm-Hauptquartier in der Park Avenue aufsuchen, um dem Chairman zu erklären, PanAm werde untergehen, wenn nicht auf der Stelle Coca-Cola an Bord der Maschinen käme.
Zur Beruhigung spendierte die Stewardess wieder Champagner. Nachdem sie am Glas genippt hatte, stellte sie die Fragen aller Fragen: Weißt du, ob Grönland zu Europa oder zu

Amerika gehört? Ich bin schon hundertmal über die Eiswüste geflogen, aber niemand konnte mir sagen, zu welchem Erdteil das viele Eis gehört.
Er trank Champagner und erfand für Grönland einen neuen Kontinent, Nordpolynesien wäre eine Möglichkeit.
Wir sollten eine Schlittenfahrt im ewigen Eis unternehmen, Conny. Wir beide allein mit den Gletschern. Sechs Schlittenhunde vor uns und drei Flaschen Whiskey aus dem PanAm-Duty-free-Shop im Pelzmantel. Ich werde, eingemummelt wie eine russische Großfürstin, im Schlitten sitzen, du stehst hinter mir, knallst mit der Peitsche und beschützt mich vor den Wölfen. Danach musst du mir einen Iglu bauen.

***

> Auf der Fahrt von England nach Amerika ist die Sonne sieben Wochen und zwei Tage lang morgens richtig aufgegangen und abends richtig unter. Aber als wir hier ankamen, wurden die Uhren sechs Stunden nachgestellt. Lieber Freund, ich weiß nicht, wo die sechs Stunden geblieben sind.
> *Jürnjakob Swehn der Amerikafahrer*

SIE WURDE NICHT MÜDE. Er hätte gern eine Stunde geschlafen, um die Zeit bis zur Ankunft zu verkürzen, aber Amanda erzählte von einem Wintertag im Sommer. Ende Mai fiel noch Schnee. In der Nacht erfroren die Apfelblüten. Ihre Mutter sagte später, das Kind sei in der Schafskälte geboren.

Weißt du, wo Königsberg liegt?
Eine Stadt in Bayern.
Ach, ihr jungen Leute seid so unwissend!, jammerte sie. Natürlich gibt es ein Königsberg in Bayern und Montreal ist auch ein Königsberg, aber ich meine das große, alte Königsberg im Osten, die Perle Preußens.
Vierzig Kilometer davon entfernt war Amanda auf die Welt gekommen, in einer Gegend, in der Ende Mai noch Schnee fiel und die Winter so kalt waren wie in Grönland.
Vom Schnee habe ich das Tanzen gelernt, erklärte sie. Ich stand oft am Fenster und sah den tanzenden Schneeflocken zu.
Während sie den Schneewalzer summte, entdeckte er im grönländischen Eis einen schwarzen Fleck. Das war nicht der Müll einer Transkontinentalmaschine, sondern ein Fels, der sich aus dem Eis ans Licht gearbeitet hatte. Eisbären fand er keine, die lebten im Saarland.
Ihr Geburtsort hieß Domnau.
Das klingt ein wenig dämlich. Gelegentlich fragten die Leute, ob das das Nest sei, wo das Langholz quer gefahren werde.
Ihr Vater war ein Weinvertreter, der die Provinz bereiste, um roten Burgunder in die Schlösser und Herrenhäuser zu bringen. Als Amanda geboren wurde, reiste er gerade. Auf seinen Touren hatte er ihre Mutter kennengelernt. Sie, ein Kindermädchen im Schloss von Sorquitten, wollte endlich selber Kinder haben. So kam Amanda auf die Welt, vom Vater erbte sie die Reiselust, von der Mutter die Schönheit, von den Schneeflocken die Liebe zum Tanz.
Ein paar Kilometer hinter Grönland – in Europa tranken sie den Nachmittagskaffee, in New York gingen die Wall-Street-Broker zur Arbeit – öffnete Amanda ihr Täschchen und be-

gann, mit einem Fotoapparat zu hantieren. Die Stewardess sollte ein Bild von ihnen aufnehmen. Amanda kam nahe zu ihm, hängte sich an seinen Arm und zuckte zusammen, als der Blitz aufleuchtete. Weil sie ihre Krücke nicht versteckt hatte, musste die Prozedur wiederholt werden. Stirnrunzelnd betrachtete sie das Ergebnis.

Würdest du sagen, da sitzt eine Oma neben ihrem Enkelsohn?

Nein, ein Medizinstudent neben einer Tänzerin.

Das gefiel ihr. Auf die Rückseite des Bildes schrieb sie: Conny und Amanda im Anflug auf die Neufundlandbänke.

Sie fragte nach seinem Fotoapparat. Er besaß keinen.

Du reist ohne Fotoapparat nach Amerika! Wie willst du den Leuten beweisen, dass du im Monument Valley gewesen bist?

Nach dem Abstecher in die Fotografie vertiefte sie sich in ein Kreuzworträtsel und fragte nach einem altägyptischen Herrscher mit sechs Buchstaben.

Er kannte keinen Pharao und redete sich auf seine Jugend heraus. Zur Zeit der altägyptischen Herrscher habe ich noch nicht gelebt.

Also werden wir zu den Pyramiden reisen und dich auf ein Kamel setzen müssen, kommentierte Amanda diesen Ausbruch von Unwissenheit.

Ihre Hand mit den blauen Adern kritzelte Ramses aufs Papier.

Sibirischer Strom mit vier Buchstaben?

Ein Mädchen hätte ich nach dem sibirischen Strom benannt, aber meine Lena heißt Richard. Er ist ein Zweimetermann und breit wie ein Scheunentor.

Conny wunderte sich, wie eine so zierliche Person einen Zweimetermann auf die Welt bringen konnte. Kennst du ein russisches Herrschergeschlecht mit sieben Buchstaben?

***

Alter ist die hoffnungsloseste aller Krankheiten.
Heinrich Mann

IHRE TÄNZERISCHE BEGABUNG kam nicht nur von den Schneeflocken, sondern auch von Papas Rotwein. Der arme Vater! Im Ersten Weltkrieg musste er zu den Soldaten, nicht um dort Wein zu verkaufen, sondern um zu sterben. Sie bekam keine Geschwister und musste allein durch die Welt tanzen.
Sieht man mir die Tänzerin nicht an, Conny?
Er blickte verstohlen zur Krücke.
Ja, ich weiß, was du sagen willst: Eine Tänzerin mit Krücke ist wie ein Kahlköpfiger, der ein Haarwuchsmittel verkaufen möchte.
Er fragte nach einem Bild der tanzenden Amanda und erfuhr, dass sie zu Hause ein ganzes Zimmer mit Fotos aus ihrer Zeit als Tänzerin tapeziert habe, aber unter keinen Umständen ihre jugendliche Schönheit mit der alternden Wirklichkeit verglichen sehen wollte. Sie hatte Max Reinhardt in Berlin vorgetanzt.
In Wirklichkeit heiße ich Mata Hari, Conny. Wenn du jetzt sagst, du hättest den Namen noch nie gehört, bin ich sehr traurig.

Du meinst die Spionin?
Nein, die Tänzerin. Jeanne Moreau hat sie in einem Film gespielt, aber du kennst weder Mata Hari noch Jeanne Moreau. Was soll aus dir bloß werden?
Unten tauchte die Küste Amerikas auf, Amanda fragte nach einem römischen Hügel mit sieben Buchstaben.
Die Rothaarige rauschte vorüber Richtung Bord-WC und warf dem ungleichen Paar einen missbilligenden Blick zu.
Amanda fragte, ob er schon eine Ballettaufführung gesehen habe, sterbender Schwan oder so.
Als er den Kopf schüttelte, wandte sie sich enttäuscht ab.
Du magst Tänzerinnen nicht, gib es zu, und wenn, dann nur die nackten.
Sie schwor, niemals nackt auf einer Bühne gestanden zu haben. Den ganzen Nacktheitswahn hielt sie für eine überflüssige Demonstration, außerdem sei Nacktheit ein Mittel zur Abtötung der Lebensfreude. Sie habe sich keinem ihrer Männer nackt gezeigt, weil der nackte Mensch so abgrundtief hässlich sei. Es folgte eine typische Amandaweisheit: Die Kleidung ist nicht erfunden worden, um uns zu wärmen, sondern um die Hässlichkeit zu verbergen.
So reden die Alten, dachte er. Wenn einer jung ist, kann es gar nicht nackt genug sein.
Wie viele Frauen hast du schon gehabt, Conny? Ich meine richtige Frauen, nicht kleine Mädchen zum Händchenhalten.
Er tat so, als müsste er zählen, legte sich auf die Zahl Sieben fest und glaubte, damit in der Mitte von Amandas Erwartungen zu liegen. Eine höhere Zahl wäre als Hinweis auf einen ausschweifenden Lebenswandel verstanden worden, weniger

als sieben hätten ihn in ihren Augen als verklemmten Trottel erscheinen lassen. Also sieben Frauen.
Sie musterte ihn streng. Wenn du so weitermachst, wirst du bald keine Haare auf dem Kopf haben.
Sie öffnete ihr Täschchen und zeigte ihm Bilder ihrer vergangenen Schönheit. Amanda beim Ausdruckstanz, Amanda auf den Brettern vor Max Reinhardt, Amanda in den Dünen der Kurischen Nehrung und in einem verräucherten Zelt vor Soldaten in feldgrauer Uniform.
Ein Zettel, aus einem Lexikon gerissen, teilte Folgendes mit:

> Als Achtjährige ging sie nach Berlin, studierte dort klassisches Ballett und modernen Ausdruckstanz. Es folgten Auftritte im Kabarett und Varieté, im Zirkus und Theater sowie auf großen Konzertbühnen.

Wenn du ein wenig Sinn für die Tanzkunst hättest, würde ich mit dir nach Indien fliegen, Conny. Dort findest du alles vereint, die Tanzkunst, die Erotik und die Schönheit. Aber du bist grob und ungebildet und willst in den Innereien der Menschen herumschneiden. Medizin hat mit Tanzen so viel zu tun wie das Gebrüll im Schlachthaus mit dem Gesang einer Nachtigall. Du könntest wenigstens ein Mittel erfinden, das die Knochen der Tänzerinnen daran hindert, zerbrechlich zu werden.
Stell dir vor, mein trauriger Knochenspezialist erklärte mir, ich werde bald im Rollstuhl spazieren fahren. Amanda im Rollstuhl durch Manhattan! Amanda im Rollstuhl an der Riviera! Amanda im Rollstuhl zum Strand von Malibu! Ich glaube, der Kerl hat den Verstand verloren.

Der Letzte, dem sie vertraut hatte, war der große Sauerbruch. Aber der lebte nicht mehr. Seit jener Operation konnte sie keine Kinder mehr bekommen, was wichtig war für die Karriere einer Tänzerin.
Mit Sauerbruch endete die Chirurgie. So gut kannst du nicht werden, Conny.

***

Die Schönheit hat am meisten zu verlieren.

MIT DIESEM STOSSSEUFZER verwahrte Amanda die Bilder der Tänzerin im Täschchen.
Den Mädchen, die mit dem Duty-free-Bauchladen durchs Flugzeug gingen, kaufte sie eine Flasche Kentucky-Whiskey für ihren Richard ab, dazu Femme-Beauty-Kit für die eigene Schönheit und für Konrad Eisbrenner Eau Sauvage nebst grellroter Krawatte.
Amerika ist nicht nur ein Land für Jeans und Turnschuhe, du musst auch einen Schlips haben, falls der Präsident einen Empfang gibt oder du an der Wall Street einen großen Gewinn machst.
Sie sprühte Eau de Toilette über ihn und verlangte, er solle probehalber die Krawatte umbinden.
Im Schlipsbinden bist du so ungeschickt wie alle meine Männer.
Während Amanda an seinem Hals herumfingerte, erzählte sie von einem dunkelhäutigen Mann, dem sie in Trinidad begeg-

net war und der weiter nichts am Leibe trug als eine hellblaue Krawatte. Sie fand die Farbzusammenstellung schwarz/hellblau nicht sehr passend.
Nachdem der Schlips an seinem Hals baumelte, reichte sie ihm ein sehr altes Schwarz-Weiß-Foto.
Das bin ich, aufgenommen am 5. Juli 1938 auf meiner ersten Hochzeitsreise. Im Hintergrund siehst du den Wilden Kaiser.
Von einem Bräutigam keine Spur, auch kein Fahrzeug in der Nähe, nur blühende Bergwiesen, Almkühe und Amandas jugendliche Schönheit, die den Wilden Kaiser anstrahlte.
Sei ehrlich, Conny, in so ein Mädchen hättest du dich auch verlieben können.
Er sagte, das Foto von 1938 und die Gegenwart hätten gewisse Ähnlichkeiten. Dafür fiel sie ihm um den Hals.
Hast du eine Freundin?
Er schüttelte den Kopf.
Sie heißt Eva und studiert Jura, behauptete Amanda.
Ich hatte eine Freundin. Als sie hörte, dass ich mit einer alten Frau nach Amerika fliegen will, sagte sie: Dann kannst du gleich im Wilden Westen bleiben.
Es tut mir leid, dass die Geschichte meinetwegen in die Brüche gegangen ist.
Sie schaute sich im Flieger um, als suche sie einen passenden Ersatz.
Auf keinen Fall die Rothaarige, die ist zu fett und zu alt.
Auch von den Stewardessen riet sie ab, weil die nur einen Mann suchten, um nicht mehr arbeiten zu müssen.
In Amerika wirst du etwas Passendes finden. Die Mischung aus spanischem, indianischem, schwarzem, asiatischem und

europäischem Blut hat zu einer unvergleichlichen Schönheit geführt. Wenn die amerikanischen Frauen aufhören würden, Fast Food zu verschlingen, wären sie die schönsten der Welt. Über der Küste von Maine schlief sie endlich ein. Der Stift fiel in den Schoß, das Kreuzworträtsel sank auf ihre Knie … Berg in den Anden mit neun Buchstaben?
Er musterte die kleine Person an seiner Seite, dachte an Mata Hari und La Jana, Vortanzen bei Max Reinhardt, Frühstück mit den Hohenzollern, Günther Prien und die U-Boot-Leute, an den Zweimetermann in den Blue Mountains … Wie sollte er das Puzzle zusammensetzen?
Keine zwei Stunden und es wäre alles vorüber.

Für Memoiren ist es immer zu früh

AUF AMANDAS BITTE brachte die Stewardess eine Landkarte von Nordamerika. Das Papier auf ihren Knien ausgebreitet, reiste sie mit dem Finger vom kanadischen Königsberg nach Chicago, tauchte die Hand kurz in den Rio Grande, hauchte einen Kuss auf die Stelle, wo sie Golden Gate vermutete, und tippte nach einigem Zögern energisch auf einen Punkt westlich von Philadelphia. Dort befinde sich eine Hügelkette mit guter Fernsicht. Unterhalb der Hügel lebe ihr Richard. Mit ihrem Kreuzworträtselstift zog sie eine Linie von der Hügelkette zur Stadt New York, den Weg beschreibend, auf dem ihr Sohn gerade mit dem Landrover unterwegs war, um seine Mutter abzuholen.
Er hat mich vor fünfunddreißig Jahren verlassen, als ich ihm eröffnete, ich werde wieder heiraten. Da war er so alt, wie du jetzt bist. Kaum war er in Amerika, holten sie ihn zur Army. Ich schrieb an den Präsidenten, ich schrieb an den Verteidigungsminister und sagte den Herren, Richards Vater sei Offizier der Hitler-Wehrmacht gewesen, so einer tauge nicht für die amerikanische Armee. Es half nichts. Der Junge fand auch Gefallen am Militärdienst, die Neigungen seines Vaters schlugen bei ihm durch. So ging er mir verloren.
Sie wischte sich mit dem Taschentuch die Augen aus und behauptete, ihr Richard sei Bomberpilot gewesen, der mitgeholfen habe, die vietnamesischen Wälder zu entlauben. Nach dem jämmerlichen Ende des Vietnamkrieges verlor er den Glauben ans Militärische, wurde Farmer, baute am Fuß

der Blue Mountains Mais an, züchtete Pferde und fuhr mit einem Landrover spazieren.
Hast du auch in der Armee gedient, Conny?
Zivildienst in einem Altersheim, sagte er.
Das muss ja furchtbar gewesen sein, immer nur an alten Leuten herumzuhantieren.
Hat dein Richard Frau und Kinder?
Sie winkte ab. Über Vietnam ging ihm die Potenz verloren. Ein amerikanischer Arzt erklärte mir später, das Zeug, mit dem sie die Wälder entlaubten, habe auch den männlichen Samen getötet.
Also hast du keine Enkelkinder?
Sie schüttelte traurig den Kopf.
Dein australischer Sohn hat auch keine Kinder?
Sie blickte ihn prüfend an.
Habe ich dir von einem australischen Sohn erzählt?
Ja, das hast du.
Auch von ihm habe ich keine Enkelkinder.
Wie oft warst du verheiratet?
Viermal zu viel, antwortete sie und lachte.
Wer viermal verheiratet war, außerdem in der Welt herumgekommen ist, hat viel zu erzählen. Du solltest deine Memoiren schreiben, schlug er vor.
Mein lieber Junge, sagte sie feierlich, für Memoiren ist es zu früh. Ich stehe mitten im Leben, was kann noch alles geschehen.
Über der Stadt Boston bekannte sie, die Witwenzeit sei der schönste Abschnitt ihres Lebens gewesen, befreit von allen Zudringlichkeiten, nicht mehr Sklave der Sinnlichkeit, ein ganz und gar unabhängiger Mensch.

Du glaubst nicht, wie frei wir sind, wenn wir nichts mehr mit Sexualität zu tun haben.
Conny dachte, dass er auf diese Freiheit vorerst verzichten wollte.
Sie versprach, auf dem Rückflug nach Europa von ihren Männern zu erzählen. Das sei eine ausufernde Geschichte, für die die Zeit bis New York nicht ausreiche.
Als die Maschine in den sonnendurchglühten Luftraum über der Stadt eintauchte und an Höhe verlor, wurde Amanda unruhig. Sie tauschten die Plätze, weil sie vom Fenster nach den Wolkenkratzern und ihrem Richard Ausschau halten wollte, der, so vermutete sie, vor der Queensborough Bridge im Stau steckte. Bis zum Bauch standen die Wolkenkratzer in einer dicken Brühe, zusammengerührt aus Autoabgasen, verbranntem Hamburgerfett und menschlichem Schweiß. Die Freiheitsstatue wirkte aus der Ferne schlank und zierlich, aber Amanda hielt sie für ein plumpes Weib.
Sie hätten eine Tänzerin auf den Sockel stellen sollen.
Eben noch besang Frank Sinatra sein New York, plötzlich die abrupte Durchsage: Anschnallen! Nicht rauchen!
Amanda griff wieder nach seiner Hand. Sie schluckte eine Tablette und sagte, das sei wegen der Beine. Sie schlafen sonst ein und wachen nicht mehr auf.
Mit einem leichten Hopser setzte die Maschine auf, Frank Sinatra fing wieder an zu singen.
Nun sind wir in New York, sagte sie triumphierend. Diese Stadt ist anders als andere Städte. Wenn es einen Mittelpunkt des Universums gibt, muss er in Manhattan liegen, ich vermute unter dem Rockefeller Center. Bevor du New York verlässt, musst du dir seine Wunder anschauen.

Er sprach von einer Jugendherberge oder dem Christlichen Verein Junger Männer, schließlich von einem Greyhoundbus, der ihn in den Westen bringen sollte. Die Wolkenkratzer interessierten ihn weniger.

Auch wenn du keine Bekannten oder Verwandten in den Staaten hast, Freunde findest du überall, tröstete sie ihn. Zugleich verbot sie ihm, unter Brücken oder im Central Park zu schlafen, weil das keine Gegend sei für hübsche Jungs.

Und trink niemals eiskalte Pepsi, davon bekommst du schlechte Zähne.

Als die Passagiere aufstanden, stellte Amanda die Frage aller Fragen:

Wie viel Geld hast du?

Er nannte einen dreistelligen Betrag. Sie rechnete ihm vor, dass die Summe für einen Hamburger und eine Cola pro Tag reichen werde.

Es wird ein böses Ende mit dir nehmen. Abgemagert wie ein Kojote wirst du nach Europa zurückfliegen. In Amerika brauchst du vor allem eines, Conny: Geld und nochmals Geld.

***

> If you are poor it is crazy,
> if you are rich it is only funny.

WENN IN NEW YORK nicht gerade ein Schneesturm wütet, ertrinkt die Stadt in feuchter Schwüle. So war es an diesem Nachmittag, als Conny sich auf den Weg zur Gepäckausgabe machte

und dabei Ausschau hielt nach einem Zweimetermann und einem Landrover, auf dessen Nummernschild »Friendly Pennsylvania« stehen sollte. Amanda kam im Rollstuhl hinterher, begleitet von der immer noch lächelnden Stewardess.
Sie trafen einen Zweimetermann ohne Bart, der Amanda umarmte. Er war schwarz. Sie sprach mit ihm über Frau und Kinder und erkundigte sich nach den Siegen der »New York Giants«.
Er ist der berühmteste Quarterback der Stadt, flüsterte Amanda und schickte Conny los, einen Gepäckkarren zu holen.
Hoffentlich kommt Richard, seufzte sie. Manchmal verschläft der Junge die Zeit.
Conny schlug vor, Richard anzurufen.
Mein Richard ist ein Waldschrat, er lebt in der Wildnis und hat nicht mal Telefon.
Es erschien ein roter Koffer. Amanda befahl, ihn zu holen. Außerdem erwartete sie einen blauen und einen schwarzen Koffer.
Geschenke für meinen Richard, entschuldigte sie die Gepäckflut. In der Wildnis braucht er derbe Schuhe.
Mehrere Hutschachteln fuhren ums Rund, federleicht, aber platzausgreifend. Eine zweite Karre musste her, auf die sie sich setzte, um die Arbeit am Laufband zu überwachen.
Der Rucksack gehört mir!, dirigierte sie ihn zu einem grauen Ungetüm, das so aussah, als wäre es durch beide Weltkriege getragen worden. Ein Seesack erschien, begleitet von einem Dutzend verstreuter Damenschuhe; der Sack war aufgeplatzt und hatte seinen Inhalt aufs Laufband geschüttet. Er sammelte Schuhe, der Quarterback lachte.

Sie erklärte das Überangebot an Schuhen: Meine Füße sind so empfindlich, ich brauche jeden Tag ein anderes Paar.
Tänzerinnen brauchen noch Schuhe, wenn sie keine Füße mehr haben, dachte er.
Zwei beladene Karren, auf dem einen Amanda sitzend wie die englische Königin bei ihrer Geburtstagsparade, so kutschierten sie durch die Hallen zur Pass- und Zollkontrolle.
Während sie unkontrolliert durchgelassen wurde, blickte ihn die Staatsmacht streng an. Ob er in Amerika arbeiten wolle?
Conny arbeitet für mich, mischte sie sich ein.
Der Mann hinter dem Schalter wollte sein Rückflugticket sehen.
Er hat kein Rückflugticket, Mister. Wir werden nach Europa fliegen, wann es uns gefällt.
Wer ohne Rückflugticket kommt, will hier bleiben und arbeiten, erklärte die strenge Stimme hinter dem Glas.
Sie lachte – für Connys Geschmack etwas zu schrill – und behauptete, sie werde am Broadway als Tänzerin auftreten und er als Türsteher. Dabei schwang sie ihre Krücke.
Er arbeitet für mich, Sir. Ich habe ein lahmes Bein und brauche Tag und Nacht einen Menschen, der mir hilft.
Zwischen Amanda und der Einwanderungsbehörde stehend, verfolgte er ihren Kampf mit der Obrigkeit. Warum zeigte sie dem Mann nicht das Rückflugticket? Gab es keine Rückflugtickets, weder für ihn noch für sie? Wird Konrad Eisbrenner betteln müssen, um zurück über den Atlantik zu kommen? Wie wird sie diesen Kampf bestehen? Wird sie in Ohnmacht fallen und Amerika mit ihrer Schwäche in die Knie zwingen? Wird sie weinen? Nein, Amanda öffnete ihr Täschchen, ließ

einen Blick auf ihren Goldschmuck zu, knallte ein Bündel Travellerschecks aufs Holz und sortierte Kreditkarten.
Es ist nicht so, dass wir arm sind, Mister! Wir wollen nur frei sein und fliegen, wann wir wollen, in zwei Wochen oder in vier. Frei sein in God's own country ist doch wohl noch erlaubt.
Der Appell an die Freiheit imponierte dem Mann. Auch ihre Reichtümer hatten eine beruhigende Wirkung. Er gab ihr die Pässe und entließ sie – mit gewissen Bedenken – in die amerikanische Freiheit.
Diesen Amerikanern kannst du nur mit Geld imponieren, Conny.
Sie telefonierte mit Deutschland. Dort war es tiefe Nacht, und es dauerte eine Weile, bis ein gewisser Rudi am Apparat erschien und sie ihm sagen konnte, Richard sei wieder nicht pünktlich eingetroffen; er möge sich darum kümmern. Außerdem: Der Lavendel auf der Terrasse brauche Wasser.

***

> Das Unglück kommt in Kübeln,
> das Glück tröpfelt.

WO BLIEB DER ZWEIMETERMANN? Conny sah ihn über den Parkplatz schlendern, Amanda in die Arme nehmen, die Gepäckstücke an sich reißen und die eingesammelten Schuhe zu einem wartenden Truck bringen. Dann wird er seine Mutter davontragen, im Vorbeigehen flüchtig grüßen, sie wird ihm zuwinken … die Vorstellung wäre zu Ende. Aber Richard war nicht da.

Er hat die Zeit verschlafen, murmelte sie und schickte ihn durch die Empfangshalle, um Ausschau zu halten nach einem bärtigen Riesen.

Du brauchst keine Ähnlichkeit mit mir zu suchen. Richard sieht aus wie sein Vater, der Rittmeister. Bei den Vererbungsgesetzen setzt sich immer das Grobe durch; das Feine, Zarte und Schöne hat es schwer, sich zu behaupten. Später wird sie erklären, dass wegen dieser Sonderbarkeit der mendelschen Gesetze die Welt eines Tages an ausschweifender Hässlichkeit zugrunde gehen werde, aber das erst, wenn Amanda tot sei.

Die Abendsonne erreichte die Wolkenkratzer. Bald kommt die Nacht und du hast diese Person immer noch am Hals, dachte er. Er traf Spieler der Harlem Globetrotters, die groß genug, aber schwarz waren. Ein Bärtiger, den er ansprach, gab sich als Holzfäller aus Idaho zu erkennen, der im Madison Square Garden eine Exhibition besuchen wollte. Auch ein bärtiger Railroadworker von der Strecke Chicago–Santa Fe hatte sich, dem Ruf eines Heiligen der Letzten Tage folgend, nach New York verirrt. Was aber fehlte, war ein Farmer von den Blue Mountains.

Amanda saß in einer Telefonzelle, in der einen Hand einen qualmenden Zigarillo, in der anderen den Hörer. Sie wies Rudi an, die Fahndung nach ihrem Sohn einzuleiten; in Baltimore sollte er anrufen, in Buffalo, schließlich bei der Heilsarmee.

Rudi hütet mein Haus in der Graf-Waldersee-Straße, erklärte sie. Er wird sich um Richard kümmern.

Sogar ihre Wohnadresse war von Adel, wunderte er sich. Die-

ser Waldersee musste ein General gewesen sein und Amanda in einem früheren Leben Königin von Madagaskar, eine Zarentochter oder die Herrscherin von Transsylvanien.
Mit seiner Größe müsste er aus jeder Menschenmenge herausragen, beteuerte sie. Sein Vater brachte es nur auf einen Meter fünfundneunzig. Hätte es noch einen Kaiser gegeben, wäre er in seiner Garde geritten. In Kriegszeiten ist Größe allerdings von Nachteil, die Riesen werden zuerst totgeschossen.
Er öffnete seine Geldbörse und klapperte mit den paar verbliebenen Silbermünzen, Amanda daran erinnernd, dass nun sein Taschengeld fällig wäre.
Viel Geld kann ich dir nicht geben, Conny. Du würdest es auf der Landstraße verlieren oder mit wilden Frauen durchbringen. Dein Rückflugticket bekommst du, wenn wir uns wiedersehen, ungefähr in fünf Wochen.
Das traf ihn wie ein Keulenschlag. Die Gräfin aus der Graf-Waldersee-Straße wollte ihn mit ein paar Dollar in die amerikanische Freiheit entlassen? Und das Rückflugticket erst in fünf Wochen!
Eine Lautsprecherstimme forderte einen gewissen Richard Siegberg auf, seine Mutter beim PanAm-Gepäckschalter abzuholen.
Hast du niemand, den du besuchen könntest, Conny? Nicht mal ein Mädchen? Fünf Wochen ohne ein Mädchen, wie willst du das ertragen? Oder magst du keine Mädchen?
Warum redete sie einen solchen Unsinn?
Sie griff nach seiner Hand, studierte die Lebenslinien und verkündete, er werde eines Tages reich heiraten. Irgendwann läuft dir eine Tänzerin über den Weg, die in ihrem Herzen beschlossen hat: Wenn schon ein Mann, dann einen von den

medizinischen Doktores. So sind sie, die kleinen Tänzerinnen. Ein General muss her oder ein Generaldirektor, mindestens aber ein Doktor. Du fährst mit ihr zum Lago Maggiore, sie singt dir Schlager vor und tanzt im Mondlicht.
Wie nun, wenn Richard auf einem anderen Flughafen wartete? La Guardia und Newark kämen noch infrage, aber Amanda entschied sich für ein Café mit Aussicht auf die Empfangshalle des Kennedy-Airports, damit sie Richard erblicken könnte, wenn er denn käme.
Über die Stadt senkte sich Dunkelheit.
Vier Stücke Cherry Pie, eines für sie, zwei für ihn und eines für Richard, wenn er denn käme.
Zu dumm, dass er kein Telefon besitzt! Er haust mit zwei Pferden und einem Hund in der Wildnis, die nächste Frau lebt zwanzig Meilen südwärts. Wenn er eine Frau gefunden hätte, wäre es ihm besser ergangen, aber er hat nicht mal gesucht.
Sie erkundigte sich nach Connys Führerschein. Als sie hörte, dass er gelegentlich Taxi gefahren habe, huschte ein Lächeln über ihr Gesicht.
Erzähl mal, was du im Taxi erlebt hast. Taxifahrer haben es mit Liebespaaren und verkrachten Eheleuten zu tun, sie fahren Mörder und Taschendiebe spazieren. Die aufregendsten Dinge geschehen im Taxi, Kinder werden gezeugt und Mordpläne geschmiedet. Also, was hast du erlebt?
In meinem Taxi ist nichts passiert.
Sie verbot ihm, weiter Taxi zu fahren, weil es zu gefährlich sei.
Wenn wir zurückkehren, wirst du in meinem Garten arbeiten. Im Sommer mähst du den Rasen, im Herbst kehrst du das Laub und im Winter baust du einen Schneemann.

Kannst du eine Linde von einer Esche unterscheiden? Rudi darf dir nicht dreinreden, er ist für das Haus zuständig, dir gehört der Garten, dir allein.
Schneemänner bauen in Amandas Garten! Sie will dich zum Gärtner machen, dachte er, weil sie ablenken will von der furchtbaren Peinlichkeit, dass ihr Sohn die Zeit verschlafen hat.
Ein Foto, aufgenommen in den Gärten von Sanssouci. Eine junge Tänzerin steht vor einer nackten Marmorfigur. So ungefähr sieht mein Haus in der Graf-Waldersee-Straße aus, sagte sie und tippte auf den Palast im Hintergrund.
Ein Bild ihres Arbeitszimmers, sie am Schreibtisch, mit San Francisco telefonierend. Hinter ihr hing ein Riesenbild der Skyline von New York, gemalt zu einer Zeit, als das Empire State Building noch das höchste Gebäude der Welt war.
Der letzte Zweimetermann verließ den Kennedy-Flughafen, Richards Cherry Pie musste Conny essen, sie trank die letzte Tasse Kaffee. Danach lehnte sie sich an seine Schulter und flüsterte:
Du kannst mich jetzt nicht allein lassen, Conny. Wenn Richard nicht kommt, musst du mich in ein Hotel bringen.
Sie holte einen Hotelführer aus dem Täschchen und fand unter D das »Days Inn« an der 94. Straße.
I'm Amanda, hauchte sie ins Telefon. We are coming.

Begegnung mit Gottfried von Cramm

EIN TAXI MUSSTE HER, geräumig genug für ihre Koffer, Rucksäcke, Schuhkartons und Hutschachteln.
Sie tat vertraut mit der Stadt, erklärte ihm dieses und jenes, ließ den Taxifahrer um einen Park kurven, in dem sie schon häufig auf einer Bank gesessen hatte. Vor einem Gräberfeld musste er halten.
Die Leute von Manhattan schaffen ihre Toten zum Festland, weil auf der Insel die Erde zu teuer ist, um sie für Gräber zu vergeuden.
Ihr fiel Verdun ein und ihr armer Vater.
Als er nicht aus dem Krieg zurückkehrte, zog meine Mutter mit mir nach Königsberg. Dort arbeitete sie als Kindermädchen, bis sie einen Mann kennenlernte, der es leid war, bei seinen häufigen Reisen in die Hauptstadt allein zu sein. Er suchte eine Zweitfrau für Berlin.
Dort begann ihr Leben als Tänzerin.
Jeder Deutsche und jeder Franzose sollte einmal Verdun besuchen. Wenn du nach Frankreich fährst, Conny, erst nach Verdun, dann Montmartre.
Er kannte beides nicht, was ihn in Amandas Augen zu einem geschichtslosen Gesellen machte.
Auf der Weiterfahrt erzählte sie von ihrer Grabstelle, die sie auf einem Waldfriedhof, umgeben von Zedern und Platanen, eingerichtet hatte. Zu einer Zeit, als Friedhofserde noch billig zu haben war, hatte sie ein Stück Land erworben und da-

rauf einen Obelisken errichten lassen, der an ihren Anfang im Osten erinnerte und an ein Ende irgendwo auf der Welt. Wo immer sie dem Tod begegnen sollte, in Honolulu, Sydney oder Manhattan, sie hatte bestimmt, ihre sterblichen Reste nach Europa zu fliegen und auf dem Waldfriedhof zu bestatten. In aller Stille.

Vielleicht werde ich auch eine Seebestattung wählen. Aber vorher wollte sie noch das neue Jahrtausend begrüßen, ihr schwebte vor, jene Nacht auf dem Times Square zu verbringen.

Über eine hässliche, holprige, endlose Brücke tauchten sie ein in den wabernden Brei namens Manhattan. Amanda gab den Wolkenkratzern Namen und ließ den Taxifahrer Umwege fahren zu den Sehenswürdigkeiten der Stadt. Sie umkreisten den Central Park, das World Trade Center und das UN-Hauptquartier. Schließlich ordnete sie an, vor Macy's zu halten.

Ich weiß nicht, ob sie dich in diesem Aufzug ins Hotel lassen, Conny. Erst muss ich aus dir einen hübschen Jungen machen.

Er wollte nicht als hübscher Junge in Amandas Hotel Einzug halten, er wollte sie an der Rezeption abliefern und seiner Wege gehen. Aber bevor es dazu kam, waren sie im Macy's. In New York begann die Nacht, in Europa der frühe Morgen, als sie mit ihm eine Modenschau veranstaltete. In der Abteilung »Men's Sportwear« setzte sie sich in einen Schaukelstuhl, während er von einem Kleiderhaken zum anderen laufen musste.

Zu kurz, zu lang, zu eng im Bund, kommentierte sie seine Umkleidekünste.

Da in Manhattan vieles grau und schwarz sei, müsse er unbedingt eine weiße Hose tragen. Wie wäre es mit weißem Flanell?
Jetzt siehst du aus wie Gottfried von Cramm, fiel ihr ein, als er in Weiß vor ihr stand.
Wer war Gottfried von Cramm?
Sie ließ passende Sportschuhe und ein hellblaues Hemd herbeischaffen.
Also gut, er spielte Gottfried von Cramm. Die Kleidung musste er anbehalten, die alten Jeans und Turnschuhe kamen in eine Plastiktüte.
Als Gottfried von Cramm kann ich unmöglich durchs Monument Valley trampen, sagte er.
Das sah sie ein. Also zurück ins Macy's, Abteilung Holzfälleroutfit. Sie erstand eine graue Jeans, ein kariertes Hemd und nägelbeschlagene Boots. Das müsste reichen für den Wilden Westen.
Der Taxifahrer lehnte an seinem Auto und deutete auf eine Wolke, die sich über Manhattan zusammenbraute. Das brachte Amanda auf die Idee, Conny mit zwanzig Dollar in den Laden zurückzuschicken, um einen Regenschirm zu erstehen, möglichst so weiß wie die Flanellhose des Gottfried von Cramm. Den Taxifahrer schickte sie zum Müllcontainer, um die Tüte mit Connys getragenen Kleidungsstücken, nein, nicht in die Tonne zu werfen, sondern daneben abzustellen. Ein Penner könnte vielleicht noch eine ausgefranste Hose gebrauchen.
Als sie das »Days Inn« erreichten, zuckten die ersten Blitze. Der schwarze Mann trug Amandas Gepäck in die Vorhalle. Als Amanda ihn entlohnte, reichte er ihr einen Zettel mit sei-

ner Telefonnummer und gab zu verstehen, er sei Tag und Nacht für sie bereit.

***

Unwissenheit ist der Weg zum Erfolg,
sofern sie mit Selbstvertrauen gepaart ist.
Mark Twain

IM »DAYS INN« war sie eine bekannte Persönlichkeit. Die Diener verneigten sich, der Portier schlug, als er sie sah, vor Freude in die Hände und machte Anstalten, sie zu umarmen. Conny war der Einzug eher peinlich. Dass eine Großmutter ihrem Enkel Amerika zeigen will, glaubte nach dem Kleiderwechsel ins Weiße kein Mensch, der livrierte Mann am Empfang übrigens auch nicht. Der schien es aufgegeben zu haben, über solche Merkwürdigkeiten nachzudenken. In New York gab es alle Sonderbarkeiten und auch das Gegenteil davon. Er blickte Conny geringschätzig an. Nun kriechen die Großmütter schon mit zwanzigjährigen Jungs in die Hotelbetten, schien er zu denken.
Wenn das seine Freunde wüssten! Konrad Eisbrenner spielt für eine, nun sagen wir mal, achtzigjährige Lady den weiß gekleideten Gottfried von Cramm.
Der Portier übergab ihr wortlos den Schlüssel für Zimmer 77 im siebten Stock. Zur gleichen Zeit erschütterte ein Donnerschlag das Gebäude, das Gewitter war über Manhattan angekommen. Conny traf ein anderer Donnerschlag, als er

Amanda sagen hörte: Für meinen Enkelsohn muss ein Bett auf der Couch hergerichtet werden.
Sie griff nach seiner Hand. Conny, flüsterte sie, bei diesem Wetter kann ich dich unmöglich auf die Straße schicken. Nur eine Nacht, morgen kommt Richard.
Sie bat den Mann am Empfang, den Kennedy-Flughafen anzurufen und dort auszurichten, ein gewisser Richard Siegberg, wenn er denn einträfe, solle seine Mutter im »Days Inn« aufsuchen.
Der Empfangschef lächelte sanft, als wüsste er längst die Auskunft, die ihm der Kennedy-Flughafen erteilen würde.
Du brauchst keine Angst zu haben.
Nein, er hatte keine Angst.
Ich habe mit diesen ordinären Dingen nichts mehr zu tun, Conny.
Er überlegte, ob er davonlaufen oder darauf bestehen sollte, ein eigenes Zimmer zu bekommen. Sie ahnte, woran er dachte, und sagte leise: Natürlich kannst du dir ein eigenes Zimmer nehmen, aber dann musst du es auch selbst bezahlen.
Konrad Eisbrenner saß in der Falle. Die Katze namens Amanda hockte vor dem Käfig und lächelte ihn an.
Sie betraten ein geräumiges, sehr dunkles Zimmer.
Über dem französischen Bett hing ein Spiegel, den sie mit einem Handtuch zuhängen ließ.
So etwas brauchen wir nicht.
Der Hoteldiener erklärte, wie sich die Liegestätte in ein Himmelbett verwandeln ließ, wohl gedacht für Hochzeitsreisende.
Brauchen wir auch nicht.

Das Fernsehgerät schaltete sich von selbst ein und zeigte Bob Hope in einem sehr alten Film.
Kennst du den?
Der muss schon lange tot sein.
Die guten Menschen sind alle tot, geblieben ist der schäbige Rest.
Sie wollte hinauf zur Dachterrasse, um ihm zu zeigen, wie Gewitter über New York aussieht. Ein schwarzer Bademeister in weißer Kleidung empfing sie und sagte, bei Gewitter dürfe das Schwimmbad nicht benutzt werden.
Wir wollen nicht baden, mein Enkel möchte nur sehen, wie es ist, wenn die Blitze in die Wolkenkratzer fahren.
Nun war er wieder der liebe Enkelsohn, dem die Großmutter Amerika zeigen wollte. Mit wie vielen Enkelsöhnen mochte sie schon im »Days Inn« übernachtet haben? Zimmer 77, ein breites französisches Bett, der Spiegel zugehängt mit einem Handtuch. Immer das gleiche Theater.
Die Stadt hüllte sich in einen Kohlensack.
Mark Twain würde sagen: Es ist duster wie im Bauch einer Kuh. Mark Twain kennst du doch, Conny?
Ja, er kannte diesen »Lincoln der amerikanischen Literatur« und seinen Huckleberry Finn.
Amanda erklärte ihn zu ihrem Lieblingsschriftsteller.
Er war auch so ein Weltenbummler wie ich.
Und in Europa hatte sie auch einen Lieblingsschriftsteller, nämlich den, der den Amerikafahrer Jürnjakob Swehn berühmt gemacht hatte. Den kannte Conny wiederum nicht.
Die Ränder des Kohlensacks leuchteten gelbviolett. Während die Blitze sich ihren Weg von Wolkenkratzer zu Wolkenkrat-

zer suchten, fielen von der Südspitze her Regenschwaden über die Stadt. Die Freiheitsstatue hüllte sich in einen weißen Schleier, das World Trade Center verschwand jenseits der Wolken. Amanda klammerte sich an ihren Regenschirm und blickte über die Brüstung in die Tiefe.

Das Donnern des Gewitters vermischte sich mit dem Dröhnen startender Flugzeuge, Polizei- und Krankenwagen rasten durch die Straßenschluchten.

Wie am Grand Canyon!, rief sie. Nur tobt hier nicht der Colorado, sondern der Feierabendverkehr. In New York werde ich immer ein religiöser Mensch, Conny. Sie fürchtete, Gott könnte eines Tages eine Flutwelle schicken und alle Fixer, Huren und Börsenmakler mitsamt der Wall Street ersäufen.

Der Bademeister redete auf sie ein, endlich die Dachterrasse zu verlassen. Ein Mexikaner sei vor Jahren bei Gewitter in den Pool gesprungen und musste wie ein abgebrühter Lobster herausgezogen werden. Auch sei es vorgekommen, dass ein Blitz die Fahrstühle außer Betrieb gesetzt habe und die Gäste auf der Dachterrasse übernachten mussten.

Mit den Gewittern in New York sei nicht zu spaßen.

Dort ist Richard zu Hause, sprach Amanda und zeigte in südwestliche Richtung, wo ein heller Streifen wie Licht im Tunnel leuchtete.

Eine Bö riss ihr den Regenschirm aus der Hand, er taumelte über die Dachterrasse, wollte sich ins Schwimmbad stürzen, erhob sich aber in die Lüfte und verschwand im Häusermeer Manhattans.

Er wird an der Spitze des Empire State Building hängen bleiben, vermutete sie.

Im Fahrstuhl überraschte sie ihn mit dem Spruch: Wenn du

in der ersten Nacht gut schläfst, kann dir in Amerika nichts Schlimmes mehr passieren.
Um gut zu schlafen, mussten sie zuvor in die Taverne des Hotels einkehren, denn ohne Rotwein ging es nicht. Er war sicher, dass es sich um die Taverne des »Days Inn« handelte, aber Amanda befand sich im »Blutgericht«, jenem legendären Weinlokal im Keller des Preußenschlosses, in dem der Weinvertreter Pawlowski zehn Jahre lang einen Stammplatz besaß. Sie erzählte vom größten Rotweinkeller Preußens, in dem Gäste aus Polen, Litauen und St. Petersburg einkehrten, um Blut zu schlürfen, ein denkwürdiger Ort, der ihrem Vater ein Zuhause gewesen war. Sie hatte das »Blutgericht« nie betreten. Anfangs scheiterte es an ihrer Jugend, dann an den finanziellen Mitteln. Als sie alt genug war und auch Geld besaß, ging das »Blutgericht« in einem anderen großen Gericht in Flammen auf, wobei genug Blut geflossen ist.
Sie tranken kalifornischen Rotwein, von dem sie behauptete, auch er sei im Kellergewölbe des Preußenschlosses ausgeschenkt worden.
Es kamen Gäste in die Taverne, die das Wasser von der Kleidung schüttelten und behaupteten, der East River werde über die Ufer treten. Ihr kam es vor, als befänden sich die bedauernswerten Leute auf der Flucht vor einem Schneesturm, der gerade die Mauern der ehrwürdigen Preußenstadt umtobte und den Eingang zum »Blutgericht« mit weißem Pulver zuschüttete. Alle Gäste, darunter auch ihr armer Vater, übernachteten auf den Weinfässern im Keller. Es heulten keine Einsatzwagen der New Yorker Polizei, sondern hungrige Wölfe, die der Schneesturm über die litauische Grenze getrieben hatte.

Ein Tonband spielte »Sentimental Journey«, sie summte die Melodie mit, die er nicht kannte, weil er auf die Welt gekommen war, als es kein »Sentimental Journey« mehr gab.
Es ist so traurig. Wir Alten kennen die alten Geschichten und Lieder, ihr Jungen erfindet neue Geschichten und neue Lieder. Aber glaub mir, Conny, eure Geschichten werden auch einmal alt.
Das Wein-Etablissement unter dem Preußenschloss war verschwunden, einfach untergegangen. Als ich Leonid Breschnew im Bolschoitheater fragte, ob er mir eine Reise nach Kaliningrad gestatten würde, schlief er ein.
Seine Zweifel, ob es wirklich Breschnew gewesen sei, überspielte sie mit einem Lächeln. Stalin war es jedenfalls nicht; und Nikita Chruschtschow hatte gerade im UN-Gebäude in New York zu tun. Leider ist die Gegend, in der ich auf die Welt kam und mein Vater mit Rotwein über Land fuhr, zu einem weißen Fleck auf dem Globus geworden, ungefähr wie Grönland. Sollte Königsberg wieder auferstehen, kommst du mit und hilfst mir, das »Blutgericht« zu finden.
Er versprach es und trank kalifornischen Wein. Ab und zu blickte er zur Tür, wo der Empfangschef erscheinen müsste, um zu erklären, ein gewisser Richard Siegberg habe sich im strömenden Regen eingefunden, um seine Mutter abzuholen und mit ihr trotz heulender Wölfe und heftigem Schneegestöber nach Pennsylvania zu fahren.
Der Mann kam nicht. Ob es diesen Richard überhaupt gab? Es erschien alles so unwirklich, so fern und von gestern: das »Blutgericht« und der arme Weinvertreter im preußischen Schneesturm. Nur der kalifornische Rotwein war echt.

Eine Nacht mit Amanda

UM HALB ZWÖLF – in Europa gingen ordentliche Menschen längst zur Arbeit – verließen sie nach anderthalb Flaschen Rotwein die Taverne. Das Gewitter war Richtung Pennsylvania abgezogen. Conny wollte durch die Nacht von Manhattan wandern, der frischen Luft und des Rotweins wegen, aber sie verbot es ihm.

Sie werden dir das schöne Gesicht zerkratzen und die letzten Dollars aus der Tasche stehlen!

Er fragte sich, ob er noch bei Verstand sei. Mit einer alten Frau, die er am Morgen noch nicht gekannt hatte, sollte er eine Nacht in einem New Yorker Hotelzimmer verbringen. Und es gab kein Entrinnen, weil er kein Geld besaß.

Bevor sie im Fahrstuhl verschwand, besorgte sie sich an der Rezeption eine Zeitung. Ohne Zeitung kann ich nicht einschlafen, Conny.

Das Blatt hieß »Weekly World News« und war nach Amandas Meinung die wichtigste Zeitung Amerikas. Aus ihr erfährst du nicht, was ist, sondern was sein könnte und sein wird.

Die Schlagzeile, die sie ihm unter die Nase hielt, lautete: »Das größte Geheimnis des Zweiten Weltkriegs: Hitler war eine Frau«. Donnerwetter, das war wirklich eine sensationelle Meldung.

Die Tür zu Zimmer 77 sprang auf, es empfing sie gedämpftes Licht und leise Musik, erneut erklang »Sentimental Journey«.

Für mich ist jede Amerikareise eine sentimental journey, flüsterte Amanda. Du brauchst keine Angst zu haben. Seitdem ich mich an Krücken herumschleppe, stehe ich über den Dingen. Eine Tänzerin ist von Natur aus erotisch, sie kann nicht anders, selbst Totentänze werden durch ihre Kunst erotische Ereignisse. Aber als ich die Krücke bekam, wurde ich ein Neutrum.
Sie telefonierte mit dem Empfang und befahl, die Couch in ein ordentliches Bett zu verwandeln.
Du schläfst auf der Couch, entschied sie. Wenn du schnarchst, musst du in die Badewanne.
Und wenn du schnarchst?
Amanda schnarcht nicht! Noch nie hat sich ein Mann über mein Schnarchen beschwert.
Ein Zimmermädchen, keineswegs ein Neutrum, sondern hübsch und adrett, verwandelte die Couch in ein ordentliches Bett.
Er öffnete das Fenster, ließ die Hitze entweichen und atmete feuchte Kühle ein. Über Pennsylvania zuckte Wetterleuchten. Welch eine Sehnsucht, nun endlich schlafen zu dürfen, nichts zu sehen und zu hören vom »Blutgericht« und der Erotik des Tanzes, allein zu sein unter dem Sternenhimmel Arizonas oder Nevadas.
Während sie dem Zimmermädchen beim Bettenmachen zuschaute, erzählte sie, dass die Geschichte von Adam und Eva ein großer Schmarren sei. Der alte Moses habe keine Phantasie gehabt, als er die Schlange und den Apfel erfand. Ein Tanz sei der erste Sündenfall gewesen. Eva tanzte, Adam fiel es wie Schuppen von den Augen, er verlor erst den Verstand, dann seine Unschuld, und so ging es weiter und weiter durch die Jahrtausende.

Sie bat ihn, fünf Minuten vor die Tür zu gehen, sie wolle sich ausziehen.
Wenn ich fertig bin, klopfe ich dreimal mit der Krücke.
Er wanderte im siebten Stock eines New Yorker Hotels auf und ab und wartete auf die Klopfzeichen einer alten Frau. In Europa schien die Sonne, seine Kommilitonen sezierten Leichen, Amandas Butler begoss Blumen, Eva lernte Paragraphen.
Im dunkelroten Umhang saß sie vor dem Spiegel im Bad und kämpfte mit ihren Krähenfüßen. Neben ihrem Bett flimmerte das Fernsehgerät.
Du siehst aus wie eine Geisha, sagte er.
Hast du schon mal eine Geisha gehabt?
Nein.
Geishas sind auch nicht zu haben, sie sind Künstlerinnen und keine Liebesdienerinnen.
Der Sommerhut hing am Wasserhahn, Amandas silbergraues Haar bedeckte ihre Schultern.
Ach, Conny, nicht jeder, der graue Haare hat, ist ein Esel. Ihr Männer habt es viel leichter, ihr geht unter die Dusche und seid frisch, während wir tupfen, pinseln und schmieren müssen.
Veilchenduft erfüllte den Raum. »Amerikanischer Frühling« nannte sie die Kreation.
Hinter ihr ritt Gary Cooper durch den Wilden Westen. Sie sah das Fernsehbild im Spiegel und behauptete, Gary sei der letzte Gentleman gewesen. In Palm Springs habe sie mit ihm Brüderschaft getrunken.
Im Kimono begab sie sich zu Bett, rechts Gary Cooper in einem Schwarz-Weiß-Film, auf den Knien die wichtigste Zeitung Amerikas.

Vielleicht hilft eine kalte Dusche, dachte Conny. Während das Wasser über seinen Körper rieselte, hörte er sie singen:

> Sonja, Sonja, deine schwarzen Haare
> küsse ich im Traume tausendmal.
> Ich kann dich nicht vergessen, wunderbare
> Blume aus dem Wolgatal.

Also nicht nur Tänzerin, sondern auch Sängerin. Das kann schlimmer sein als Schnarchen, dachte er.
Sie saß, von Kissenbergen umgeben, in ihrem Riesenbett, sang über das eisige Sibirien und die Wolga, ein Lied aus jener Vergangenheit, als sie von den Schneeflocken das Tanzen gelernt hatte.
Der Lichtschein aus der Stadt verfing sich in den Fenstervorhängen. Von den Wolkenkratzern wehte frischer Wind ins Zimmer 77, ein beständiges Summen stieg aus den Straßenschluchten, auch New York sang.
Ich werde dir von meinen Männern erzählen. Wenn es dich langweilt, schläfst du ein.
Er bekam noch mit, dass ihre erste Liebe ein Pianist gewesen war, ein schmächtiges Kerlchen, ach, und so schüchtern. Die Affäre ereignete sich vor mehr als einem halben Jahrhundert, so fern in der Vergangenheit, dass sie den Namen vergessen hatte. Mit vierundzwanzig Jahren hatte er schon eine starke Neigung zur Kahlköpfigkeit, er trug eine Perücke, weil er glaubte, ein kahlköpfiger Pianist sei eine Lächerlichkeit.
Ich habe seine Kunst geliebt, Conny.
Als die Zwanzigerjahre wild wurden, kam sie aus der östlichen

Provinz in die große Stadt, um Tänzerin zu werden. Pianist und Tänzerin, eine Verbindung, die zu den größten Hoffnungen berechtigte. Nur war er so bettelarm, sie konnte ihn nicht heiraten. Sie beschrieb seine Hände und Finger, die so lang waren, dass er damit ihre Taille umfassen konnte.
Hörst du noch zu, Conny?
Unter Kletterrosen sitzend, lauschte sie seiner Kunst. Wenn alle Töne verweht waren, spazierten sie durch den Kurpark, sie tanzte ihm auf leeren Bänken und runden Marmortischen im Licht eines halben Mondes vor.
Ist er berühmt geworden, dein kleiner Pianist?
Sie brachten es tatsächlich fertig, Künstler in Uniformen zu stecken. Er sollte im Fronttheater auftreten, vorher traf ihn eine Kugel in der Nähe von Charkow. Immerhin brachten sie ihn noch auf den schönsten Friedhof seiner Heimatstadt Dresden, nahe dem Blauen Wunder. Auf seinen Grabstein meißelten sie goldene Noten, mehr ist von seiner Kunst nicht übrig geblieben.
In »High Noon« fiel der letzte Schuss. Auf dem Bildschirm flimmerte Coca-Cola-Werbung, was Amanda auf die Idee brachte, bei der Rezeption anzurufen und um zwei Gläser des braunen Getränks zu bitten. Da war es schon weit nach Mitternacht.
Die Brause belebte sie. Amanda erzählte von einem Weihnachtsmärchen, in dem sie getanzt und der kleine Pianist für die musikalische Umrahmung gesorgt hatte. Sie spielte eine tanzende Schneeflocke, die an einem Fenster vorbeizuschweben und sich auf einen Tannenzweig zu setzen hatte.
Hörst du noch zu, Conny? Eines Morgens standen zwei Männer vor der Tür, um den Flügel abzuholen; es fehlten noch ei-

nige Raten. Ach, mein kleiner Pianist war so bettel-, bettelarm, er konnte mich nicht heiraten. Allein sein ist schon schlimm, Conny, aber allein und arm sein ist nicht zu ertragen.
Sie unternahm danach einen Versuch, sich in ihren Tanzlehrer zu verlieben, frei nach Wilhelm Busch: »Am Anfang schätzte sie ihn als Lehrer, dann aber immer mehr und mehrer.« Bis sich herausstellte, dass auch er arm war.
Sagte ich schon, dass ich Max Reinhardt vorgetanzt habe? Er brauchte unzählige Elfen für den »Sommernachtstraum«.
An einem Novemberabend kam nach einer Vorstellung in einem Berliner Nachtclub ein Offizier auf sie zu und sagte: Ich glaube, dein Klavierspieler hat die Schwindsucht; er ist kein Umgang für dich, du wirst dich anstecken und früh sterben.
Damit trat der Rittergutsbesitzer Siegberg in ihr Leben.
Schläfst du schon, Conny?

***

Eine der verbreitetsten
Krankheiten ist die Diagnose.

Karl Kraus

WAS WAR IHM ENTGANGEN? Hatte sie vor dem Einschlafen noch einmal das traurige Wolgalied gesungen? War sie mit Gary Cooper durchs Monument Valley zu den ewigen Jagdgründen geritten? Das Fernsehgerät flimmerte ohne Ton. Amanda lag mit einem weißen Häubchen auf dem Kopf als leblose Schaufensterpuppe in ihrem Riesenbett, die Krücke

im Arm wie ein Gewehr, »Weekly World News« ausgelesen auf dem Fußboden.
Die Schaufensterpuppe lebte, sie schnarchte sogar ein wenig. Real war auch, dass in New York ein neuer Tag anbrechen wollte. Conny schlich aus dem Zimmer, um zu sehen, wie die Wolkenkratzer Farbe bekamen und die Reinigungsfahrzeuge den Schmutz der Nacht fraßen. In der Rezeption hoffte er, einen Riesen anzutreffen, der, im Sessel sitzend, auf seine Mutter wartete. Aber ihm begegneten nur Putzfrauen, die die Vorhalle wischten und schrubbten. Er fragte, ob sich Richard gemeldet habe. Der Nachtportier zuckte ahnungslos die Schultern. Auf dem Hotelparkplatz fand er kein Auto mit dem Hinweis »Friendly Pennsylvania«, also war er nicht gekommen, der große Richard, und Konrad Eisbrenner hatte eine alte Frau am Hals und gerade mal sieben Dollar in der Tasche.
Um einen klaren Kopf zu bekommen, fuhr er zur Dachterrasse, wo der Meister des Schwimmbades gerade die Badesaison des neuen Tages eröffnete.
Es wird warm werden, Mister, sagte er und zeigte ihm die Wasserpfützen, die das nächtliche Gewitter auf den Liegestühlen zurückgelassen hatte. Über dem Broadway ging die Sonne auf. »Irgendwo geht immer die Sonne auf«, hatte Amanda gesagt, als sie über das Grönlandeis flogen. Zehn Stunden später, als sie auf Richard warteten und New York sich zu verfinstern begann, lautete ihre Spruchweisheit: Irgendwo beginnt immer die Nacht.
Eine junge Frau stieg aus dem Wasser und hüllte sich in einen Bademantel. Als sie den weißen Turban vom Kopf nahm, fiel ein Wasserfall schwarzen Haares auf ihre Schultern.

Hi!, sagte sie im Vorbeigehen und lächelte, als wüsste sie, dass Konrad Eisbrenner mit einer Achtzigjährigen in Nummer 77 geschlafen hatte.
Über New York schwimmend, überdachte er die absurde Situation. Er war mit einer alten Frau nach Amerika geflogen und wurde sie nicht mehr los! Dass hier jemals ein Riese namens Richard erscheinen würde, um sie ihm abzunehmen, hielt er für unwahrscheinlich. Sie wird sich an ihn klammern, ihm sonderbare Geschichten erzählen von Sonnenaufgängen und Sonnenuntergängen, vom »Blutgericht« und ihren Männern und er wird ihr Händchen haltend zuhören.
Nach dem Bad fuhr er noch einmal zur Rezeption, um nach Richard Ausschau zu halten, traf aber nur den Taxifahrer von gestern Abend, der die Absicht hatte, Amanda durch New York zu kutschieren. Der erkannte Conny und fragte lächelnd, ob er eine gute Nacht gehabt habe.
Als er Nummer 77 betrat, gurgelte sie vor dem Spiegel.
Ach, mein kleiner Frühaufsteher!, empfing sie ihn. Alle meine Männer waren Frühaufsteher. The early bird catches the worm, sagt das Sprichwort.
Sie wollte den Spiegel zertrümmern, weil er die Zeichen des Alterns erbarmungslos wiedergab. Schminken ist unnötig, sauber sein genügt, hatte der Rittergutsbesitzer Siegberg vor mehr als fünfzig Jahren von sich gegeben. Damals hatte sie darüber gelacht, heute hielt sie es für ungehörig, so etwas einer Tänzerin zu sagen.
Was machen wir mit deinem Richard?, fragte er.
Rudi konnte ihn nicht erreichen, er ist verschwunden.
Ein letzter Anruf bei der Rezeption, dann legte sie ihren Arm auf seine Schulter. Warum musst du unbedingt Medizin

studieren? Ich finde es furchtbar, an fremden Menschen herumzuhantieren, und das in ihrem widerwärtigsten Zustand. Als Arzt hast du es nur mit Krankheit, Hässlichkeit und Verfall zu tun, während die gesunde Schönheit an den Hospitälern vorbeispaziert. Glaub mir, Conny, wer immer nur an Kranken arbeitet, wird selber krank.
Bevor sie zum Frühstücken gingen, führte Amanda ein längeres Telefongespräch mit einem Mister Fisher. Es ging um Geld. Sie beauftragte ihn, bestimmte Beträge so oder so anzulegen. Geld muss in Bewegung bleiben, Conny, das darf nicht faul herumliegen.
Woher kam ihr Reichtum? Allein mit der Tanzkunst hatte noch niemand ein Vermögen gemacht. Vermutlich hatte sie mehrere Male reich geheiratet und ihre Männer beerbt. Jedenfalls stand sie mit der Börse auf du und du und das »Wall Street Journal« war ihr nach »Weekly World News« die wichtigste Zeitung.
Der Liftboy sah ihn traurig an. Erst das Gewitter, dann Amanda, das war zu viel für eine Nacht.
Das ist mir noch nie passiert, erklärte sie am Frühstückstisch. Ich habe mit einem jungen Mann im gleichen Raum geschlafen und wir haben über Eisbrecher in Gotenhafen gesprochen. Jener Maat, der mich damals rettete, wäre noch bis zum Endsieg zu mir unter die Plane gekrochen, aber in Gotenhafen mussten alle Zivilisten das Schiff verlassen und zwei Stunden später erhielt der Eisbrecher einen Bombenvolltreffer.
Dieser Ausgang der Geschichte war Conny entgangen.
Du hast geschnarcht, beschwerte sie sich. Als ich von meinen Männern erzählte, fingst du an zu schnarchen.

Den Tod des kleinen Pianisten habe ich noch mitbekommen und den ersten Auftritt des Rittergutsbesitzers auch, erklärte er.
Ich werde es dir noch einmal erzählen müssen.
Ich denke, dies ist unser Abschiedsfrühstück?
Sie griff nach seiner Hand.
Wir wollen in Ruhe überlegen, was nun werden soll, Conny. Wenn der Junge nicht kommt, muss ich zu ihm fahren. Ihm wird etwas zugestoßen sein. Stell dir vor, er ist im Gewitterregen mit seinem Landrover in den Graben gefahren. Ich werde alle Krankenhäuser zwischen Pennsylvania und New York abklappern müssen, um ihn zu finden.
Sie blickte abwesend ins grüne Wasser des Aquariums. Schließlich streichelte sie seine Hand und sagte:
Bring mich bitte zu den Blue Mountains. Ich werde ein Auto mieten, du sollst mein Chauffeur sein. Es ist nur ein Katzensprung, Pennsylvania fängt gleich hinter New York an. Es kostet dich einen Tag, danach bist du frei und ich werde dich fürstlich belohnen.
Die Goldfische starrten ihn an.
Du bist doch Taxi gefahren, fuhr sie fort. Nimm es so, als müsstest du eine alte Frau mit dem Taxi von New York nach Pennsylvania kutschieren. Ich könnte auch den Schwarzen von gestern bitten, mir einen fairen Preis zu machen und mich zu den Blue Mountains zu bringen, aber lieber möchte ich von dir zu meinem Richard gefahren werden. Wir kennen uns, wir haben eine Nacht zusammen verlebt und ich habe dir noch viel zu erzählen.
Er blieb stumm wie die Goldfische im Aquarium, aber sie spürte, dass sie gewonnen hatte.

Du bist ein guter Junge, flüsterte sie. Bevor wir aufbrechen, werde ich dir die Stadt zeigen. Du hast nur die schreckliche Gewitternacht erlebt, das wahre New York kennst du nicht. Es wäre eine Beleidigung für die Stadt, jetzt einfach abzufahren.
Sie beschrieb die Sehenswürdigkeiten New Yorks. Mindestens fünfundzwanzigmal sei sie in der Stadt gewesen, einmal blieb sie im Elevator des Empire State Building stecken, auf dem Aussichtsturm des World Trade Center habe sie gestanden und die Blue Mountains in Pennsylvania gesehen.
Sie winkte die Bedienung heran und gab Anweisung, ein Auto zu bestellen, riesengroß und mit getönten Scheiben. Danach begab sie sich in den siebten Stock, um sich hübsch zu machen für New York. Conny blieb allein mit den stummen Goldfischen.

***

Das Merkwürdigste an der Zukunft ist
die Vorstellung, dass man unsere Zeit
später die gute alte Zeit nennen wird.
John Steinbeck

WIE HÜBSCH SIE SICH zurechtgemacht hatte. Ein pinkfarbenes Kostüm, ein weißes Hütchen und weiße Schuhe. An den Fingern Ringe, am Hals eine Brosche, Kettchen an beiden Handgelenken.
Sie bemerkte sein Erstaunen.

Vor fünfundzwanzig Jahren hätte sich Gregory Peck nach mir umgeschaut.
Er hielt es für gefährlich, mit so vielen Kostbarkeiten am Körper durch New York zu bummeln.
Den Schmuck im Hotelzimmer zu lassen ist noch gefährlicher. Du wirst mich beschützen, Conny.
Der Empfangschef fragte nach Zimmer 77. Amanda nickte, und Konrad Eisbrenner begriff, dass ihm eine weitere Nacht mit Amanda im »Days Inn« bevorstand.
Vor dem Eingang stand ein schwarzes Auto von der Art, wie sie nur in New York und San Francisco anzutreffen sind. Lang wie ein Küstenmotorschiff, dunkelblaue Scheiben, eine Fernsehantenne auf dem Dach, mit einem solchen Wagen könnte man Särge zum Friedhof fahren.
Ich habe dir das schönste Auto bestellt, das es in New York gibt, jubelte sie und erklärte ihm das Innenleben des Wagens: Hier die Bar, dort ein Fernsehgerät, unter dem Sitz der Kühlschrank.
Die Gardinen kannst du zuziehen, wenn du ungestört in deiner Suite schlafen willst.
Nur die Badewanne fehlt, wagte er einzuwenden.
Die wird General Motors auch noch erfinden.
Der Portier überreichte ihm den Wagenschlüssel, er schien zuversichtlich zu sein, dass Conny das Ungetüm sicher durch die Straßenschluchten Manhattans kutschieren konnte.
Du bist Taxi gefahren, du weißt, wie es geht, redete sie auf ihn ein. Ein richtiger Taxifahrer wäre begeistert, einen Tag lang mit einem solchen Straßenkreuzer durch New York zu bummeln.
Ja, ein richtiger Taxifahrer. Aber Conny war ein Medizinstu-

dent, der nur aushilfsweise ein paar Wochen Taxi gefahren war.
Sie vertraute ihm an, dass der Wagen ihr nichts bedeute, aber sie habe ein Date mit Mister Fisher an der Wall Street.
Ich muss da mit einem großen Auto vorfahren, sonst denken die Jungs, ich sei arm geworden.
Conny musste sie auf die Arme nehmen und ins Auto tragen, der Portier und der Empfangschef sahen zu. Sie versank in der Polsterung und sagte, sie fühle sich wie eine Prinzessin auf der Hochzeitsreise. Die Krücke, mit der sie ihn durch die Stadt dirigieren wollte, zielte aufs Armaturenbrett.
Sie spielt Ava Gardner oder Marlene Dietrich, dachte er. Jedenfalls irgendeine Größe aus der Traumwelt, sehr alt oder schon tot und noch einmal unterwegs durch New York City.
Ihrem Täschchen entnahm sie eine Zigarettenspitze, der Portier beeilte sich, ihr Feuer zu geben. Rauch stieg aus dem schwarzen Ungetüm, als es auf die Straße rollte. Ein Polizeiwagen jaulte weit voraus, hinter sich hörte Conny die Stimme Frank Sinatras.
Hoffentlich gibt es in dieser Stadt eine Parklücke, die groß genug ist für unseren Beerdigungswagen, dachte er.
Vor dem Madison Square Garden fingen die Parking-Probleme schon an. Sie befahl, mitten auf der Straße zu halten, um eine Gedenkminute für einen ihrer Ehemänner einzulegen, mit dem sie in der Arena gewesen war, als Joe Walcott Weltmeister werden wollte.
Grässlich, diese Prügelei, aber man muss auch das gesehen haben.
Am Times Square bewunderte sie den Coca-Cola-Wasserfall. Hinter ihnen gab es ein Hupkonzert.

Weiter ging es zum UN-Gebäude am East River. Die Vereinten Nationen feierten gerade Betriebsausflug, der Generalsekretär hielt eine Rede in Kuala Lumpur, also fanden sie mühelos einen Parkplatz. Der Pförtner ließ sie ungehindert einfahren, weil er dachte, mit solchen Autos kämen nur Botschafter aus Mali oder Burkina Faso zur Weltorganisation. Sie erzählte, wie einer ihrer Männer, ein Diplomat, sie dort eingeführt hatte. Seitdem war sie eine bekannte Größe, die sich ins Gästebuch eintragen durfte und zu Empfängen eingeladen wurde. Sie vertraute ihm an, der UNESCO 500 000 Dollar gespendet zu haben zur Rettung der Statuen von Abu Simbel.
Ihn machte der Betrag schwindelig. Waren die alten Steine so viel wert? Hätte man das Geld nicht lieber zur Ausbildung von Tänzerinnen oder zur Erforschung der Osteoporose ausgeben sollen?
Vor dreißig Jahren glaubten wir, die Welt müsse von New York aus regiert werden, nicht von der Wall Street, sondern von dem Haus am East River. Wir träumten davon, dass die Kinder von Wladiwostok und San Francisco sich Briefe schrieben und keines zu hungern brauchte. Hier im UN-Hochhaus verteilten sie damals Broschüren, die die Atombomben verteufelten, aber die friedliche Nutzung der Kernenergie priesen. Heute hat keiner mehr Angst vor Atombomben, aber Kernkraftwerke sind des Teufels. Was sagt uns das, Conny? Die Menschheit verliert allmählich den Verstand.
Ich habe auch gegen Kernkraftwerke demonstriert, gestand er.
Armer Junge, bedauerte sie ihn. Wir waren alle mal jung und ließen uns verführen.

Sie trug sich ins Gästebuch ein und vermerkte neben ihrem Namen, es sei an der Zeit, die ehemalige Kolonie Südwestafrika den Deutschen zurückzugeben, damit dort der soziale Fortschritt in Gestalt der bismarckschen Renten- und Krankenversicherung eingeführt werden könne. Auch der soziale Wohnungsbau gehöre nach Deutsch-Südwest.
Ein Onkel meines Vaters diente vier Jahre als kaiserlicher Marineoffizier in Windhuk, bis ihn die Engländer gefangen nahmen. In der Kaiserstraße in Windhuk lebt noch eine Cousine. Wenn du willst, Conny, machen wir unsere nächste Reise nach Deutsch-Südwest.
High Noon hielt Amanda für die einzige Tageszeit, in der ein zivilisierter Mensch den Central Park betreten durfte. Sie hängte sich an seinen Arm und humpelte zu einem Gewässer, vor dem ein kleiner Tempel stand. Radfahrer mit bunten Sturzhelmen auf dem Kopf umkreisten den Teich. Zwei Polizisten zu Pferde grüßten Amanda, als wäre sie eine alte Bekannte. Sie warf Brotstücke in den Teich, die sie von der Frühstücksbar des Hotels mitgenommen hatte. Enten wasserten zu ihren Füßen und ließen kleine Wellen ans Ufer schlagen.
Ihr erster Mann war Entenjäger.
Lieber Entenjäger als Schürzenjäger, dachte Conny.
Sie schwärmte von einem Septemberabend, als Siegberg mit Flinte und Jagdhund zum See wanderte. Sie blieb auf der Terrasse des Herrenhauses und hörte die Schrotkörner im Fliederbusch rascheln. Als es dunkelte, steckte sie Fackeln auf, um dem Herrn den Heimweg zu leuchten. Erst erschien der Hund, dann sein Herr, über der Schulter vier Kreaturen, Schmutz und Schlingpflanzen an den Stiefeln, im Mund eine

Zigarre. Sie legte eine Schellackplatte auf und tanzte dem Entenjäger vor, vermutlich war es die Mondscheinsonate. Irgendwo fiel ein Schuss, die Enten flüchteten auf eine Insel. Geschah das in Manhattan oder in Amandas fernem Osten? Als Amanda zum ersten Mal New York besuchte, waren die Verhältnisse noch so, dass man auf einer Bank im Central Park übernachten und sicher sein konnte, am nächsten Morgen aufzuwachen.

Wann war das?

Auf meiner zweiten Hochzeitsreise. Wir schifften uns in Southampton ein und erlebten eine stürmische Überfahrt. Als die Freiheitsstatue im Morgenlicht auftauchte, holte mein Mann mich aus dem Bett, morgens um halb sechs. Wir betrachteten das kolossale Weib eine Viertelstunde lang, dann gingen wir wieder schlafen, es war schließlich unsere Hochzeitsreise. So war er, mein geliebter Leon, immer groß und erhaben, am liebsten mit Wagner-Musik, notfalls auch Beethoven. Ach, Conny, damals war die Welt noch in Ordnung, die Menschen schliefen auf Bänken im Central Park, die Freiheitsstatue war jung und wirklich frei und Amerika das Land aller Sehnsüchte.

Zum Abschluss unternahm sie mit ihm eine Kutschfahrt durch den Park. Im Fiaker sitzend, erzählte sie von der Zeit, als die Welt noch in Ordnung und das Empire State Building das höchste Gebäude der Stadt war, Bing Crosby und Frank Sinatra singen lernten und Elvis gerade zur Schule kam. Am Broadway lief »Oklahoma«, und die Bettler gaben sich mit einem Quarter zufrieden; heute fängt ihr Elend bei einem Dollar an.

Wenn es ums Geld geht, gehört
jeder der gleichen Religion an.
Voltaire

MIT DIESEM SPRUCH steuerte sie auf den Tempel aller Finanzen zu.
Kennst du Warren Buffett?
Nie gehört.
Mit ihm hatte sie gepokert und nebenbei die Geheimnisse der Börse erfahren.
Er verlor eine Aktie seines Finanzimperiums und übergab sie mir persönlich, ich schenkte ihm eine meiner Coca-Cola-Aktien. Stell dir vor, Conny, seine Aktie ist heute 70 000 Dollar wert und meine Coca-Cola-Aktie 70 Dollar und 20 Cent. So ungerecht geht es an den Aktienmärkten zu. Das Schöne an der Börse: Du kannst tausend Prozent gewinnen, aber nie mehr als hundert Prozent verlieren.
Noch war es erlaubt, einen Straßenkreuzer von acht Metern Länge mit abgedunkelten Scheiben vor den Stufen der Wall Street zum Halten zu bringen, ohne dass ein Dutzend Polizisten ihre Maschinenpistolen entsicherten. Amanda ging festen Schrittes, ohne seinen Arm oder die Krücke zur Hilfe zu nehmen, die Stufen hinauf und klopfte laut an die Tür.
Hier musst du forsch auftreten, sonst tanzen dir die Jungs auf der Nase herum!
Staunend stand er vor dem Gebäude, in dem die Welt des Kapitals jeden Tag neu erfunden wurde. So klein und doch so groß.

Glaubst du an Gott, Conny? Wenn nicht, solltest du lieber draußen bleiben. Nur Menschen mit großem Gottvertrauen dürfen die Wall Street betreten.

Ein Wachmann stellte sich ihnen in den Weg. Als er sie erkannte, verneigte er sich. Er sprach sie mit einem Namen an, den Conny noch nie gehört hatte, jedenfalls nicht Amanda von Vegesack. War es La Jana oder Mata Hari? Der Mann versprach, das Küstenmotorschiff in die Garage zu bringen. Eigentlich hatten hier nur akkreditierte Börsenmakler Zutritt, aber sie erklärte, mit Mister Fisher verabredet zu sein, und durfte eintreten. Es folgte eine Sicherheitskontrolle.

Die Jungs müssen vorsichtig sein, entschuldigte sie die Prozedur. Es könnte einer kommen, der an der Börse viel Geld verloren hat, und mit seiner Maschinenpistole herumschießen.

Conny traf ein geringschätziger Blick des Kontrolleurs, dann durfte er Amanda begleiten als helfendes Zubehör, wie eine Krücke den Lahmen begleitet. Aber nur bis in den Vorraum des Allerheiligsten. Dort tupfte sie ein wenig Rosenöl hinter die Ohren und erfrischte ihr Gesicht mit dem Duft des amerikanischen Frühlings.

Nichts ist so widerlich wie eine nach Schweiß riechende Frau. Wer zur Börse geht, sollte wenigstens gut duften.

Diese Einsicht verdankte sie einem ihrer Ehemänner, dessen Nase fast nichts ertragen konnte außer dem Geruch einer schwarzen Zigarre.

Mister Fisher erschien und umarmte sie, Conny würdigte er keines Blickes.

Coca-Cola ist gefallen, beschwerte sie sich. Ausgerechnet heute, wo ich zu Besuch komme, lasst ihr Coca-Cola abstür-

zen. Wenn ich abfahre, steigt Coca-Cola. Was macht ihr nur für einen Unsinn?
Die Jungs haben gehört, dass du in der Stadt bist, antwortete Mister Fisher mit besorgter Miene. Einige fingen an, Coca-Cola zu verkaufen, weil sie dachten, du bist gekommen, eine größere Verkaufsorder in den Handel zu geben.
Ein Diener wies Conny einen Sessel zu und versprach, ein Glas Mineralwasser zu bringen, während Amanda mit Mister Fisher im Allerheiligsten verschwand. Bevor das Mineralwasser kam, wurde auch Conny in den Börsensaal gebeten. Amanda hatte darauf bestanden, weil sie jemanden brauchte, auf den sie sich stützen konnte. Auch vor den Kurstafeln wollte sie demonstrieren, dass eine alte Frau sich einen jungen Mann leisten konnte. Sie grüßte nach allen Seiten, einige Broker nahmen sich Zeit, ein paar Worte mit ihr zu wechseln.
Ich besitze zehn Prozent von Coca-Cola, flüsterte sie Conny zu. Wenn ich drüben zu dem kleinen Dicken gehe – sie zeigte mit der Krücke auf einen asiatisch aussehenden Mann – und ihm sage, er soll meine Aktien verkaufen, bricht heute noch die Welt zusammen. Es gäbe einen Schwarzen Freitag oder einen Schwarzen Montag oder ein schwarzes Loch.
Amanda ging tatsächlich zu dem kleinen Dicken und wechselte ein paar Worte. Die Händler schauten gespannt herüber – kauft sie oder verkauft sie?
Mister Fisher verschwand in einem Nebenzimmer und kehrte mit der Nachricht zurück, Coca-Cola sei soeben um fünf Cent gestiegen.
Sie erkundigte sich nach Pepsi.
Die machen Fortschritte, erklärte Mister Fisher, liegen aber noch weit hinter Coca-Cola.

Sie pochte ärgerlich mit der Krücke aufs Parkett. Am liebsten würde sie Pepsi aufkaufen und die Geschäftsleitung in die Wüste schicken.
Aber wenn ich einen größeren Kaufauftrag für Pepsi gebe, steigt die Aktie noch mehr.
Vor der Kurstafel stehend, nahm sie Conny das Versprechen ab, niemals Pepsi zu trinken. Auch Pizza Hut, Taco Bell und Kentucky Fried Chicken sollte er meiden, weil die alle zu dem Teufelskonzern gehörten, der es sich in den Kopf gesetzt hatte, Coca-Cola zu überholen.
Wie bist du zu Coca-Cola gekommen?, fragte er.
Coca-Cola ist zu mir gekommen, antwortete sie lächelnd und erzählte von einem Cover-Girl, das für Coca-Cola Reklame machte: Eine Tänzerin steht erschöpft auf der Bühne, ihr Partner eilt auf sie zu und reicht ihr ein Glas … Coca-Cola.
Als sie Wall Street verließen, stand der Straßenkreuzer abfahrbereit vor den Stufen. Conny fragte, welche geheimnisvollen Kräfte bewirkt hatten, dass aus dem fallenden Kurs bei ihrem Erscheinen ein steigender Kurs bei ihrer Verabschiedung geworden war.
Ich habe einen Kaufauftrag über zehntausend Coca-Cola-Aktien in den Markt gegeben. Da haben die Jungs wieder Vertrauen gefasst. So einfach ist es, an der Börse reich zu werden. Es geht aber nur, wenn du schon reich bist.
Im Auto gestand sie ihm, das mit den zehn Prozent sei übertrieben gewesen, sie besitze nur sechseinhalb Prozent, auch das reiche aus, um ein Erdbeben zu verursachen.
Kennst du den Unterschied zwischen Kapitalismus und Kommunismus? Im Kapitalismus beutet der Mensch den Menschen aus, im Kommunismus ist es umgekehrt.

Die Türme

VON DER KLEINEN BÖRSE ging es hinauf zu den Größten, die New York zu bieten hatte. Im Mai des Jahres 90 war die Welt noch in Ordnung und Amanda fuhr mit Conny zum Empire State Building hinauf. Das heißt, sie fuhr, ihm wies sie die Treppe zu, um seinen Körper für die Herausforderungen Amerikas zu stählen.

Du musst dich fit halten, Conny.

Während er schnaufend die Stockwerke abzählte – sie hatte, bevor sie im Fahrstuhl entschwebte, von Marathonläufen im Empire State Building gesprochen –, ging ihm Coca-Cola nicht aus dem Kopf. Wenn die Geschichte stimmte, gehörte Amanda zu den reichsten Frauen der Welt. Wie konnte eine kleine Tänzerin so viel Reichtum anhäufen?

Fröstelnd stand sie am Schutzgitter der Aussichtsplattform, blickte auf die Uhr, um zu sagen, er hätte gerade keine Meisterleistung im Treppensteigen vollbracht. Mit der Krücke erklärte sie ihm die Wolkenkratzer der Umgebung.

Wo ist Coca-Cola?

Die residieren in Atlanta. Ich darf mich da nicht blicken lassen, weil die sofort ein Fest veranstalten und mich zwingen, in Coca-Cola zu baden.

Er wollte es sich nicht eingestehen, aber der Besuch an der Börse hatte sein Bild von Amanda verändert. Dieser überspannte Paradiesvogel hatte es fertiggebracht – wie auch immer –, sechseinhalb Prozent an Coca-Cola zu erwerben. Mit ihrem Reichtum reiste sie um die Welt und erzählte ihren Begleitern von Türmen und Brücken.

Auch wenn du das kleine Gebäude nicht sehen kannst, die Wall Street dort unten arbeitet weiter, sagte sie und zeigte in die Tiefe. Das ist das Wunderbare am Kapital, es arbeitet Tag und Nacht. Während die Börsenhändler schlafen oder den Gewinn des Vortages zählen, arbeitet das Kapital unverdrossen weiter. Du kannst es nicht ausbeuten, es nimmt keinen Urlaub, es kann nicht krank werden, es ist immer da und tut seine Pflicht.

Manchmal verliert es an Wert.

Das ist seine einzige Schwäche.

Vergeblich suchte sie die St. Patrick's Cathedral. Auch die war im Wolkenkratzermeer untergegangen. Einer ihrer Ehemänner hatte den Unterschied zwischen Europa und Amerika so erklärt: In Europa überragen die Kirchen die Städte, in Amerika ducken sich die Kirchen in die Schatten der Wolkenkratzer.

Aber denk ja nicht, dass Gott in Europa groß und in Amerika klein ist. Gott ist überall gleich.

An Gott glaubte sie also auch.

Sie drückte ihm die Krücke in die Hand und unternahm auf der Aussichtsplattform des Empire State ein paar Tanzschritte. Er schaute staunend zu.

Manchmal vergesse ich die kranken Beine, hauchte sie ihm ins Ohr und klammerte sich ans Gitter.

Hast du »Ruf der Wellen« gesehen? Es war der erste Film, in dem ich auftrat. Ich war jung, schön und arm, jetzt bin ich alt, krank und reich. So ungerecht spielt das Leben.

Ihre Krücke zeigte über das Meer zum alten Europa, schweifte nach Westen, wo die Sonne unterging und Richard lebte, den sie den ganzen Tag über nicht erwähnt hatte. Sie schickte Conny zum Telefon. Er sollte im Hotel anrufen und fragen, ob Richard eingetroffen sei. Keine Spur von Richard. Ihm kamen Zweifel, ob es ihn überhaupt gab. Immerhin, die Blue Mountains gab es. Sie lagen dort, wo die Sonne untergehen wollte.

Abwärts durfte er sie im Fahrstuhl begleiten. Unten angekommen konnte sie gerade noch verhindern, dass zwei Arbeiter das Küstenmotorschiff auf einen Abschleppwagen hievten. Sie argumentierte mit der Krücke, was aber wenig half. Erst zwei Zehndollarscheine ließen den Abschleppwagen beidrehen.

Hier war es, sagte sie und klopfte auf die Steine. Hier habe ich gestanden und dem Sieger des Empire-State-Run-Up einen Scheck übergeben. Es war übrigens ein Deutscher aus Stuttgart, der die 1576 Stufen in gut zehn Minuten bewältigte. Ich trug ein blaues Kleid und einen weißen Hut, der Sieger küsste mir die Hand und sprach Schwäbisch.

Das World Trade Center musste er allein besteigen. Sie hatte traurige Erinnerungen an die Türme; einer ihrer Ehemänner war dort zu Schaden gekommen. Deshalb wollte sie beim Auto bleiben, um erneut auftauchende Abschleppwagen in die Flucht zu jagen.

Der spektakulärste Blick auf Erden!, empfing ihn ein Plakat, als er oben ankam. Der zweite Turm, mit Antennen bestückt und für Besucher nicht zugänglich, warf einen langen Schatten. Im Restaurant »Windows on the World« trank er Coca-Cola und dachte an Amanda, die in der Tiefe auf ihn wartete. Unten entdeckte er einen farbigen Fleck auf der Kühlerhaube. Die kleine Meerjungfrau war von Kopenhagen nach New York ausgewandert und hatte auf dem Blech eines Straßenkreuzers Platz genommen. Er winkte ihr zu, aber sie nahm ihn nicht wahr. Er sah noch, wie ein Polizist auf dem Motorrad auftauchte und mit Amanda über die Unmöglichkeit verhandelte, am Fuße des World Trade Center ein Auto abzustellen. Sie argumentierte wieder mit der Krücke.

Als er heil ankam, war sie erleichtert.

Ich trau diesen Türmen nicht, flüsterte sie. Warum müssen wir so hoch hinaus? Irgendwann werden alle Türme umfallen. Ich hoffe nur, das geschieht nicht, wenn ich gerade in New York zu tun habe.

Bei der Weiterfahrt verlor sie sich in vorchristlichen Zeiten und erzählte so eindringlich vom Turmbau zu Babylon, als wäre sie dabei gewesen. Sie hielt es für Gotteslästerung, Türme zu bauen, die dem lieben Gott zu nahe kamen.

Er kannte von der vorchristlichen Geschichte nur den Song von den »Rivers of Babylon«.

***

Die Liebe höret nimmer auf, aber
der Tod hat den längeren Atem.

VOR DEM HOTEL LIESS SIE HALTEN. Sie schickte ihn zur Rezeption, um nach Richard zu fragen. Nein, ein Zweimetermann namens Richard hatte sich nicht gemeldet.

Der Junge ist schlecht erzogen, sagte sie und beschloss, in Little Italy einzukehren.
Der Türsteher des »San Marino« verneigte sich tief.
Achte auf unser Auto, Joe.
Der Barkeeper schaltete die Fernsehgeräte aus, drei männliche Bedienstete erstarrten zu Salzsäulen. Ein rundlicher Herr kam raschen Schrittes aus der Küche und küsste Amandas Hand. Sie tippte mit der Krücke auf einen runden Tisch, der sollte es sein.
Der rundliche Herr wedelte mit der Weinkarte. Ohne hineinzuschauen, bestellte sie einen weißen Trientiner.
Für meinen Conny Coca-Cola!
Als Speise genügte ihr eine Portion Shrimps, er sollte sich ein fürstliches Mahl aussuchen!
Er hat mich kreuz und quer durch Manhattan kutschiert und muss Hunger haben wie ein Wolf, erklärte sie dem rundlichen Herrn. Über seinen Kopf hinweg sprachen sie Italienisch, musterten ihn kritisch, taxierten, was ihm zuzumuten sei, Tintenfisch oder Saltimbocca.
Seit wann sprichst du Italienisch?
Meine erste Hochzeitsreise führte nach Italien, damit fing die Liebe zum Land der Zitronen an. Im Krieg musste mein Mann dem Duce helfen, ich besuchte ihn oft in Milano. Weißt du, Conny, wer Opern liebt, muss Italienisch verstehen.
Bei Opern bin ich immer froh, die Texte nicht zu verstehen.
Sie hob das Glas, Trientiner und Coca-Cola trafen sich über dem runden Tisch. Sie prostete einem Bild zu, das ihr gegenüber an der Wand hing und einen bärtigen Mann, Italiens berühmtesten Banditen, zeigte.

Du brauchst ihn nicht zu kennen, er wurde in den sizilianischen Bergen erschossen, bevor du auf die Welt kamst. Verrat! Alle großen Männer sterben durch Verrat.
Conny kämpfte mit Spaghettifäden, während sie ihm von Salvatore Giuliano erzählte und seiner Mutter, die New York besucht, an diesem Tisch gesessen und mit Amanda weißen Trientiner getrunken hatte. Nach der Rückkehr verbot sie ihrem Sohn, New York heimzusuchen, die Stadt sei zu gottlos für einen Sizilianer.
Kaum war sie fertig mit ihren Shrimps, steckte sie einen schwarzen Zigarillo in ihre Elfenbeinspitze, ließ sich von dem kleinen Dicken Feuer geben, während der brave Conny Maraschinoeis zum Nachtisch bekam.
In den Rauch hinein erzählte sie von der Zeit in Milano, als der Krieg noch zu ertragen gewesen war. Amanda mit Gatten in der Scala. Amanda auf der Bühne in »Schwanensee«. Amanda in Palermo. Ja, sie hatte aushilfsweise in Milano und Palermo getanzt, Italien lag ihr zu Füßen, Giuliano kam aus den Bergen, um ihr zu huldigen.
Das kannst du glauben oder nicht, Conny.
Er glaubte es nur ein bisschen.
Zur Verabschiedung stand das Personal an der Tür. Der Portier flüsterte ihr zu, er habe den Schmutz von den Autoscheiben gewaschen, und bekam dafür einen Schein.
Da sie keine Rechnung erhalten hatte, fragte Conny:
Gehört dir das »San Marino«?
Mit Coca-Cola habe ich schon Ärger genug, warum sollte ich noch Little Italy kaufen?
Sie war immer noch nicht müde, wollte kreuz und quer durch die abendliche Stadt gefahren werden, vor allem die

Brücken hatten es ihr angetan. Sie liebte das alte Eisen, die rote Rostfarbe, die Pylonen, die den Wolkenkratzern nicht nachstehen wollten.
Sie hielten vor einem Kino am Broadway, in dem Amanda zum letzten Mal geweint hatte, ungefähr vor dreißig Jahren … In Mailand tanzten die Italiener auf der Straße, Amanda tanzte auf der Bühne … Dieser Giuliano besaß ein großes Herz, trotzdem schossen sie ihn tot … Seine Mutter errichtete ihm ein Denkmal, an dem sie jeden Morgen betete … Im »San Marino« trank sie Trientiner … und so weiter und so weiter.
Im Jahr der großen Inflation, als sie Papiergeld zum Heizen in den Ofen warfen, fuhr Amanda mit ihrer Mutter von Königsberg nach Berlin. Wie hatte die arme Mutter es nur fertiggebracht, ihren Ballettunterricht zu bezahlen? Damals zählten nur die Sachwerte, die weißen Perlen, der gesunde Körper, die bereitwillige Schönheit.
Auch meine Mutter war eine Schönheit. Von ihr habe ich die grazile Anmut, ohne die eine Tänzerin verloren ist.
Von dem eher groben Weinvertreter Pawlowski erbte sie den unbedingten Willen zum Leben. Schönheit und Lebenswille, mit dieser Mischung kommt man weit.
Nach vierundzwanzig Stunden Amerika schwirrte ihm der Kopf. Welch eine Reise um die Welt! Von Königsberg nach Berlin, in die Mailänder Scala und die Berge Siziliens, zum lieben Gott und der Wall Street, Run-Up im Empire State Building und Turmbau zu Babel, ins Coca-Cola-Hauptquartier nach Atlanta und zum weißen Trientiner in Little Italy …
Zum Schluss verirrten sie sich in die Elendsgegenden von

Brooklyn und Bronx, von denen Amanda behauptete, hier dürften nur geschlossene Autos mit verdunkelten Scheiben spazieren fahren. Wurde hier nicht die »West Side Story« gedreht? Mit Sammy Davis Junior hatte sie gesteppt, als ihr die Beine noch gehorchten.

Er fragte, ob sie bei den Dreharbeiten dabei gewesen sei.

Amanda antwortete nicht, sie war eingeschlafen und hatte ihn allein gelassen mit dem Ungeheuer von Auto und der großen Stadt New York. Im Radio spielten sie »Summertime«.

***

Alle Helden machen sich etwas vor.

ALS DIE NACHT HEREINBRACH, kehrten sie wieder in Zimmer 77 ein wie ein frisch vermähltes Paar auf der Hochzeitsreise. Sie fragte nicht, ob ihr Richard sich gemeldet hätte; es kam auch niemand von der Rezeption, um Neues von ihm zu berichten.

Morgen fahren wir zu den Blue Mountains, entschied sie, ohne ihn zu fragen.

Ungestört von heraufziehenden Gewittern lag er im Pool und zählte die Sterne über Manhattan. Wie sollte es weitergehen? Ihm kam der furchtbare Verdacht, dass es diesen Richard gar nicht gab, dass Konrad Eisbrenner Richard spielen sollte, ein Zeitvertreib für eine alte Frau.

Im Bett sitzend, »Weekly World News« auf den Knien, erwartete sie ihn. Tausend und eine Nacht konnte die Prinzessin aus dem Morgenland erzählen und Connys Part war nur das Zuhören.

Ich bin dir noch meine Ehemänner schuldig, Conny.

Während im »Days Inn« die Klimaanlage rauschte und Flugzeuge den Nachthimmel durchmaßen, berichtete sie von Siegberg, der aus Ostelbien kam und ein Kerl war wie John Wayne. Er besaß ein Gut, züchtete Pferde und ließ Kartoffeln anbauen. Seine Leute nannten ihn Rittmeister, eine Erinnerung an die Kavallerie des Ersten Weltkrieges. Am liebsten trat er in Uniform auf. Der Tänzerin Amanda erzählte er im »Café Vaterland«, er werde bei den nächsten Olympischen Spielen für Deutschland reiten. Diese Olympischen Spiele sollten 1940 stattfinden, fielen aber dem Krieg zum Opfer.

Ihr Glaube, ein Gutsbesitzer müsse ein reicher Mann sein, löste sich in nichts auf, als sie erfuhr, das Gut sei heruntergewirtschaftet und Siegberg so arm wie ihr kleiner Pianist. Sein selbstbewusstes Auftreten hatte die Armut vergessen lassen. Er war charmant zu den Damen, saß vorzüglich im Sattel und erfand für Amanda den Kosenamen »Schmetterling«.

Ihre Hochzeit feierten sie zweimal, in Berlin in einem Offizierskasino und eine Woche später auf dem ostelbischen Gut. Amanda Pawlowski fuhr wie eine Königin in die Kirche. Sechs Pferde, Schecken aus der Zucht des Rittmeisters, zogen das Gefährt. Die Auffahrt zum Herrenhaus schmückten rotweiße Bänder, in der fernen Stadt läuteten Glocken. Der Gatte saß nicht neben seiner Braut, sondern ritt auf seinem Zuchthengst Gneisenau in Rittmeisteruniform neben der Kutsche. Die Leute vom Gut standen Spalier, die Männer zogen ihre Mützen, die Frauen hielten dem Paar Blumensträuße entgegen. Die Jagdkumpane des Bräutigams schos-

sen Salut in den Himmel, einer blies das Horn, nicht das Halali, sondern »Auf, auf zum fröhlichen Jagen«.
Schläfst du schon, Conny?
Nein, er schlief nicht. Er erlebte noch die Hochzeitsreise nach Italien mit Zwischenstopp am »Wilden Kaiser«. Der Heilige Vater gewährte ihnen eine Audienz, weil Siegberg einer Verbindung angehörte, die es so arrangieren konnte, dass die Hochzeitsreise im Petersdom endete. Der Papst neigte sich ihr zu und flüsterte: Liebe Frau, Sie müssen mehr essen, damit Sie groß und stark werden und gebären können.
Es gab ein Bild, das Siegberg mit Gattin auf der Engelsbrücke zeigte, ein Schmetterling begleitet von einem nordischen Stier. Ach, er aß so gern Peperoni! Es schmerzte ihn, dass sie nicht mit ihm ausreiten wollte. Der Hof besaß schöne Pferde, Tag und Nacht hätten sie durch die masurischen Wälder reiten können, aber ihre Angst, vom Pferd zu fallen, verhinderte solche Ausflüge.
Du weißt doch, Conny, ein Beinbruch ist der Tod jeder Tänzerin.
Ja, das hatte er schon einmal gehört.
Es ging auf Mitternacht zu, als Amanda ihm gestand, ihr Siegberg habe von schwarzen Frauen geträumt.
Ich bitte dich, Conny, wie soll ein Offizier der deutschen Wehrmacht zu einer Schwarzen kommen? Die Kolonien waren verloren; Deutschland eroberte zwar vorübergehend drei Viertel Europas, aber keine schwarzen Frauen.
Einmal tat sie ihm den Gefallen und verkleidete sich zu einem Maskenball als Negerin, hatte nachher aber große Mühe, die schwarze Tusche von der Haut zu waschen.
Schläfst du schon, Conny?

Siegbergs Lieblingslied war der Marsch »Alte Kameraden«. In den Krieg zog er, wie andere Leute auf die Jagd gehen; da wird auch geschossen, und ab und zu fällt eine Kreatur vom Himmel. Hätte er zweihundert Jahre früher gelebt, wäre er Reitergeneral beim Alten Fritzen gewesen. Noch im Ersten Weltkrieg ritt er in Galizien Attacke, im Zweiten brauchten sie Pferde nur noch für die Gulaschkanonen.

Die schönste Zeit mit ihm verlebte sie im Herbst 39 nach dem siegreichen Polenfeldzug. Erst eroberte er Warschau, dann Amanda. Mit einer sechsspännigen Kutsche fuhren sie über die Gutsfelder, um den Kartoffelsammlern zuzuschauen; die Kartoffelfeuer brannten bis tief in die Nacht. Es folgten stundenlange Schlittenfahrten, weil das Gut in jenem Winkel Deutschlands lag, der Ende November einschneite und erst im März auftaute. Die Petersburger Schlittenfahrt war ein viel gespieltes Stück in Amandas Wunschkonzert. Die Glöckchen am Geschirr der Pferde läuteten, der weiße Atem fror den Tieren vor den Mäulern, sie trank heißen Tee und wärmte ihre Füße an einem Ziegelstein. Siegberg begnügte sich mit fünfzigprozentigem Rum.

Viel Freude hatte sie nicht an ihrem Reitergeneral. Die Erwartung, der Krieg werde es mit der Einnahme Warschaus genug sein lassen, erfüllte sich nicht. Siegberg bekam auch in Frankreich zu tun – dort schon ohne Pferd –, er machte einen Abstecher nach Italien und verlor sich schließlich im weiten Russland. Seinen Schmetterling besuchte er dreimal, oft genug, um einen Sohn zu zeugen, eben jenen Richard, der in den Blue Mountains Pferde züchtete. Als der Junge geboren wurde, bekam der Vater Sonderurlaub. Kaum verließ Amanda das Kindbett, trug er sie in die Kutsche und unter-

nahm eine Rundreise durch die gutseigenen Wälder. Dabei erschoss er einen streunenden Fuchs, dessen Fell er zu einem Muff für Amanda verarbeiten ließ. Siegberg fiel in der Panzerschlacht am Kursker Bogen.
Ich bitte dich, Conny, was hat ein Reiter und Jäger bei einer Panzerschlacht zu suchen? Das konnte nicht gut gehen.
Das Deutsche Reich zahlte ihr, solange es zahlungsfähig war, eine kleine Pension. Richard war ausersehen, das Gut im Osten zu erben, aber die Rote Armee zog einen Strich durch diese letztwillige Verfügung. Weil der Junge nicht das Gut bekam, wanderte er nach Amerika aus und verlor sich in den Blue Mountains. Für seine Witwe hatte Siegberg ausreichend gesorgt. Sie erbte den Zuchthengst Gneisenau, außerdem bestimmte ein Testament, dass der Schmetterling bis ans Lebensende im Herrenhaus wohnen und mit Kutsche oder Schlitten ausfahren dürfe. Auch stand ihr neben Naturalien eine jährliche Apanage zu. An Siegberg lag es nicht, dass Amanda im Jahre 45 wieder verarmte und tanzen musste.

***

> Im Alter werden uns die Hügel zu
> Bergen und die Täler zu Abgründen.

Der schwarze Strassenkreuzer war über Nacht verschwunden, statt seiner stand ein gewöhnlicher Pick-up-Truck in graublauer Farbe vor dem »Days Inn«. Die Bediensteten trugen Amandas Taschen, Rucksäcke und Hutschach-

teln auf die Ladefläche. Der Hoteldirektor erschien, um ihr einen Blumenstrauß zu überreichen.
Sie hatte sich rustikal gekleidet: schwarzer Rock, graue Bluse, Strohhut. Kein Schmuck. Sie behauptete, so hätten die Frauen der Siedler ausgesehen, als sie in Amerika die erste Suppe kochten.
Vor der Abfahrt telefonierte sie mit Rudi. Er hörte, wie sie ihn anwies, die Blumen auf dem Balkon zu gießen. Die Stimme aus Deutschland erklärte, das sei nicht nötig, es habe ausgiebig geregnet.
In der Mitte des Trucks ließ sie sich ein Nest bauen. Die Bank hinter dem Fahrersitz wurde mit Kissen und Decken ausgelegt, so entstand ein gemütlicher Alkoven, in dem sie schlafen oder wachen konnte, wie es ihr gefiel. An die Fenster kamen Vorhänge, in eine Vase aus Weißblech, halb gefüllt mit Wasser, gab sie den Blumenstrauß der Hoteldirektion.
Ich werde die Blumen meinem Richie mitbringen, sagte sie und bat darum, vorsichtig zu fahren, damit das Wasser nicht aus der Vase schwappe.
Ihm blieb der Fahrersitz mit sechs Dosen Coca-Cola im Handschuhfach.
Hast du an deine Eva geschrieben?
Ich habe keine Eva.
Mir liegt sehr daran, dass ihr euch wieder vertragt, Conny. Also schreib ihr.
Ein Hoteldiener brachte ihr als Reiselektüre das »Wall Street Journal«. Coca-Cola war um zwei Cent gestiegen, worüber sie sich nicht freuen konnte, weil Pepsi um drei Cent gestiegen war. Sie wandte sich lieber ihrem Blatt vom Vortag zu

und las ihm, während er fuhr, die Geschichte vom größten Geheimnis des Zweiten Weltkrieges vor: Hitler war eine Frau.
Das erklärt vieles, nur Frauen können so unvernünftig sein wie Adolfine. Und wenn Hitler eine Frau war, muss Zarah Leander ein Mann gewesen sein.
Amanda hatte Adolfine nur einmal gesehen, an einem »Tag der Arbeit« auf dem Tempelhofer Feld in Berlin. Neben ihr fielen zwei Sekretärinnen in Ohnmacht, als sie die Stimme des Herrn hörten. Im Nachhinein kam es ihr vor, als hätte sie schon damals weibische Züge an dem Kerl bemerkt. Die Menschen lagen dieser Person zu Füßen wie einer Hollywooddiva.
Von ihrem Alkoven aus dirigierte sie ihn durch den Lincolntunnel in eine Gegend, für deren Hässlichkeit sie sich glaubte entschuldigen zu müssen. Die Vororte New Yorks sind heute schon so verkommen, wie die ganze Erde in hundert Jahren aussehen wird. Ich werde das nicht mehr erleben, aber du wirst den Dreck noch beiseitekehren müssen.
Er trank eiskalte Coca-Cola und redete sich ein, es sei einerlei, mit einem Greyhoundbus oder mit dieser Kiste nach Westen zu fahren. Sie bezahlte ihm das Essen und den Sprit für den Wagen, er durfte Coca-Cola trinken, so viel er wollte, und sie erzählte ihm unglaubliche Geschichten von Dschingis Khan, der in ihrem Osten sein Unwesen getrieben hatte, von Wölfen und Schneestürmen, schwarzem Tatarenblut und tanzenden Zigeunern. Im Autoradio sang Harry Belafonte.
Das »Wall Street Journal« kolportierte eine Aussage von Bill Gates, der seinen Laden erst 1975 gegründet, aber in aller Öf-

fentlichkeit verkündet hatte, er werde Coca-Cola von der Spitze der Wall-Street-Hitliste verdrängen.
Man sollte diese Blätter verbrennen, schimpfte Amanda.

***

> Glück zu ertragen, verstehen nur
> wenige. Ich meine anderer Leute Glück.
> *Mark Twain*

DER TAXIFAHRER KONRAD EISBRENNER brachte eine alte Frau von New York zu ihrem Sohn in die Blue Mountains. Vierhundert Meilen ungefähr, eine Tour, von der jeder Taxifahrer träumte.
Zwei Stunden hörte er nichts von ihr. Ob sie schlief hinter ihren Vorhängen oder brütete sie über Kreuzworträtseln? Die Landschaft wurde lieblicher, je weiter sie sich von New York entfernten. Farmland, blühende Bäume, Rinder auf der Weide; nachher wird sie sagen, bei ihr im Osten habe es so ähnlich ausgesehen. Der graublaue Truck brummte melancholisch auf der Interstate Richtung Westen, begleitet von Autos mit dem freundlichen Kennzeichen: You've got a friend in Pennsylvania!
Als er einmal scharf bremsen musste, schwappte das Blumenwasser aus der Vase, ein Rinnsal lief am Boden des Trucks bis zu ihren Schuhkartons.
Willst du mich ersäufen, Conny?
Sie sang Lilli Marleen.

Kennst du die?, fragte sie nach der ersten Strophe.
Natürlich kannte er Lilli Marleen.
Sogar die Amerikaner kennen sie, oft ist es das Einzige, was sie von Deutschland kennen.
Sie sang erst wie Lale Andersen, dann die englische Version von Marlene Dietrich. Danach kam Amandas Auftritt vor dreihundert verwundeten Soldaten auf einer Bühne in Königsberg zur Sprache. Lale Andersen sang, Amanda tanzte als Schneeflocke vor dem Kasernentor; es war schon fünf vor zwölf und jeder musste sein Scherflein zum Endsieg beitragen, singend oder tanzend. Das alles geschah auf der Interstate nahe Allentown. Es folgte die Geschichte vom Herero-Aufstand in Deutsch-Südwest, den der Ehemann ihrer Mutter, ein gewisser Rüdiger, niedergeschlagen hatte.
Ich denke, dein Vater war der Weinvertreter Pawlowski?
Der trat als zweiter Ehemann in das Leben meiner Mutter, nachdem der erste in der Schlacht am Waterberg gefallen war.
Mit den Kriegen hatte die Familie kein Glück. Der erste Mann der Mutter fiel am Waterberg, der zweite bei Verdun, Amandas erster Mann kam vom Kursker Bogen nicht zurück und so weiter und so weiter.
Sie behauptete, ihre Mutter sei eine Adlige aus St. Petersburg gewesen, die schon 1901 die Oktoberrevolution vorausgeahnt und fluchtartig das geliebte Russland verlassen hatte, um so lange im Kurpark von Baden-Baden zu lustwandeln, bis sie den aus Südafrika heimgekehrten, hoch dekorierten Marineoffizier traf, der um ihre Hand anhielt. Nach drei Monaten rief ihn die Pflicht nach Afrika zurück, wo er am Waterberg sterben musste.
Südafrika wäre auch eine Reise wert, Conny.

Nach dem Unglück am Waterberg wurde die Mutter Kindermädchen auf einem ostpreußischen Schloss, lernte dort den Weinvertreter Pawlowski kennen, mit dessen Zutun Amanda auf die Welt kam, nicht in Baden-Baden oder einem Herrenhaus, sondern unter einem Strohdach in Domnau.
Ehrlich gesagt, Conny, ich weiß nicht, wo ich geboren bin. Es gibt auch keinen Menschen, den ich fragen könnte.
Meistens steht es in den Papieren.
Meine Papiere fielen 1945 ins Meer, in den neuen steht das, was ich angegeben habe.
Hast du etwa mit dem Alter gemogelt?
Als ich mir neue Papiere besorgte, war ich so jung, da brauchte ich nicht zu mogeln.
Ihren Geburtstag kannte sie genau. »Am 30. Mai ist der Weltuntergang …«, sangen sie ihr zu Ehren im Kölner Karneval.
Das wäre in gut einer Woche, dachte Conny.
Ich könnte im Old Faithfull Inn einen Tisch für meine Geburtstagsfeier reservieren lassen, erklärte sie.
Nach diesem Satz wäre er fast in den Graben gefahren. Der Old Faithfull lag auf der anderen Seite Amerikas; um dort hin zu gelangen, musste er eine Woche lang mit diesem Truck nach Westen fahren.
Sie bemerkte sein Erschrecken und lachte.
Mein Siegberg, wäre er nicht am Kursker Bogen gefallen, hätte mir eine Kutsche und vier Pferde für die Reise durch Amerika geschenkt, er hätte auch Buffalo Bill engagiert und am Cheyenne River einen Indianerüberfall inszeniert. Mein zweiter Mann hätte mich in einem Horch-Auto mit Chauffeur von New York zur Westküste fahren lassen. Von dir ver-

lange ich nur, dass du mich in einem Ford Pickup heil zu den Blue Mountains bringst.
Sie legte ihre trockene Hand auf seinen Arm. Hab keine Angst, es wird eine schöne Zeit mit uns.
An einer Tankstelle machten sie Rast, sie gab ihm fünfzig Dollar für Benzin.
Für den Rest kannst Du dir ein Sandwich kaufen und mir eine Ananas mitbringen.
Um die Ananas in Stücke zu schneiden, kramte sie ein zwanzig Zentimeter langes Armeemesser aus ihrem Rucksack. Der Waffe war nicht anzusehen, ob die Deutschen, die Amerikaner oder die Russen sich damit umgebracht hatten, jedenfalls tropfte der Ananassaft wie Blut von der Klinge.
Eva ist ein schöner Name, sagte sie und leckte den Ananassaft von dem Messer.
Nur Evas Jurastudium gefiel ihr nicht. Das ist noch schlimmer als Medizin, weil die Juristen mit Paragraphen sezieren. Hoffentlich geht es gut mit euch beiden. Zwei Studierte in einer Ehe, das macht die Sache kompliziert. Zuviel Intelligenz behindert die Fortpflanzung, das weißt du doch, Conny.
Das wusste er nicht, er hatte auch seine Zweifel, ob das so sein musste. In dem Brief, den er an Eva schreiben sollte, wünschte sie den Satz, dass die alte Frau, mit der er durch Amerika reiste, jenseits von Gut und Böse sei. Auch die Wendung: Ich habe Sehnsucht nach dir! sollte unbedingt vorkommen.
Sie trug ihm auf, das »Wall-Street-Journal« zum Abfallcontainer zu bringen. Unterwegs blätterte er es durch bis zu den Börsenkursen und überschlug, dass sechseinhalb Prozent

von Coca-Cola fast eine Milliarde Dollar wert waren. Die Zahl ließ ihn schwindelig werden, da half nur eiskalte Coca-Cola.

***

Alt werden heißt bedeutungslos werden.

ALS DER STAUB DES NACHMITTAGS die Straße verfinsterte, die Sonne sich den westlichen Wäldern zuneigte und die zum Mississippi fahrenden Truckdriver blendete, hielten sie an der Kreuzung zweier Interstates. Die südöstliche Route führte nach Philadelphia, die westliche nach Pittsburgh.
Er holte ihr einen Kaffee aus dem Shop, bummelte über den Rastplatz, aß zwei Hamburger und trank kaltes Wasser. Von Süden her wehte warmer Wind, es roch nach Mississippi und Karibik. Die Blue Mountains, zu denen sie reisen wollten, hielten sich fern im weißen Dunst verborgen.
Hey, sagte ein Mädchen, das so aussah, als hätte es der Südwind herübergeweht. Fährst du allein nach Pittsburgh?
Er zeigte zum Pick-up und sagte, er reise mit seiner Großmutter.
Sie lachte.
Ist sie fünfzehn oder sechzehn, deine Oma?
Er hatte ein schlechtes Gewissen, weil er Amanda als seine Großmutter ausgegeben hatte. Wie oft würde er noch lügen müssen, bis er sie endlich als rechtmäßige Großmutter annehmen konnte?

Eine Autohupe röhrte, er sah Amanda, die auf den Fahrersitz geklettert war, die Scheibe runtergekurbelt hatte und mit einem weißen Taschentuch winkte.
Deine Oma möchte gefüttert werden, sagte das Mädchen und schlenderte weiter Richtung Pittsburgh.
Ich dachte, du wärst unter die Räuber gefallen, empfing sie ihn.
Die Räuberbraut sah karibikbraun aus, hatte schwarzes Haar, weiße Zähne und Brüste wie Pineapples.
Calypsomädchen, die an der Straße stehen, sind kein Umgang für dich. Du hast Besseres verdient.
Es folgte eine Predigt über die Sinnlichkeit im Alter. Amanda war glücklich, dass sie keine Calypsomänner oder Calypsomädchen brauchte. Das Alter erlöst uns von der Sklaverei der Sinnlichkeit. Den Satz hatte ein Grieche philosophiert, der auch schon zweitausend Jahre tot war.
Was hast du dem Mädchen gesagt?, wollte sie bei der Weiterfahrt wissen.
Dass ich mit meiner Großmutter spazieren fahre.
Mutter wäre besser gewesen. Ich hatte dich gebeten, niemals von deiner Großmutter zu sprechen.
Die flüchtige Begegnung mit dem Calypsomädchen hatte einen Hauch von Sinnlichkeit in den Ford-Lieferwagen gebracht. Conny dachte an das letzte Zusammensein mit Eva und Amanda hielt es für angebracht, ihm das nicht ganz anständige Ende ihrer Flucht aus dem Osten zu erzählen. In diesem Stück spielten ein Schiffsmaat, ein Rettungsboot, ein Minensucher und Amanda die Hauptrollen. Es begann damit, dass ihr Gutshof niederbrannte. Die Pferde verstreute es in alle Winde, von dem Zuchthengst Gneisenau wusste

Amanda nur, dass er Weihnachten 44 noch gelebt hatte. Danach wird er in die Gulaschkanone gekommen sein oder ein Kommissar galoppierte mit ihm bis in die kasachische Steppe. Kannst du dir einen Horizont in Flammen vorstellen?
Per Kutsche schaffte sie es, dem flammenden Horizont zu entkommen. Sie erreichte die Küste und den dort ankernden Minensucher. Nach dem Versprechen, ihm etwas Gutes anzutun, schmuggelte ein Schiffsmaat sie auf das Boot. Er wollte Amanda für längere Zeit unter der Plane des Rettungsbootes versteckt halten, aber in Gotenhafen mussten alle Zivilisten den Minensucher verlassen, das Schiff erhielt zwei Stunden später einen Bombenvolltreffer.
Fahr mich in die Ferne mein blonder Matrose ..., sang Amanda.
Bist du unter die Russen geraten?
Das hätte ich nicht überlebt, Conny. Nach der zehnten Vergewaltigung wäre ich ohnmächtig geworden, nach der zwanzigsten hätte ich es vorgezogen zu sterben.
Wieder war es ein blonder Matrose, der ohne jede Gegenleistung Amandas Leben rettete. Ein Eisbrecher brachte sie und den Matrosen von Hela nach Bornholm und von dort nach Kopenhagen.
Wo war Richard?, wagte er zu fragen.
Den hatte ich Weihnachten 44 zu Verwandten in den Thüringer Wald geschickt. So blieb ihm die Flucht erspart.
Nach diesem Ausflug in die Vergangenheit überraschte sie ihn mit der Feststellung:
Vor Einbruch der Dunkelheit werden wir die Blue Mountains nicht erreichen. Wir müssen in einem Motel übernachten, Conny.

Wer nicht lügen kann, weiß nicht,
was Wahrheit ist.
Nietzsche

AMANDA INTERPRETIERTE diesen Nietzschesatz noch direkter: Es gibt keine Wahrheit, Conny, wir können alles sagen, ohne zu lügen. Dichtung und Wahrheit verschwammen in bunten Wolken, manchmal waren es auch nur Übertreibungen. Wenn er sie ertappt hatte, lachte sie und sagte:
Du kannst es glauben oder nicht, Conny.
Keine Übertreibung war ihr Reichtum. Nur wer Geld im Überfluss hat, kann so durch die Welt vagabundieren wie Amanda. Es machte ihn neugierig herauszufinden, wie sie zu ihrem Reichtum gekommen war. Warum ließ sie ihren Sohn in der Wildnis der Blue Mountains herumvegetieren, wo sie doch die Mittel besaß, ihm eine Villa in Malibu zu kaufen?
Ein Schild flimmerte den Namen »Dutch Motel« in die beginnende Abenddämmerung und versprach Aircondition, Swimmingpool und Hot Dogs. Hätten sie gewusst, dass das Motel drei Meilen landeinwärts an einem einsamen Feldweg lag, wären sie nicht abgebogen. Aber nun holperte der Wagen über Steine und durch Sandkuhlen. Conny dachte an »Psycho«; die Geschichte spielte auch in einem abgelegenen Motel mit viel Blut in der Dusche. Eine tote Frau, so alt wie Amanda, saß unter einer pendelnden Deckenlampe und erschreckte die Kinobesucher zu Tode. Vermutlich dachte sie auch an »Psycho«, denn sie erwähnte beiläufig, mit Anthony

Perkins auf einem Wohltätigkeitsball in Hollywood getanzt zu haben.

Ein junger Mann lehnte gelangweilt an der Officetür, eine gewisse Ähnlichkeit mit Anthony Perkins war unverkennbar.

Die Blumen hatten die Reise nicht überlebt, sie schickte ihn damit zum Pool, aber Anthony Perkins schritt ein und verbot, den Strauß im Pool zu ertränken. Darauf drückte Amanda ihm den welken Strauß in die Hand und sagte, er solle ihn seiner toten Mutter bringen. Den Toten sei es egal, ob ein Strauß vertrocknet sei oder noch blühe. Anthony Perkins gab die Blumen in eine mit Wasser gefüllte Cola-Dose und stellte sie vor die Tür Nr. 1.

Sie waren die einzigen Gäste. Der junge Mann zeigte auf ein paar trockene Sandwiches, er bot an, Kaffee zu kochen und Hot Dogs zuzubereiten. Natürlich gab es Coca-Cola.

»Psycho« war der letzte Film, der mich um den Schlaf gebracht hat, gestand sie.

Conny hatte angenehmere Erinnerungen. Eva klammerte sich an ihn und sagte nach der Vorstellung, sie könne unmöglich allein in ihrer Studentenbude schlafen mit der toten alten Frau unter der pendelnden Lampe. Nach jener Abendvorstellung zog Konrad Eisbrenner in Evas Studentenbude ein.

Wenn es dir nichts ausmacht, von Calypsomädchen zu träumen, aber neben einer alten Frau zu schlafen, bleiben wir in einem Raum, schlug sie vor.

Der junge Mann sah ihn an, als hätte er Amandas Vorschlag verstanden.

Es macht mir nichts aus, antwortete Conny trotzig.

Sie saß auf einer Bank und sah zu, wie er in den Swimming-

pool platschte. Über ihr hing eine von Motten und Mücken umschwärmte nackte Glühbirne, Amanda pustete Rauch in die Ungezieferschwärme.
Schwimmen ist gesund für kranke Beine!, rief er ihr zu.
Ich bin schon lange nicht mehr geschwommen, Conny. Auch Radfahren geht nicht mehr, von Skilaufen und Schlittschuhlaufen ganz zu schweigen. Alles habe ich der Tanzkunst geopfert, aber nun geht auch Tanzen nicht mehr.
Während er wie ein Seehund, der auf Fütterung wartet, durchs Becken planschte, ratschte Amanda ein Streichholz nach dem anderen an. Er hörte sie telefonieren. Mit ihrem Richard, mit Rudi in Deutschland oder ihrem Wall-Street-Broker? Sie hatte immer jemanden, dem sie etwas Wichtiges mitteilen musste.
Der junge Mann schaltete die Leuchtreklame aus und nahm Platz vor dem Fernsehgerät in seinem Office. Amandas Zigarillo glimmte durch die Dunkelheit, er hörte sie am Telefon lachen. Auf dem Rücken schwimmend, zählte er Sterne. Fern in den Bäumen riefen Nachtvögel.
Ich werde dir zweihundert Dollar geben, damit du ein Calypsomädchen besuchen kannst, empfing Amanda ihn beim Verlassen des Pools. Ein junger Mann wie du braucht das, sonst wird er unruhig, bekommt das Flackern in den Augen und fährt das Auto gegen einen Baum.
Sie studierte die Wirkung ihres Angebots.
In dieser trostlosen Gegend gibt es natürlich keine Calypsomädchen. In Philadelphia geht es nicht, das ist eine fromme Stadt, die von Quäkern gegründet wurde. Aber in St. Louis, Cincinnati und Memphis kommen sie vor wie Sand am Meer.
Mit solchen Aussichten schickte sie ihn ins Bett. Amanda

wollte allein sein. Auf die Krücke gestützt, spazierte sie vor dem Motel auf und ab. Vermutlich ist sie nachts, als es keiner sah, doch noch in den Pool gestiegen, weil Schwimmen gesund ist für kranke Beine.

Dolores in Paris

Am Morgen empfing sie ihn mit dem Kalenderspruch: Die Forderung, geliebt zu werden, ist die größte aller Anmaßungen. Den hatte sie nicht im »Wall-Street-Journal« gelesen, sondern von einem ihrer Ehemänner und der wiederum von seinem Lieblingsphilosophen.

Sie saß vor der Tür, rauchte und blätterte in der sonderbaren Zeitung, die über einen Vorfall im Black Forest berichtete: Ein Bär kommt spätabends in eine Gastwirtschaft, legt die Pranken auf den Tresen und verlangt nach Bier. Er trinkt ein halbes Fass leer, danach schläft er vor dem flimmernden Fernsehgerät seinen Rausch aus. Am Morgen demoliert er die Einrichtung und verlässt die Wirtschaft durch das Küchenfenster.

Wir treiben uns in der Welt rum, während im Schwarzwald die aufregendsten Dinge passieren, bemerkte Amanda.

Hast du Geschwister, Conny?

Vier Tage und drei Nächte waren sie unterwegs, zum ersten Mal stellte Amanda eine Frage nach seinen Lebensumständen.

Meine Schwester lebt in Bad Harzburg und hat zwei Kinder.

Kinderhaben ist gut, Kinderhaben ist gesund, jubelte sie, griff nach seiner Hand und betrachtete die Innenfläche.

Du wirst auch Kinder haben mit deiner Eva. Irgendwann werdet ihr nach Amerika fliegen und du wirst den Kindern den Weg zeigen, den du mit mir zu den Blue Mountains gefahren bist.

Sie versprach, ihn in eine Liste aufzunehmen, die die Namen der Personen enthielt, die bei wichtigen Anlässen zu benachrichtigen seien. Zum Beispiel, wenn ich sterbe.

Statt Anthony Perkins bediente ein braunes Mädchen die Kaffeemaschine. Sie frühstückten vor der Tür in der wärmenden Morgensonne. Die Südhänge der Blue Mountains lagen vor ihnen im klaren Licht, über den Wäldern schwebte ein Nebelstreifen. Während er den Tau von den Autoscheiben wischte, den Luftdruck der Reifen prüfte, telefonierte Amanda mit der weiten Welt.

Als das braune Mädchen Kaffee einschenkte, schob Amanda ein altes Foto unter seine Tasse, das eine schwarzhaarige Schönheit zeigte, die mit verschlungenen Armen auf einer Bühne stand. Vor ihr in einem verräucherten Saal uniformierte Männer.

Ich habe heute Nacht von Paris geträumt. Damals tanzte ich vor Soldaten, mein Siegberg war auch dabei.

Sie rechnete es ihrem ersten Gatten hoch an, dass er ihr auch nach der Eheschließung öffentliche Tanzdarbietungen erlaubte.

Die meisten Männer wollen ihre Frauen für sich haben, aber Siegberg hielt die Auftritte vor Soldaten für kriegswichtig. Hätte Marlene, die dumme Gans, nicht vor amerikanischen Soldaten gesungen, wäre der Krieg für Amerika verloren gewesen.

Es folgten Zeitungsausschnitte in italienischer, französischer und deutscher Sprache. Sie berichteten vom Auftritt der Tänzerin Dolores in Paris, im »Vaterland«, in einem Fronttheater in Flandern, im Tivoli von Kopenhagen und vor den Ruinen des Forum Romanum.

Dolores war mein Künstlername.
Ich dachte La Jana.
La Jana war ich nur im Film.
Das kaffeebraune Mädchen lächelte mitleidig. Du hast Besseres verdient, sagte ihr Lächeln.
Sic gloria transit mundi!, rief sie plötzlich. Sieh dir an, was übrig geblieben ist von der Pariser Herrlichkeit!
Sie riss das Kleid hoch und zeigte ihre dünnen Beinchen. Knochenerweichung nennen es die Ärzte. Sie haben dafür einen lateinischen Namen, den ich nicht wissen will. Die einzige Heilung ist der Tod.
Weil dein Bein krank wurde, musstest du aufhören zu tanzen?
Ach, Conny, es war viel schlimmer. Ich hörte auf zu tanzen, danach wurde mein Bein krank, es bestrafte mich für meine Trägheit.
Sie griff nach einem Tüchlein und wischte die Augen aus.
In einem gewissen Zustand ist es einfach unanständig, noch länger leben zu wollen! Der das gesagt hatte, lebte auch nicht mehr, aber Amanda hatte diesen Zustand noch nicht erreicht. Es gab noch viel zu tun, sie hatte noch viel zu erzählen und wollte durch die Welt humpeln, um ihre Schönheiten anzuschauen. Zum Titicacasee – die Höhenluft tut kranken Beinen gut – und nach Patagonien, Letzteres im Sommer. Tahiti wäre zu besuchen – die Sinnlichkeit der tanzenden Männer und Frauen wäre Balsam für die Seele –, ein Mittagessen auf dem Tafelberg am Kap der Guten Hoffnung, durchs Heilige Land wandern, solange es noch heilig ist. In Alaska mit den Eskimos in einem Iglu schlafen, in Neuseeland Gletscherwasser trinken. Ach, es blieb noch viel zu tun.

Conny sprang noch einmal in den Swimmingpool. Sie verfolgte, auf die Krücke gestützt, seine Tauchkünste. Danach zahlte sie fünfundzwanzig Dollar für eine Nacht im »Dutch Motel«, gab dem Mädchen fünf Dollar Trinkgeld und bat darum, das Gepäck zum Pick-up-Truck zu tragen.
Heute fahren wir nach Summerlet zu meinem Richard.

***

Weinen ist eine Aufforderung zum Trösten.

Es sollte sein letzter Tag mit ihr sein, so war es abgemacht. Der Ort, zu dem sie fuhren, hieß Summerlet, ein sehr deutsches Städtchen, wie Amanda erklärte. Es wurde vor zweihundert Jahren gegründet, was für amerikanische Verhältnisse ein biblisches Alter ist.
Sie überholten einen Einspänner, auf dessen Bock ein schwarz gekleideter Mann mit Strohhut saß.
Das sind die Amish, flüsterte sie. Sie leben wie in Urzeiten, tragen sonderbare Kleidung, brauchen kein elektrisches Licht, ihre Klapperwagen fahren auf Eisenrädern, nicht auf Gummi. Mein Richard hätte eine Amish heiraten sollen, dann wäre es ihm besser ergangen.
Er wollte das sonderbare Gefährt fotografieren, aber sie klärte ihn auf, dass die Amish sich nicht fotografieren ließen. Sie fürchten um ihre Seele.
Zehn Minuten vor Summerlet befahl sie, in einen Feldweg einzubiegen, der nach fünfhundert Metern vor einem mor-

schen Gatter endete. Hinter Buschwerk dämmerte ein baufälliges Haus vor sich hin, davor lag ein verkrauteter Weiher. Auf einer Wiese grasten zwei magere Pferde.
Sie klammerte sich ans Gatter, stocherte mit ihrer Krücke im Gras, als suche sie Verlorengegangenes. Niemand war da. Heißer Wind trieb die Flocken verblühter Akazien über den Weg.
Amanda drückte den Hut, der ihr Schatten geben sollte, fest auf den Kopf und hängte sich an seinen Arm. Als er das Gatter öffnen wollte, fiel ihnen das morsche Holz vor die Füße. Im Buschwerk fanden sie ein Auto, das seit der Großen Depression vor sich hin rostete. »Tin Lizzy« hatte vor einem halben Jahrhundert den Geist aufgegeben, aus dem Beifahrersitz wuchs eine Birke. Conny holte Hammer und Zange aus dem Werkzeugkasten des Trucks, um das Markenzeichen des Wracks abzumontieren.
Sammelst du so etwas?, fragte sie und begann, von den Schrottplätzen der Vereinigten Staaten zu schwärmen. Jeder Flecken habe eine Halde alter Autos, die berühmte Route 66 sei ein einziger Autofriedhof. Wenn wir die fahren, kannst du alte Cadillacs und Chevrolets sammeln.
Er erwartete einen Riesen von Mann, der seiner Mutter um den Hals fallen sollte. Aber nichts geschah, die Farm schien unbewohnt. Sie schlug mit der Krücke aufs rostende Blech. Vom Lärm aufgeschreckt, erhoben sich Wildenten. Die Pferde hoben die Köpfe, dann wateten sie ins Wasser des Teiches.
Es fehlte das Federvieh, das amerikanischen Farmen Leben gibt. Kein Hund kläffte, kein Landrover stand vor der Tür, im Garten erstickten Apfelbäume in zu hohem Gras. Neben

der Tür fanden sie einen umgekippten Kühlschrank, ein sicheres Zeichen, dass es in dieser Gegend einmal elektrischen Strom gegeben hatte. An einen Baum genagelt die Schrift:

Trespassers will be shot, survivors will be shot again.

Er hätte eine Amish heiraten sollen, flüsterte Amanda.
Warum ist er in diese Einsamkeit gezogen?
Ach, Conny, es sind die Kriege, die alles kaputt machen. Den Vater traf es in Russland, den Sohn in Vietnam. Als er aus dem Fernen Osten zurückkehrte, gab es für ihn keinen Gott mehr. Ich wollte ihm eine Coca-Cola-Niederlassung in Kuala Lumpur beschaffen, aber er sagte, er trinke das Zeug nicht, er wolle nur noch allein leben.
Sie saß auf dem umgekippten Kühlschrank, ließ die Beine baumeln und erzählte von Richard, der nach der Einnahme Warschaus gezeugt wurde, als Siegberg und Amanda sehr glücklich waren. Zur Welt kam er im Sommer 40. Der Vater erhielt Urlaub von den Kriegsgeschäften und veranstaltete eine gewaltige Schießerei am Ententeich zur Begrüßung seines Sohnes. Eine Amme versorgte Richard mit Milch, denn eine Tänzerin darf nicht stillen, weil das ihren Körper ruiniert. Früh bekam er ein Kindermädchen, das ihm das Spielen mit Zinnsoldaten beibrachte. Der Vater bestand darauf, ihn an Pferde zu gewöhnen. Das war ein Fehler, denn er fiel mit zweieinhalb Jahren ins Gras und ängstigte sich seitdem vor Pferden. Als Richard vier Jahre alt war, hörten sie den Kanonendonner im Osten. Amanda hielt es für angebracht, ihn mit dem Kindermädchen ins »Reich« zu schicken zu einer

Schwester Siegbergs im Thüringischen. Ja, es sind die Kriege, die alles kaputt machen.
Richard wuchs bei seiner Tante in Gotha auf, Amanda lebte in Hamburg, zwischen ihnen lag der Eiserne Vorhang. Gelegentlich schrieb er seiner Mutter Kinderbriefe und Postkarten. Es gelang ihr, durch einen Bekannten, der schwarz über die Zonengrenze ging, ein Carepaket an Richard zu befördern.
Mehr konnte ich nicht für ihn tun.
Es war wohl dieses Paket, das seine Sehnsucht nach Amerika weckte. Bevor die Mauer gebaut wurde, kam er in den Westen und hatte nichts eiliger zu tun, als sich um die Auswanderung nach Amerika zu bemühen.
Ich hätte ihm helfen können, ich kannte mich aus in Amerika, aber ich wusste nichts von seinen Plänen. Mit einer Blaskapelle hätte ich ihn in Boston abgeholt, aber ich wusste es nicht.
Konrad Eisbrenner schlenderte hinunter zum Weiher. Die Pferde ließen sich von ihm streicheln. Als er sich umschaute, sah er, dass Amanda vom Kühlschrank ins hohe Gras gerutscht war.
Komm zurück!, rief sie.
Als er bei ihr war, sagte sie: Lass uns endlich zu meinem Richard nach Summerlet fahren.

***

Der Tod ist freundlich zu uns.
Wenn er sieht, wie wir uns quälen,
wie wir uns und anderen eine Last
werden, nimmt er uns an die Hand
und sagt: Komm mit, es ist genug.

WÄHREND SIE AUF HOLPRIGEN STRASSEN durch Dutch County klapperten, las sie ihm aus einem hundert Jahre alten Reiseführer vor. Pennsylvanien sei das Hauptsiedlungsgebiet der Deutschen gewesen, es gebe sogar ein Germantown. Dort wurde 1738 – Gutenberg war schon lange tot – die erste deutsche Druckerei in Amerika gegründet.

»Im Handel nehmen Deutsch-Amerikaner geachtete Stellungen ein. Der Großhandel in den Städten des Landes liegt zum großen Teil in ihren Händen und keine Stadt ist so klein, dass sie nicht wenigstens einen deutschen Grocer und einen deutschen Kleiderhändler aufweisen kann. Im Allgemeinen ist der Deutsche im Handel nicht so unternehmend wie der Amerikaner, aber dafür ist er im Verhältnis solider.«

Auch den Gesang brachten die Einwanderer nach Amerika.

»Der deutsche Männergesang hat unter Amerikanern so eifrige Nachahmer gefunden, dass die deutschen Sänger darauf bedacht sein müssen, ihre Vorrangstellung in der Welt zu wahren.«

Ein Großonkel Siegbergs schiffte sich zu Kaisers Zeiten in Bremerhaven ein, um am Weltsängerfest in Chicago teilzunehmen, wo er »Heil deutschem Sang und Klang« nach Amerika brachte.
Ach, hätten sie nur weiter um die Wette gesungen, statt um die Wette zu schießen, seufzte Amanda. Weißt du, was der Großonkel mitbrachte: Buffalo Bills Donnerbüchse. Er hängte sie in sein Schloss in Pommern, dort wird Buffalo unter die Russen geraten sein.
Als sie Einzug hielten, lag Summerlet im Mittagsschlaf. Die Holzhäuser sahen sauber aus und trugen reichlich Farbe. Es gab keine Vorgärten, dafür weiträumige Rasenflächen, geschmückt mit Papierfähnchen, überall wehten die Stars and Stripes im Wind. Eine weiß gestrichene Holzkirche bewachte den Friedhof, der so weiträumig war, man konnte denken, Summerlet sei des Friedhofs wegen erbaut worden. In einem Departmentstore mit dem schönen deutschen Namen Hoffmann kaufte sie einen Fotoapparat.
Es geht nicht, dass du ohne Fotoapparat durch Amerika trampst.
Sie nahm ihm das Versprechen ab, niemals sie zu fotografieren.
Ich bin wie die Amish, man darf mir nicht die Seele stehlen.
In der »Summerlet Post« fanden sie so aufregende Meldungen wie: Bulle entlaufen! Donald und Irma laden zum Yard Sale ein! Reverend Pohl hat sich bei der Gartenarbeit ein Bein gebrochen!
Amanda drückte ihm fünfzig Dollar in die Hand und schickte ihn zum Mittagessen in die Stadt. Sie wollte allein sein und sich den Friedhof anschauen.

Für das Geld, das übrig bleibt, bring bitte einen Blumenstrauß mit, am besten in Rot.
Sie humpelte davon Richtung Gräberfeld. Noch nie war sie ihm so klein vorgekommen wie auf dem Friedhof von Summerlet, alle Grabkreuze überragten Amanda.
German Wurst und German Sauerkraut gab es in einer Imbissstube. Über ihm zerschnitt ein riesiger Propeller die stickige Luft. German Beer war nicht im Angebot, heimlich – Amanda durfte es nicht erfahren – trank er eine Pepsi.
Er hatte Mühe, einen Laden zu finden, der rote Blumen verkaufte. Die Frau, die den Strauß zusammensteckte, sah ihn prüfend an, als erwarte sie ein Geständnis, dass die Rosen für Linda oder Maryann oder Emily bestimmt seien. Für wen sonst kauft ein junger Mann rote Rosen? Doch nicht für seine Großmutter!
Adam Schneider, der zur Zeit der Französischen Revolution Heidelberg verließ, eröffnete 1795 einen Laden in Summerlet und erfand für sein Schaufenster den Spruch:

If you are buying come in, if you are looking come later.

Mit einem Blumenstrauß im Arm und sieben Dollar Wechselgeld in der Tasche kehrte er zurück zum Friedhof, um Amanda zu suchen.
Ein Karl Lehmann wurde 1836 in »Gottes eigenem Land« geboren und schied kurz vor Beginn des 20. Jahrhunderts aus dem Leben. Neben seinem Grabstein flatterte das Sternenbanner. Emma Grabow, geboren in Parchim/Mecklenburg, hatte nur fünfunddreißig Jahre in Amerika gelebt.
In der Ferne, wo der Friedhof in hügeliges Buschland über-

ging, sah er einen weißen Obelisken. Daneben hockte ein Häuflein Mensch in Schwarz. Amanda saß auf einem Stein, den Kopf gesenkt bis in den Schoß, über ihr im weißen Marmor fand er die Inschrift:

Richard Siegberg
born August 1940 in East Prussia
died August 1984 in Summerlet.

Ich finde es nicht normal, wenn Kinder früher sterben als ihre Mütter, sagte sie und wischte sich die Augen aus. Mein Sohn ist tot, meine Ehemänner sind tot, ich habe keinen Menschen mehr, nur noch dich, Conny.

Er setzte sich neben sie und legte den Blumenstrauß in ihren Schoß.

Woran ist er gestorben?

Manchmal verließ er seine Farm, um nach Summerlet zu wandern. Dabei wurde er von einem betrunkenen Truckdriver überfahren. Ich erfuhr erst Monate später von dem Unglück, als Richard schon unter der Erde lag. Ich konnte nichts mehr für ihn tun, als diesen Stein setzen zu lassen.

Wie vorteilhaft sich das Rot der Blumen von dem weißen Marmor abhob.

Nun weißt du alles, Conny. Einmal im Jahr besuche ich meinen Sohn, aber er ist nicht da. Findest du, dass ich dich belogen habe?

Nein, es hatte alles seine Richtigkeit. Es war nicht Amandas Schuld, dass Richard nicht zum Flughafen kommen konnte. Also musste sie zu ihm in die Blue Mountains fahren, und nun lehnte sie am Obelisken und weinte.

So endet die Mission Amerika, dachte er. Sie wird nach New York zurückkehren und sich mit Mister Fisher um Coca-Cola kümmern. Conny wird in die amerikanische Freiheit entlassen.
Es war eine schöne Reise mit dir, sagte sie mit fester Stimme. Ich werde dir tausend Dollar geben, davon kannst du ein Rückflugticket kaufen und durch Amerika trampen.
Wollten wir nicht Ende Juni gemeinsam zurückfliegen?
Es wäre schön, wenn du auf dem Rückflug bei mir wärst, aber es muss nicht sein. Du kannst nach Europa fliegen, wann du willst, ich finde schon jemanden, der mich nach Hause bringt.
Sie schaute traurig über das Gräberfeld zu den Blue Mountains, lächelte ihn an und sagte schließlich:
Du könntest auch bei mir bleiben, Conny. Wir beide reisen kreuz und quer durch die Staaten, wir fahren die Route 66 nach Westen und die Number One an der Pazifikküste bis zur Golden Gate. Wir besuchen den Grand Canyon, den Yellowstone Park, wir werden eine Nacht im Monument Valley schlafen …
Sie schwärmte vom Frühling in Arizona, von Floßfahrten auf dem Colorado River und als sie alles aufgezählt hatte, wusste sie, dass sie gewonnen hatte.
Am Friedhofstor bettelte sie ein alter Mann um einen Quarter an, Amanda gab ihm zwei.

***

Gegen Dummheit kämpfen die
Götter nie, denn sie leben davon.
Jean Cocteau

NACH DER ELEGISCHEN STUNDE auf dem Friedhof von Summerlet geriet sie in heitere Stimmung. Conny hier, Conny da, Conny binde mir die Schnürsenkel zu, Conny zieh mal am Reißverschluss! Er ärgerte sich, so bereitwillig auf ihre Wünsche eingegangen zu sein. Er hatte sich von ihrer Trauer am weißen Obelisken verführen lassen, er war der Diener einer alten Dame geworden, ein Zivildienstleistender, der keine Rollstühle in Parks von Altersheimen schob, sondern Amanda durch Amerika kutschierte. Ein Ausstieg wäre nur möglich, wenn er etwas mehr von dem besäße, was sie reichlich hatte: Geld.

Wir befinden uns in Lancaster County, also müssen wir die Amish besuchen.

Mit dieser Nachricht schreckte sie ihn aus seinen Selbstzweifeln.

Sie wollte dort eine Nachricht übermitteln, mit einem alten Freund sprechen, einen Gottesdienst besuchen und bei den Amish zu Mittag essen.

Nach einem Amish-Mittagessen weißt du, warum wir »Unser täglich Brot gib uns heute« beten.

Es begann damit, dass sie sich wie eine Amish kleidete: langes blaues Kleid, weiße Schürze, Haube auf dem Kopf. Aus dem Zettelkasten ihres kleinen Kopfes kramte sie den Spruch des Tages hervor: Die Geschicke der Welt in Gottes Hand zu legen ist bodenloser Leichtsinn! Es war das Einzige, was sie den Amish vorwarf: Sie überließen alles dem lieben Gott. Aber wir müssen selbst anpacken, Conny, sonst geht der Globus zugrunde! Amanda behauptete, alles sei Religion, der Besuch bei Richard, der Sternenhimmel über den Blue Mountains, das Gewitter in New York, überall sei Gott. Und die Amish waren ihm besonders nahe. Wie vor hundert Jahren fuhren sie mit ihren Einspänner-Buggys auf Eisenrädern durchs Land, verachteten alles Moderne, besaßen kein Telefon, keine Elektrizität und kein Fernsehen. Die Frauen verweigerten jeden Schmuck, sie brauchten keine Kosmetik, sauber zu sein genügte ihnen. Trotz allem waren sie fröhlich und vermehrten sich reichlich nach der alten Art.

Ein langweiliges Leben, wagte Conny einzuwenden.

Gegen Langeweile hilft ihnen die Arbeit, antwortete sie. Glaube, Familie und Farming, damit haben die Amish Lancaster County in den Garten Amerikas verwandelt.

Vor Intercourse trafen sie die ersten Amish-Kutschen auf dem Weg zum Markt. Sie fand es sympathisch, dass die Amish bei allem Gottesglauben nicht das Geld verachteten. Sie verstanden gut zu rechnen und trugen Reichtümer zusammen zur Ehre Gottes und zum Nutzen ihrer Gemeinde.

Der Gott der Amish liebt auch Millionäre, er lässt die Reichen in den Himmel kommen, behauptete sie.

Ob sie mit Aktien handelten? Hollywood, das vor keiner Pietätlosigkeit zurückschreckt, produzierte vor Jahren einen Film über die Amish und machte sie gegen ihren Willen in der ganzen Welt berühmt.

Das Zweite, was sie ihnen vorwarf: Sie hielten Tanzen für eine Sünde! Dabei sind wir Gott im Tanz am nächsten, Tanzen ist auch Religion.

Das Hauptstück im Amish-Katechismus hieß »Essen und Trinken«. Darum dirigierte Amanda ihn zur »Plain and Fancy Farm«, dem bekanntesten Speisetempel in Lancaster County. Vor einem bäuerlichen Anwesen verkündete eine Bretterwand »Homemade cooking«. Auf dem Hof standen ein paar Dutzend schwarzer Amish-Kutschen, Kinder spielten im Gras. Die Mädchen trugen lange Zöpfe, das Haar in der Mitte gescheitelt, die Jungs liefen in schwarzen Hosen herum und übten Hütchenwerfen.
Amanda und Conny betraten eine geräumige Scheune, die mit langen Tischen und Bänken ausgestattet war. Gott kam darin nicht vor, dafür hingen dicke Würste und Schinken an den Balken, die Tische bogen sich unter der Last der Gemüseschalen, Milchkannen und Saftkrüge. Kräftige Frauen bedienten die Gäste in jener rustikalen Art, die nicht ans Trinkgeld denkt, sondern an das Wohlgefühl eines gefüllten Bauches.
Wer diese Scheune hungrig verlässt, dem ist nicht zu helfen, Conny!
Es gab einen kleinen Aufruhr. Frauen und Männer stürmten auf sie zu, um Amanda zu begrüßen. Im Handumdrehen war sie der Mittelpunkt der »Plain and Fancy Farm«, Conny stand unbeteiligt daneben, na ja, wie ein Chauffeur, der einen Star durchs Land kutschiert und – auch Kutscher müssen essen – am Katzentisch Platz nehmen durfte.
Sie bekam einen Ehrenplatz am Kopfende eines Tisches, ihr Stuhl wurde mit Eichenlaub bekränzt.
Wie kommt es, dass dich alle kennen?, fragte er. In Little Italy, an der Wall Street und jetzt bei den Amish, überall stehst du im Mittelpunkt.

Ach, Conny, ich fahre nur dahin, wo man mich kennt.
Später gab sie zu, vor Jahren tausend Dollar zur Renovierung einer Amish-Kirche gespendet zu haben. So etwas vergessen die Leute nie.
Am Essen konnte ihre Zuneigung nicht liegen, denn sie trank nur homemade Karottensaft und aß zwei Löffel Maisbrei, während sie ihm Würste und Fleischklöße zuschob. Als Nachtisch probierte sie Himbeerpudding, ausgeteilt mit einer Schöpfkelle, so groß wie ein Kinderkopf. Amanda geriet in Verzückung, als sie ein Wagenrad von Käse entdeckte, das den Namen Tilsiter trug.
Es ist doch etwas übrig geblieben von dem Land, in dem ich geboren wurde, wenigstens der Tilsiter Käse!
Nach dem Himbeerpudding schrieb er eine Ansichtskarte an Eva. Das Bild zeigte eine Amish-Kutsche vor einer covered bridge, umgeben von leuchtendem Herbstlaub. Amanda war von der Karte so begeistert, dass sie sich um eine Briefmarke bemühte, »By Air Mail« in die Ecke schrieb und unten links notierte: Unbekannterweise, herzliche Grüße von Amanda.
Die Frauen packten reichlich ein und drückten ihm eine gefüllte Tüte mit Naturalien in die Hand. Das sollte reichen bis zum Rio Grande, sagte Amanda.
Sie war überzeugt, er hätte zu viel gegessen und könnte nicht mehr ordentlich Auto fahren. Deshalb verordnete sie ihm eine Ruhepause. Er sollte sich ins Auto legen und die Augen schließen, während sie wie ein Covergirl am Kühler des Trucks lehnte und Lancaster County betrachtete. Conny hörte Gesang, nicht Amanda sang, sondern die Amish-Frauen. Es kam wie aus einem Tal, in dem Wasser-

büffel den Pflug zogen und braune Frauen Reispflanzen steckten.
Mein Richard hätte eine Amish heiraten sollen, dann wäre er noch am Leben und ich hätte ein paar niedliche Enkelkinder, denen ich Coca-Cola-Aktien schenken könnte.
In einem Amish-Museum kaufte sie eine Puppe, die sie als Talisman in den Wagen hängte. Für Conny erstand sie ein Wolltier, ein Kalb oder Schaf mit schwarzem Kopf, das ihm Glück bringen sollte.
Zur Abfahrt versammelten sich Frauen und Kinder um den Truck und winkten.
Weißt du, warum die so glücklich sind?, fragte sie. Die Amish sind gegen jede höhere Bildung, sie schicken ihre Kinder in eine einklassige Schule, es genügt ihnen, dass sie das Gesangbuch lesen können. Alle Weisheit der Welt ist ihnen Torheit vor Gott.
Sie machte eine Pause.
Um glücklich und zufrieden zu sein, darf man nicht zu viel denken, Conny. Mein zweiter Mann sagte immer: Zu viel Bildung führt in die Neurose.
Und der erste Mann hatte sich mit folgendem Ausspruch in Amandas Gedächtnis verewigt: Geht bloß nicht alle zur höheren Schule, wir brauchen auch welche zum Mistaufladen.
Conny fielen noch andere Gründe ein, warum die Amish ihre Kinder von jeder Bildung fernhielten: Wer zur höheren Schule geht, wird bald nicht mehr glauben, dass die Kutschen auf Eisenrädern fahren müssen und elektrisches Licht Teufelszeug ist. Sie haben Angst, ihre Kinder zu verlieren.

Bullen-Markt in Intercourse

Eine Art Katzenjammer hatte ihn nachts heimgesucht. Amandas trauriger Charme hatte ihn verführt, bei ihr zu bleiben, nun suchte er nach Rechtfertigungen. Eine lautete: Du kannst die alte Frau nicht im Stich lassen. Die zweite sagte, es sei doch angenehm, auf diese Art die Sehenswürdigkeiten Amerikas kennenzulernen, vom Finanziellen ganz zu schweigen.

Die Morgensonne meinte es gut mit Lancaster County. In den Zweigen hingen Silbertropfen, die Pfützen, die ein nächtlicher Regenguss hinterlassen hatte, verdampften im warmen Licht. Auf der Straße klapperten die eisenbeschlagenen Räder der Amish-Kutschen, sehr fern heulte eine Lokomotive ihren traurigen Westernsound.

Sie lehnte im Morgenmantel am Holzgatter des Motels und rauchte. Vor sich hatte sie eine Landkarte ausgebreitet, die Pennsylvania, Ohio, Kentucky und ein großes Stück des Staates New York abbildete. Mit ihrem Zigarillo fuhr sie die Highways ab und entschied, ohne ihn zu fragen:

Wir werden den Bullen-Markt in Intercourse besuchen. An der Wall Street gibt es gelegentlich auch einen Bullen-Markt, aber der in Intercourse handelt mit realen Fleischbergen, jeder eine Tonne schwer.

Was hat eine zierliche Tänzerin mit solchen Kolossen zu schaffen?, dachte er und steuerte den Wagen in das an Markttagen übliche Menschengewühl von Intercourse. Als es nicht mehr weiterging, stieg sie aus und humpelte zu einer aus Holzbrettern errichteten Bühne, Conny schickte sie drei Blöcke weiter, einen Parkplatz zu suchen. Das Letzte, was er im Rückspiegel sah, war Amanda, die sich an einen Laternenpfahl klammerte.

Nach einer Viertelstunde tauchte er auf, konnte sie aber nicht finden, das Gewühl von Menschen, Ochsen, Pferden und Schafen hatte sie verschlungen. Eine Tänzerin zieht es zur Bühne, dachte er und folgte dem Schnarren einer Lautsprecherstimme bis zu einem Brettergerüst, auf dem ein Auktionator sein lärmendes Handwerk betrieb: Er versteigerte Bullen, Hammel und Ziegenböcke. Die arglosen Tiere standen vor dem schreienden Mann. In einer Menschentraube entdeckte er Amanda, sie war wieder da, wo sie hingehörte: im Mittelpunkt. Ein Herr im gesetzten Alter redete auf sie ein, ein grobschlächtiger Kerl machte Anstalten, sie auf die Schulter zu heben, damit sie das Treiben auf der Bühne besser beobachten konnte. Ein anderer wollte sie überreden, ein Pferd zu kaufen, ein zierliches Pony nur, klein genug für jeden Hühnerstall.

Eine alte Frau auf einem Pony ist ein lächerlicher Anblick, hörte Conny sie sagen.

Jemand stellte ihr einen Sessel in den Sand. Amanda nahm Platz, umgeben von Staub und dem Gestank der Tierexkremente. Mit einem Tüchlein tupfte sie ihr Gesicht ab. Endlich sah sie Conny und winkte.

Mein Gott, Conny, das ist geradeso wie auf dem Pferdemarkt von Wehlau!

Wo zum Teufel lag der Pferdemarkt von Wehlau?

Das werde ich dir an einem Abend in der Prärie erzählen, wenn wir viel Zeit haben.

Die Stimme des Ausschreiers erinnerte an das Rauschen der Niagarafälle zur Nachtzeit. Wenn der Hammer den Kochtopf traf, der an einem Strick hing wie die Pferdediebe am Galgen, bedeutete das den Zuschlag für irgendein Tier.
Amanda wurde auserkoren, einem preisgekrönten Bullen einen Eichenlaubkranz ums Gehörn zu legen. Bevor es dazu kam, trat ein Herr mit Zylinder auf die Bühne, nahm dem Auktionator das Mikrofon aus der Hand und sagte:
Die Lady ist gerade aus Old Europe eingetroffen. Sie liebt Amerika, vor allem aber Lancaster County und den Farmer's Market von Intercourse.
Beifall.
Du musst mitkommen, Conny, ich habe Angst vor dem Ungeheuer, flüsterte sie.
Sie in der Mitte, links eingehakt vom Ausrufer mit Mikrofon, rechts von Konrad Eisbrenner. So schritten sie auf den Bullen zu, der müde den Kopf senkte und keine Anstalten machte, die drei wahrzunehmen. Die Vorderseite sah schwarz aus, die hintere weiß, im Sand lag ein Haufen Kuhdreck, mit dem Schwanz verjagte das Tier Fliegen. Der preisgekrönte Bulle hatte wohl eine Beruhigungsspritze erhalten, so gelangweilt döste er vor sich hin.
Er gehört zur Rasse der Holsteins, verkündete die Mikrofonstimme. Es trifft sich gut, dass wir eine Lady haben, die aus jenem sagenhaften Land kommt, in dem die Vorfahren des Bullen zu Hause gewesen sind.
Wieder Beifall.
Zwei schwarze Hörner zielten auf die zierliche Amanda. Schulmädchen reichten ihr den Eichenkranz, sie hatte Mühe, ihn zu tragen. Conny musste sie stützen, damit sie vor dem

Tier nicht auf die Knie fiel. Für kurze Zeit verweilte sie Auge in Auge mit dem preisgekrönten Stier, aus dessen Maul weißer Schaum tropfte. Amanda, der Bulle und ein Kranz aus Eichenlaub. Die Fotoapparate klickten, die Kameras surrten. Als sie die Eichenblätter auf den Bullenschädel legen wollte, warf das Tier den Kopf zur Seite, der Kranz baumelte am rechten Horn, was dem Bullen nicht gefiel. Er fing an, Eichenblätter zu fressen. Das wiederum gefiel dem Publikum, es klatschte. Plötzlich wirbelte die Trophäe durch die Luft und landete im Staub des Farmer's Market. Mit den Vorderfüßen zerstampfte der Bulle das Blätterwerk, der Herr mit Mikrofon gewann auch diesem Vorfall eine heitere Note ab: Wir wissen nun, dass wir den rechten Bullen gekrönt haben, er ist ein ganzer Kerl.
Das Brüllen des Stieres ließ alle Mikrofone verstummen. Das war der Augenblick, als Amanda umfiel und ungefähr drei Minuten lang mit geschlossenen Augen in Connys Armen ausharrte, bis eine Frau von der Hamburgerbude mit zwei Eisstücken angelaufen kam, die sie Amanda auf die Stirn presste. Der Bulle fraß in aller Ruhe Eichenlaub.
War das nicht schön?, hauchte sie. Morgen stehen wir in der Zeitung, Conny. Sie werden eine lange Geschichte erzählen von einer Gräfin, die aus dem Holsteinischen gekommen ist, um einem Bullen einen Kranz auf den Kopf zu setzen, und die dabei in Ohnmacht fiel.
Der Zylindermann brachte ihr einen doppelten Whiskey.
Natürlich war ich nicht ohnmächtig, Conny. Tänzerinnen müssen lernen, in Ohnmacht zu fallen, ohne ohnmächtig zu sein.
Weil sie die Zeitungen des nächsten Tages lesen wollte, in de-

nen sie ein Bild über ihren Auftritt bei der Bullenkrönung erwartete, blieben sie eine Nacht in Intercourse, nicht in einem Motel, sondern im ersten Hotel am Platz, einem Etablissement aus der Pionierzeit. Amanda bestand auf getrennten Zimmern, weil sie nachts telefonieren und James Stewart in »Der große Bluff« sehen wollte.

Beim Abendessen provozierte er einen kleinen Aufruhr.

Warum hast du dich um deinen kleinen Richard so wenig gekümmert?, fragte er.

Wie redest du mit einer Mutter, Conny!?

Ihre Stimme bebte, die Mundwinkel zuckten. Sie bestellte einen Whiskey, nur für sich, trank das Glas in einem Zug leer und sagte wieder gefasst:

Eine Tänzerin kann kein kleines Kind aufziehen, sie hat nicht einmal Milch, es zu nähren. Abend für Abend steht sie auf der Bühne, während das Kind vor Hunger schreit. Glaub mir, Conny, mein Richard war bei seiner Tante in Thüringen gut aufgehoben. Ich hätte ihn öfter besucht, wäre nicht diese verdammte Zonengrenze gewesen.

Während der kleine Richard in Thüringen aufwuchs, hauste die Tänzerin Amanda in der Zeit, als nur der Teufel tanzen ließ, in einem Bunker auf dem Hamburger Heiligengeistfeld. Gefragt war nicht die Kunst, sondern das nackte Fleisch auf der Großen Freiheit, drei Straßen weiter.

Hast du nackt getanzt?

Nicht mal vor meinen Ehemännern, Conny.

In einem Kasino an der Rothenbaumchaussee tanzte sie vor britischen Soldaten und bekam ihre Kunst mit Zigaretten und Schokolade bezahlt.

Tanzen allein genügt nicht, Kleines, du musst auch singen,

hatte die große Zarah gesagt, der sie einmal – es muss 1942 gewesen sei – in den Mantel geholfen hatte. Also übte sie das Singen. Vor der britischen Besatzungsmacht tanzte sie und sang »It's a Long Way to Tipperary«. Die Soldaten bedrängten sie, »Britannia Rule the Waves« zu singen, was ihr peinlich war, weil diese Leute die Stadt in eine Trümmerwüste verwandelt hatten.

Sie absolvierte einige Auftritte in Luftschutzbunkern und Fabrikhallen, die ihr Fensterglas verloren hatten. Oft fiel der Strom aus, dann blieb nur das Singen, weil das Tanzen nicht sichtbar war.

In einer solchen Umgebung kannst du kein kleines Kind aufziehen, Conny.

Am härtesten traf sie die Armut. Eine Gutsbesitzerfrau, die es gewohnt war, per Kutsche auszufahren, vor der sich die Bediensteten verneigten, rannte jeden Morgen zum Altonaer Schwarzmarkt, um die Zigaretten, die ihr die Engländer zugesteckt hatten, gegen Mehl und Kartoffeln einzutauschen. Die Kammerspiele gaben »Draußen vor der Tür«, als Eintrittskarte war ein Brikett mitzubringen. Im Schauspielhaus spielten sie ein Stück, in dem George Bernard Shaw sagen ließ: Früher glaubte ich, dass Geld glücklich mache, heute weiß ich es!

Es lag an Shaw, dass sie sich in den Kopf setzte, reich zu werden. Obwohl er irrte, der alte Shaw. Geld macht nicht glücklich, Conny. Es lässt nur das Unglück leichter ertragen. Den alten Menschen ist Geld der einzige Trost.

Ihre Hoffnung, aus dem Lastenausgleich viel Geld für das Gut im Osten zu erhalten, erfüllte sich nicht. Ja, ihr Gatte besaß ein Gut im Werte einer halben Million, sagte der bein-

amputierte Beamte des Ausgleichsamtes. Aber er hatte auch eine halbe Million Schulden. Eine halbe Million minus eine halbe Million macht nichts. Mit dieser mathematischen Gleichung verließ sie den Bunker und machte sich auf den Weg nach oben. Es kam zu einer Beinahehochzeit mit dem Schwarzmarkthändler Bruno Evers aus Hamburg-Altona.
Weißt du, Conny, es gibt Pflanzen, die nur im Sumpf blühen. Wird der Sumpf trockengelegt, verdorren sie. Als wir unser Aufgebot bestellten, neigte sich der Schwarzmarkt dem Ende zu. Statt zum Standesamt wanderte Bruno Evers ins Gefängnis.

***

It's nice to be important,
but it's more important to be nice.

Wie erwartet brachte die Morgenzeitung ein Bild von Amanda mit Stier. Sie hätte auch ihn gern in der Zeitung gesehen und dazu die Bildunterschrift »Holsteinische Gräfin mit jugendlichem Begleiter besucht den Farmer's Market«. Aber Amanda und Stier genügten dem Blatt. Das Tier wurde als Yorkshire Breed vorgestellt, sie war über Nacht von einer holsteinischen Gräfin zur baltischen Baronin avanciert, die ihre bedeutenden Ländereien in der Gegend von Reval an die bloody Kommunisten verloren, als Ersatz aber einige Tausend Coca-Cola-Aktien erworben hatte.
Der Bulle sieht besser aus als ich, schimpfte sie.

Sie rief die Redaktion an und beschwerte sich wegen des unvorteilhaften Bildes. Auch wollte sie wissen, woher der Reporter die Coca-Cola-Story habe, sie stimme hinten und vorne nicht.
Ich besitze keine Coca-Cola-Aktien, bin aber nach Amerika gekommen, um Coca-Cola-Aktien zu kaufen. Sie bat um Richtigstellung in der nächsten Ausgabe.
Wenn die das wirklich in die Zeitung setzen, wird Coca-Cola steigen, jubelte sie.
Sollte das so weitergehen? Conny trank Coca-Cola, weil Amanda es wollte. Er schrieb an Eva, weil Amanda es wollte. Er wird zu den Calypsomädchen gehen, wenn Amanda es will und bezahlt. Conny hier, Conny da! Sah so die große Freiheit Amerika aus?
»Weekly World News« meldete, die Außerirdischen seien auf dem Matterhorn gelandet und hätten dort einen fünfzig Meter hohen Schneemann gebaut.
Sie trat vor das Haus, steckte einen Finger in den Mund und hielt ihn in den Wind.
Prärieluft, flüsterte sie. Wir sollten nach St. Louis fahren, wo Missouri und Mississippi sich vereinigen. Von dort zogen die Siedler in den Wilden Westen, es ist eine legendäre Stadt.
Amanda beschrieb die Trecks, als wäre sie dabei gewesen. Sie mit einer Winchesterbüchse im Arm bei den Verteidigern der Wagenburg. Die Indianer flohen, Amanda tanzte ums Lagerfeuer und sang wie Zarah Leander. In der Ferne heulten Kojoten, über dem Feuer blubberte Bohnensuppe. Mark Twain, ihr amerikanischer Lieblingsdichter, gab am Lagerfeuer diesen Satz zum Besten: Die Indianer sind die einzigen Kreatu-

ren, von denen die Geschichte weiß, dass sie Dynamit fressen und um eine zweite Portion bitten, wenn sie die erste überlebt haben.
Für diesen Satz wäre er heute ins Gefängnis gekommen, erklärte Amanda.
Von den Indianern ein Schwenk ins Filmgeschäft. Amanda war dabei, als John Ford »The Searchers« drehte. Mit John Wayne hatte sie Brüderschaft getrunken. Den wollte sie auch noch besuchen.
Ich denke, er ist längst tot.
Man kann auch Tote besuchen, Conny.
Was wird sie noch erfinden? Amanda mit Mao Tse-tung beim Schwimmen im Jangtsekiang, mit Eisenhower auf einer Bank vor dem Weißen Haus, mit Churchill an der Côte d'Azur, er malend, sie Zigarre rauchend. Alles wäre möglich.
Übrigens auch Eisenbahnfahren. Mit einer Freundin, die nach Kanada ausgewandert war, reiste sie vor Jahren von coast to coast. In den Wäldern British Columbias musste der Zug halten, weil zehntausend Caribous den Schienenstrang überqueren wollten. Aber nicht nur auf der Transkanadischen, auch auf der Transsibirischen Eisenbahn war sie gefahren, letzteres in Begleitung eines Popen, der dem legendären Rasputin ähnlich sah. Die »Prawda« erfand für diese Reise die Überschrift: Großfürstin Amanda reist von Leningrad nach Wladiwostok durch den Kommunismus.
Ach, Conny, die Russen sind großartige Menschen. Wenn sie nicht den Wodka aus Wassergläsern tränken, wären sie die Herren der Welt.
Geplant war noch eine Reise mit dem Blue Train durch Südafrika, begleitet von Konrad Eisbrenner oder einem an-

deren jungen Studenten. Quer durch Australien wäre die letzte aller Möglichkeiten.

***

Die Deutschen werden es den Juden nie verzeihen, dass sie Geist haben … und Geld.
Nietzsche

ER TRÄUMTE, Amanda sei gestorben und habe neunhundert Millionen Dollar hinterlassen; die gewaltige Summe ließ ihn schweißgebadet aufwachen. Das wäre Geld genug, um neunhundert junge Männer glücklich zu machen. Konrad Eisbrenner ärgerte sich, dass er immer häufiger an ihren Reichtum denken musste. Reichtum verändert jedes Bild eines Menschen, die Schrullen werden erträglicher, die Hautfalten schöner. Was ein reicher Mensch von sich gibt, klingt weise und wohlüberlegt. Wärst du auch mit einer armen Amanda durch Amerika gefahren, Konrad Eisbrenner?

Bevor die Verteilung des Reichtums erfolgen konnte, wollte sie noch hierhin und dahin. In Oklahoma kannte sie einen Cherokee-Häuptling, der mit Winnetou und Karl May am Lagerfeuer gesessen hatte …, wenn er nicht gestorben ist. An der Route 66 wollte sie in einem heruntergekommenen Motel übernachten und in Cody am Yellowstone bei Buffalo Bill einkehren, immer begleitet von einem Chauffeur namens Konrad Eisbrenner, der sich damit abgefunden hatte, neunhundert Millionen Dollar durch Amerika zu kutschieren. Der Westen lag vor ihnen wie ein aufgeschlagenes Buch.

Er am Steuer, sie hinter ihm in ihrer Kuschelecke. Dort träumte sie, sang alte Lieder oder löste Kreuzworträtsel. Er fragte sich, wo die Grenze zwischen Dichtung und Wahrheit verlief. Vieles schien aus einer Scheinwelt zu kommen, erfunden von »Weekly World News«, aber plötzlich fällt ein Lichtstrahl auf die ungeschminkte Realität – und alles ist richtig. Den Riesen Richard hatte es gegeben oder war der Obelisk auf dem Friedhof von Summerlet die Erinnerung an ein Phantom? Ob sie wirklich die Frau eines ostelbischen Gutsbesitzers gewesen ist oder nur die kleine Tänzerin in einem Wanderzirkus? Phänomenal ihr Auftritt an der Wall Street. Hatte sie den auch inszeniert? Coca-Cola musste stimmen, nur großer Reichtum macht eine Wanderung auf Messers Schneide zwischen Schein und Wirklichkeit möglich. Wie oft hatte sie ihre Geschichten schon erzählt? Variationen erlaubte sie sich nur, damit es ihr selbst nicht langweilig wurde. Ihr kleiner Richard wird beim nächsten Mal die Zweimetermarke überschreiten, bei der Schilderung der Flucht aus dem Osten wird Amanda das Intermezzo mit dem Maat unter der Segelplane im Rettungsboot streichen wegen offensichtlicher Unanständigkeit. Sie wird die Kutsche übers Eis fahren und so rechtzeitig in Berlin eintreffen lassen, dass sie noch im Februar 45 vor Verwundeten in einem Bunker tanzen konnte … und so weiter und so weiter. Er wunderte sich, dass der »Führer« ihr nie die Hand geküsst, Goebbels ihr nicht unter den Rock gegriffen und der joviale Göring ihr nicht auf den Hintern geklatscht hatte. Aber das konnte ja noch kommen.

Das Schönste, was der Marxismus hervorgebracht hat, sind

die drei Marxtöchter! Diesen Spruch verkündete sie, nachdem sie den Schöpfer des Marxismus in ihrem Kreuzworträtsel gefunden hatte.
Conny wusste nicht mal, dass Karl Marx Töchter gehabt hatte.
Es tauchte immer wieder eine Stadt in Schlesien mit sieben Buchstaben auf. Das lag an Leon Goldenberg, der vor dem Zweiten Weltkrieg in Breslau gelebt hatte und Amandas gescheitester Ehemann gewesen war.
Findest du es nicht großartig, Conny, dass die Juden ihre schönen Namen durch die Welt tragen und für die deutsche Sprache werben? Goldmountain wäre ein Nichts gegenüber Goldenberg.
In Breslau besaß er eine Anwaltspraxis, bis ihn die Umstände zwangen, mit Rasierpinsel und Zahnbürste nach Prag zu reisen, von dort über Budapest in die Hafenstadt Triest zu einem Schiff, das nach Haifa fahren wollte. Zurück ließ er eine weiße Villa, die während des Krieges viermal den Besitzer wechselte, außerdem eine Haushälterin, die es 1948 nach Kanada verschlug.
Ein Foto aus Amandas Täschchen zeigte Leon vor einem Oldtimer, der damals noch kein Oldtimer war und den Namen Horch trug. Im Hintergrund das Breslauer Landgericht um 1930.
Leon konnte gewaltig plädieren, seine Stimme drang durch Betonwände und ließ Fensterscheiben zittern. Sein Auto konnte er nicht nach Haifa schaffen, es blieb in der Garage, bis der Krieg alles, was Räder hatte, zum Stillstand brachte. Der Horch wurde Bestandteil des Fuhrparks des Reichsprotektors von Böhmen und Mähren und soll mit ihm in die Luft

geflogen sein. Das Auto wäre heute eine Million wert, Conny. 1945 entdeckte Leon Amerika, zwei Jahre später kam er per Schiff nach Europa, erreichte aber sein Breslau nicht, weil die Stadt den Namen und die weiße Villa den Besitzer gewechselt hatte, auch nicht mehr weiß aussah. Er reiste durch die zerstörten deutschen Städte, in einem Hamburger Bunker, in dem sie Wilders »Unsere kleine Stadt« spielten, sah er Amanda. Er lehnte an einer schmutzigen Zementmauer, sie saß auf einem Brett, das über zwei Teertonnen gelegt war. Als der Strom ausfiel und die »Kleine Stadt« in Dunkelheit versank, setzte er sich zu ihr. Komm mit, du frierst!, sagte er. Zwei Stunden später, nachdem er sie gewärmt hatte, fragte er: Willst du mitkommen nach New York?

Ich bin die Witwe eines Offiziers der deutschen Wehrmacht, antwortete sie.

Ich will nicht den Offizier, ich will dich, sagte Leon.

Ist das nicht sonderbar, Conny? Ein Jude, der Deutschland Hals über Kopf verlassen musste, heiratet die Witwe eines deutschen Offiziers, der für den Führer gefallen ist.

Um die Weihnachtszeit verließen sie das frierende, hungernde Europa. Das Schiff legte in Bremerhaven ab, machte Station in Southampton, um von dort die Freiheitsstatue im Hafen von New York anzusteuern.

Trotz dichten Nebels und zweier Stürme war es eine wunderbare Reise und zugleich der Anfang ihrer Liebe zu Amerika. Sie zeigte ihm ein Bild von Leon, aufgenommen am Eingang der Wall Street. Ein Herr in reiferen Jahren, gekleidet wie Gustav Stresemann. Wäre er blond gewesen, hätte man ihn für einen jener überlebensgroßen Germanen halten können, die bis 1945 in Mode waren.

Leon hat mich gerettet, hauchte sie. Ohne ihn wäre ich zeitlebens eine arme Kirchenmaus geblieben.
Warum lebst du nicht ganz in Amerika?, fragte er.
Weil es schöner ist, nach Amerika zu reisen, als immer da zu sein.

***

Nach meinem Verstand ist Geld
auch besser als kein Geld.
Jürnjakob Swehn der Amerikafahrer

AM DRITTEN TAG NACH SUMMERLET erreichten sie den Ohio. In Cincinnati suchte Amanda nach einem Etablissement namens »Deutsches Haus«, um einen Espresso zu trinken. Ein »Deutsches Haus« war nicht zu finden, aber ihr Weltausstellungsreisender von 1904 – oder war es der Sänger vom Weltsängerfest in Chicago? – war damals nach Cincinnati gefahren, hatte ein halbes Jahr in jenem »Deutschen Haus« gelebt, jeden Morgen eine deutsche Zeitung gelesen und abends deutsches Bier getrunken. Die englische Sprache brauchte er nicht zu bemühen. In den meisten Restaurants der Stadt wurde zu jener Zeit Deutsch gesprochen, bis World War I den deutschen Geist aus Cincinnati vertrieb.
Von einer Telefonzelle aus telefonierte sie mit Mister Fisher. Bevor ich sterbe, möchte ich Milliardärin sein, erklärte sie und gab Mister Fisher den Auftrag, zehntausend Coca-Cola-Aktien zu kaufen.

Du brauchst nur deine Aktien zu verkaufen und das Geld in italienische Lire zu tauschen, dann bist du vielfache Milliardärin, schlug er vor.
Amanda lachte.
Die Italiener sind für viele Dinge gut, aber von Finanzen verstehen sie nichts.
Beim Verlassen der Telefonzelle entdeckte sie eine Nickelmünze auf dem Boulevard. Conny musste sie aufheben, durfte die fünf Cent aber nicht behalten. Amanda spuckte auf die Münze und gab sie in ihr Täschchen. Auch wenn du reich bist, darfst du nicht an einem Nickel vorbeigehen, Conny.
Sie fanden schließlich doch noch eine deutsche Hinterlassenschaft, das Motel »Old Heidelberg« auf einem Hügel mit Blick auf die Schleife des Ohioflusses. Conny wünschte einen Raum für sich, was Amanda, die schon die Nickelmünze ihrem Vermögen zugeführt und ihren sparsamen Tag hatte, für zu aufwendig hielt. Sie genehmigte es schließlich mit der Auflage, das Zimmer müsse neben dem ihren liegen, damit sie nachts, wenn sie sich ängstige, mit der Krücke gegen die Wand schlagen könne.
In meiner Familie ist es vorgekommen, dass jemand abends zu Bett ging und am Morgen nicht mehr aufwachte. So möchte ich nicht sterben, Conny.
Das also war es: Amanda reiste ständig in Begleitung durch die Welt, um beim Sterben nicht allein zu sein.
Er stand auf der Terrasse des »Old Heidelberg«, bewunderte die Ohioschleife und ertrank im Duft der rosa Blüten, die am Hügel wucherten. Durch die Bretterwand hörte er die Schießerei am Rio Bravo. Um nicht allein zu sterben, hatte Amanda das Fernsehgerät eingeschaltet.

Das Unglück wollte es, dass ein Gewitter den Ohio heraufzog. Als die ersten Blitze zuckten, klopfte Amanda gegen das Holz. Er fand sie angekleidet in ihrem Bett, sie behauptete, irgendein Kerl leuchte mit einer Taschenlampe ins Fenster. Du darfst nicht am Fenster stehen, Conny! Schließ bitte alle Türen! Schalt das Licht aus! Bei Gewitter darf man kein Feuer entzünden, nicht mal ein Streichholz anratschen. In ihrer Kinderzeit hatte die Familie bei Gewitter angekleidet in der dunkelsten Ecke der Stube gesessen und auf das Ende der Welt gewartet. Auf ihrem östlichen Gutshof erschlug der Blitz einen Schimmel auf der Pferdeweide, das Tier wurde über Nacht schwarz. Selbst in den Bombennächten des Krieges hatte sie sich nicht so gefürchtet wie in den Gewitternächten des Ostens. Siegberg trank Machandelschnaps gegen das Gewitter.

Im »Old Heidelberg« gab es keinen Machandelschnaps, nur der Regen prasselte aufs Dach und dämpfte das Grollen des Donners. Lass mich nie mehr allein, Conny, flüsterte sie. Alleinsein ist die schlimmste aller Krankheiten.

Als das Gewitter nur noch in der Ferne rumorte, warf sie Spielkarten auf den Tisch und legte ihm eine Patience.

Dich wird nie ein Blitz erschlagen … Drei Kinder wirst du haben … Du wirst eine große Reise antreten … Am 30. Mai 2030, an meinem Geburtstag, wirst du mit einem Flugzeug abstürzen, aber glücklich überleben …

Sie schlief, bis sich die Sonne durch den Nebel gekämpft hatte. Conny wanderte am Flussufer entlang, dachte an den vom Blitz geschwärzten Schimmel, an den 30. Mai 2030 und die Möglichkeit, Amanda könnte beschlossen haben, nach dieser aufregenden Nacht nicht mehr aufzuwachen.

Kein Mensch wird dir die Geschichte mit Amanda glauben, denn sie ist fern jeder Realität, dachte er.
Spät kam sie zum Frühstück und sagte leise: Als ich aufwachte und dich nicht an meinem Bett fand, weinte ich ein bisschen.
Es wurde Zeit, in den Wilden Westen zu fahren. Da gingen die Leute sonntags zur Kirche, der Weizen wuchs bis zum Horizont, die Rinderherden blökten die vorbeifahrenden Züge an und der Präriewind wehte wie vor hundert Jahren von Süd nach Nord. Mark-Twain-Land nannte Amanda die Gegend, in der die Diebe gelegentlich ein Hufeisen fanden, an dem zufällig noch ein Pferd hing. Seitdem die Pferde Amerikas Chevrolet, Chrysler und Ford hießen, kam auch das nicht mehr vor.

***

> Bevor man anfängt, seine Feinde
> zu lieben, sollte man seine
> Freunde besser behandeln.
> *Mark Twain*

SCHON WIEDER EIN FRIEDHOF. Auf dem Weg zum Mississippi kamen sie an einer Schrotthalde von gewaltigen Ausmaßen vorbei. Conny parkte den Wagen neben dem Highway und schlenderte, ohne ein Wort zu verlieren, über die Straße zu dem rostenden Blech.
Ist dir nicht gut?, rief sie ihm nach.
Wie viele Träume und Sehnsüchte schlummerten in dieser

Schutthalde? Leben war in den Blechkisten entstanden, oft genug war auch der Tod zu Besuch gekommen. Die meisten Menschen sterben im Bett, sagte man, aber danach kamen die Automobile.
Glaslose Augen blickten ihn traurig an, ein Autoradio summte »The Yellow Rose of Texas«, oder war das nur der Wind, der mit offenen Türen spielte? Als er mit einem Stein das Emblem »Buick« aus dem Blech klopfte, flüchteten die aufgeschreckten Kaninchen.
Amanda lehnte an der Tür des Ford-Pick-up und verfolgte sein Treiben im Schrott. Aus der Ferne sah sie aus wie eines jener Pin-up-Girls, die die Soldaten an ihre Spindwand hängen. Ein dunkelblaues Hütchen auf dem Kopf, ein weißes Band, das im Wind flatterte. Amanda rauchte und blickte den Wolken nach, die zum Mississippi zogen.
Als ein Überlandtruck vorüberdonnerte, dachte Conny, der Luftzug werde die kleine Person in den Graben werfen, aber sie klammerte sich an die Wagentür, die andere Hand winkte. Wem galt das Winken, dem Truckdriver oder Konrad Eisbrenner?
Er erbeutete ein Oldsmobile, Jahrgang 53, und einen Cadillac, der einmal rot ausgesehen hatte.
Haben die Dinge einen Wert?, fragte Amanda, als er seine Beute vorzeigte.
Conny wusste es nicht. Er knüpfte die Autoembleme mit einem Bindfaden an den Innenspiegel und ließ die Symbole Amerikas friedlich nebeneinander baumeln.
Auch die Amerikaner werden noch lernen müssen, den Schrott nicht einfach in die Natur zu werfen, sagte sie. Irgendwann werden sie das Blech einsammeln, zu den Brenn-

öfen karren, um daraus Kanonen zu gießen oder Kinderwagen.
Vielleicht holen die Marsmännchen den Schrott ab, schlug Conny vor. Dann kann »Weekly World News« melden, auf dem roten Planeten fahre ein Oldsmobile spazieren.
Seine Eigenmächtigkeit, ohne zu fragen, das Auto anzuhalten und eine halbe Stunde im Schrott zu wühlen, hatte ihr nicht gefallen. Sie legte eine Schweigeviertelstunde ein und ließ das Radio singen. Conny trank Coca-Cola, Harry Belafonte erntete Bananen. Die Überlandtrucks heulten schaurig und wirbelten Staub auf, wenn sie vorüberdonnerten. Nach dem Ende der Schweigeviertelstunde zwang sie ihn zuzuhören, was sich am 4. Juli 1902 in der litauischen Stadt Vilnius ereignet hatte. In den Morgenstunden wurde ein Junge geboren, der den Namen Leon erhielt.
Ich nehme an, du weißt, was dieses Datum den Amerikanern bedeutet, Conny. Sie lassen keinen ins Land, der nicht den 4. Juli kennt.
Die Juden aus dem Osten kamen gern ins Land der Dichter und Denker, um zu studieren. Deutschland galt ihnen als Land der Freiheit und der Wissenschaft. So kam Leon in die Kantstadt Königsberg.
Conny trank Coca-Cola.
Vermutlich sind wir uns damals schon begegnet, er ein Jurastudent an der Albertina, ich ein kleines Mädchen, das an der Hand der Mutter den Steindamm entlangspazierte ... Hörst du mir zu, Conny?
Leons New Yorker Anwaltsbüro hatte sich darauf spezialisiert, die Entschädigungsansprüche jener Juden einzutreiben, die den Krieg überlebt hatten. Er kannte sich aus im deutschen

Recht und reiste oft zu den Restitutionsprozessen nach Europa. Einmal begleitete sie ihn.
Das muss in dem Jahr gewesen sein, als elf deutsche Männer Fußballweltmeister wurden und das ganze Land Kopf stand.
Als Amerikaner bekamen sie ein Visum für Wroclaw. Sie besichtigten die weiße Villa, die jede Farbe verloren hatte, weil sie in einen Kohlenschuppen verwandelt worden war. Anschließend fuhren sie zu dem masurischen Gutshof, den Amanda im Januar 45 verlassen hatte.
Wir kamen in ein menschenleeres Dorf, dessen einzige Bewohner die Störche waren. Glaub mir, Conny, es gibt nichts Traurigeres als ein Dorf ohne Menschen. Aber Leon tröstete mich: Für dich gibt es keine festen Orte, sagte er. Du bist wie eine Pusteblume, die übers Land weht und überall zu Hause ist.
Auf dem Highway nach Westen blühten keine Pusteblumen. Ein Raubvogel kreiste in großer Höhe. Morgen kommen wir in den Wilden Westen, dachte Conny und trank Coca-Cola.
Leon war überzeugt, ich hätte jüdisches Blut in mir. Oder Zigeunerblut oder Tatarenblut. Er hätte gern ein Kind gehabt, aber ich hielt mich für zu alt für ein Abenteuer wie Kinderkriegen. Außerdem war ich Tänzerin.
Mit geschlossenen Augen, ihre Hände vor dem Leib gefaltet, feierte sie ihre Erinnerungen an Leon. Er war sehr belesen, er kannte die deutschen Klassiker, den Faust sogar auswendig. Für jede Lebenslage wusste er ein Wort von Schiller: Den Sack schlägt man, den Esel meint man. Er verehrte Friedrich Nietzsche, den Philosophen des Herrenmenschen.

Heine, den Juden, und Nietzsche, den Arier, hielt er für die größten Meister der deutschen Sprache.
Als Conny von einem Gasthaus in Bayern erzählte, wo er den Wandspruch gefunden hatte:

Gott ist tot (Nietzsche)
Nietzsche ist tot (Gott)

bemerkte Amanda, dass eine solche Gotteslästerung nur in Bayern vorkommen könne.
In einem kleinen Nest ließ sie halten, mitten auf der Kreuzung. Sie stieg aus, humpelte auf ein Haus zu – dunkelrotes Holz, weiße Fensterrahmen –, vor dem ein alter Mann im Schaukelstuhl saß. Neben ihm hing die amerikanische Fahne schlaff am Mast. Der Mann grüßte jeden, der vorüberkam – auch die Autos –, indem er mit der rechten Hand an den Schirm seiner Mütze tippte. Sie sprach fünf Minuten mit ihm und erklärte nach der Rückkehr: Ich habe ihn gefragt, wie lange er da sitzt. Seit dem Bürgerkrieg, hat er geantwortet. Sie datierte den amerikanischen Bürgerkrieg auf die Jahre 1870/71. Conny wusste es besser, fand es aber nicht der Mühe wert, sie zu korrigieren. Wer eine Milliarde Dollar besitzt, kann Bürgerkriege datieren, wie er will.
Nein, die Sonne fiel nicht in den Mississippi. Sie hielt sich eine Weile in den Telefondrähten, dann schlug sie auf die Straße und verschwand im Erdreich.
Der Mississippi ist das Größte, Conny, hauchte sie.

***

Eine Zeit lang arbeitete ich in einem Buchladen, aber die Kundschaft belästigte mich derartig, dass ich nicht mehr in Muße lesen konnte.
Mark Twain

SIE NÄHERTEN SICH Mark-Twain-Land. Aufwachen, Conny! There will be sleeping enough in the grave.
Sie war in großer Geschäftigkeit, eine Überraschung kündigte sie an. Amanda hatte den Reiseplan geändert, der Wilde Westen sollte warten, der tiefe Süden kam zuerst. Nein, nicht die Coca-Cola-Springbrunnen von Atlanta, sondern Memphis. Du kannst nicht Amerika abfahren, ohne Elvis zu besuchen! Schon wieder ein Friedhof, ein Mausoleum, eine Gedenkstätte für den King of Rock 'n' Roll.
Sie behauptete, Elvis sei eine Frau gewesen. Dieses weiche, fleischige Gesicht, diese Bewegungen auf der Bühne, ihm sei auch kein Bart gewachsen. Ein Wunder, dass »Weekly World News« das noch nicht herausgefunden hatte.
Aber er hatte eine Tochter, gab Conny zu bedenken.
Auch Frauen können Töchter haben, belehrte sie ihn.
Immerhin hatte »Weekly World News« die Meldung gebracht, Elvis werde von den Toten auferstehen, spätestens am 30. Mai. Nur der Ort seiner Erscheinung sei ungewiss.
Sie befahl Conny, sich herauszuputzen, die weiße Jacke anzuziehen und eine Krawatte umzubinden.
Hat uns der Gouverneur eingeladen?
Wir besuchen einen König!

Die Überraschung stand vor der Tür. Da man zu einem König nicht in einem rostigen Truck fahren darf, hatte sie einen Cadillac in Hellrosa kommen lassen. Der Wagen maß sieben Meter in der Länge, sein Verdeck war heruntergeklappt, die Räder leuchteten wie Schnee. Glänzend stand er in der Morgensonne.

Und du sollst ihn fahren, Conny.

Sie genoss es, wie er ehrfürchtig um das Blech schlich, die Haube streichelte, die Ledersitze berührte. Das Cadillac-Emblem fand er am rechten Fleck, ihm kam der Gedanke, es vor der Rückgabe des Autos zu entfernen und zu behaupten, in Memphis sei es gestohlen worden. Der junge Mann, der den Cadillac gebracht hatte, wies ihn in die Mechanik ein, erklärte das Auf und Ab des Verdecks, denn auch in Tennessee könne es regnen.

Zum Rosarot des Autos passend, hatte sie ein langes schwarzes Kleid angezogen, also ein Kondolenzbesuch. Auf einen Hut wollte sie verzichten wegen des Fahrtwindes, dafür wehte ein rosa Schal wie eine Fahne aus dem Cabriolet. Das Tuch wird sich in den Rädern verfangen oder um einen Laternenmast wickeln, Amanda aus dem Auto zerren oder auf dem Beifahrersitz erdrosseln und der Sheriff wird nach dem Mörder fragen.

Als Conny sie an die Krücke erinnerte, sagte Amanda: Graceland besucht man nicht an Krücken.

Sie fuhren westlich des Mississippi ins Herz von Tennessee. Das Autoradio spielte »You'll Never Walk Alone«. Amanda übersetzte es in »I'll Never Walk Alone« und behauptete, es sei das Beste von Elvis.

In der Nähe des Stroms musste er halten, sie wünschte ein

Foto von sich, dem rosa Cadillac und dem Old Man River. Wenn es gut wird, wollte sie es an ein Modemagazin schicken oder an die Autobauer in Detroit. Um es zum Hauptquartier nach Atlanta zu schicken, müsste eine Coca-Cola-Dose auf der Kühlerhaube stehen. Die war gerade nicht zur Hand.
Sie erzählte lange Geschichten über den King of Rock 'n' Roll. Amanda in Bremerhaven am Kai. Unter dem Gejohle der Teenager verließ Elvis einen Truppentransporter, verkleidet als GI.
Junge, die Uniform steht dir nicht!, rief Amanda.
Die ist nur für die Bühne, antwortete Elvis und lachte.
Er hat seine Soldatenzeit in Deutschland als Bühnenauftritt verstanden, beteuerte Amanda, die später sogar Bad Nauheim besuchte. Sie schlief eine Nacht im Heartbreak Hotel in jenem Zimmer, in dem Elvis gelebt hatte, sogar in seinem Bett. Sein Parfüm schwebte noch in den Gardinen.
Nun fährst du in einem offenen Cadillac den Mississippi abwärts, dachte Conny und kam sich vor wie in einem Werbefilm, gesponsert von Amanda, GM oder Coca-Cola. Linker Hand floss majestätisch der Strom, schwarze Kinder spielten am Ufer, Schiffe fuhren hinauf nach St. Louis oder hinab nach New Orleans, das Radio spielte »Love Me Tender« und Conny wünschte sich, Eva säße auf dem Beifahrersitz und nicht die alte Frau mit den zerbrechlichen Beinen.
Je näher sie seiner Ruhestätte kamen, desto aufdringlicher gedachte das Autoradio des Toten. Amanda klopfte den Takt zu seinen Liedern und erzählte von jenem Tag im August 77, als die Welt in Trauer fiel, alle Radiostationen Elvislieder spielten und die TV-Sender seine Filme ausstrahlten. Elvis war tot.
Ich habe nie verstanden, warum die Mädchen einem so

schmierigen Kerl zu Füßen lagen, sagte Conny. Ich hätte deinem Elvis keinen Gebrauchtwagen abgekauft, nicht einmal diesen rosaroten Cadillac.

Davon verstehst du nichts. Elvis war ein guter Junge, mit dem ich gern durch Amerika gefahren wäre. Er konnte sogar tanzen.

Graceland

DER ELVIS-PRESLEY-BOULEVARD führte mitten ins Herz der Stadt. Eine Menschenschlange wartete vor Graceland. Über ihnen schwebte der Sound seiner Lieder. Als disabled person verschaffte sich Amanda vorzeitigen Zutritt, indem sie das rechte Bein mehr nachzog, als es nötig gewesen wäre. Conny Eisbrenner als ihr Begleiter musste natürlich auch mit, falls sie im Elvis-Mausoleum in Ohnmacht fallen sollte. Empfangen wurden sie von einem Blumenmeer und Kränzen, überlagert von jenem süßlichen Pomadenduft, den Elvis noch nach dem Tode versprühte. Es verschlug sie in den Jungle Room, wo Amanda die Affenstatuen bewunderte. Was hatte er mit den Affen im Sinn? Sie wusste es nicht. Sie versprach, Priscilla Presley zu fragen oder die Tochter Lisa Marie. Mit beiden stand sie angeblich in brieflicher Verbindung.

Es sollte nun Elvis vor den Vorhang treten, seine Gitarre zupfen und ein paar ruckartige Bewegungen vorführen. Aber die Bühne blieb geschlossen.

Sie könnten wenigstens ein Double auftreten lassen, seufzte sie.

Aus dem Lautsprecher dröhnte der Jailhouse Rock.

Mit zweiundvierzig Jahren gestorben, das war nicht viel, bemerkte sie beim Studium des Grabspruches:

> God saw that he needed some rest
> and called him home to be with him.

Kommt mir vor wie Gotteslästerung, sagte Conny.
Was verstehst du von Gott?, wies sie ihn zurecht. Gott ist auch für Elvis am Kreuz gestorben und er schenkte ihm diese begnadete Stimme.
Nach der Besichtigung des Mausoleums setzte sie sich unter die Bäume des Parks und betupfte ihr Gesicht mit einem Tüchlein.
Den Schlips kannst du abbinden, es ist viel zu warm.
Auch die weiße Jacke durfte er auf den Rücksitz legen, die Elvis-Show war zu Ende.
Am schönsten ist Graceland um Weihnachten, schwärmte sie. Dann leuchten zwei Millionen Glühbirnen, eine Krippe mit lebensgroßen Figuren steht auf der Bühne, Santa Claus erscheint mit Schlitten und Rentieren, und Elvis saust singend durch den Schornstein.
Nachdem sie sich erholt hatte, wollte sie zum Fluss gefahren werden.
Schweigend saß sie im Wagen und blickte über das ruhig dahinströmende Wasser, während Conny Popcorn aß und Coca-Cola trank. Was hatte sie vor? Später wurde ihm klar, dass sie hier am Ufer des Old Man River den Entschluss gefasst hatte, Konrad Eisbrenner den Alligatoren zum Fraß vorzuwerfen.
In dieser Gegend kommen nachts Alligatoren ans Ufer und fressen kleine Jungs, sagte sie plötzlich. Kleine Mädchen fressen sie nicht, die sind ihnen zu zäh.
Vor Jahren, als sie mit Leon Memphis besucht hatte, kam am Morgen ein kleiner Alligator unter ihrem Auto vorgekrochen. Der war inzwischen riesengroß und freute sich auf Menschenfleisch.

Ob es in Memphis wirklich Alligatoren gab? Er vermutete, die Geschichte habe sich in den Everglades zugetragen oder an der Mississippi-Mündung. Aber wenn Amanda behauptete, in Memphis habe ein kleiner Alligator unter ihrem Auto genächtigt, dann musste das so sein.
Jedenfalls hatte »Weekly World News« vor Jahren berichtet, dass südlich von Memphis Alligatoren einen Mississippi-Dampfer zum Kentern gebracht hatten. Die Raubtiere fraßen nicht etwa die Passagiere, sondern räumten den Kühlschrank leer.
Elvis in Memphis, Johnny Cash gleich um die Ecke in Nashville und Satchmo haben wir auch noch, flüsterte Amanda. Sie zeigte in die Tiefe, wo die Alligatoren Wirbel warfen und kleine Fische fraßen.

Kampf mit Alligatoren

NAHE MEMPHIS LAG GERMANTOWN, wo Amanda in einem Hotel übernachten und den Cadillac in der Tiefgarage abstellen wollte. Ermüdet von Graceland, wollte sie Briefe schreiben, ein bisschen nachdenken, mit Rudi in der Graf-Waldersee-Straße telefonieren, sich früh ins Bett legen und Robert Mitchum im Fernsehen bewundern.
Und was machen wir mit dir, Conny? Sie schob zweihundert Dollar über den Tisch und erklärte, das müsse reichen für die Calypsomädchen.
Zweihundert Dollar! Mit einem Greyhoundbus käme er damit nach Los Angeles und wieder zurück.
Du sollst das Mädchen nicht mit zweihundert Dollar bezahlen, aber es gehört sich, dass ein Mann der Frau, mit der er schlafen will, einen Drink spendiert, einen vorher und einen nachher. Morgen erzählst du mir, wie es gewesen ist.
Auch das noch!
Und vergiss die Tanzkunst nicht. Lass dir vortanzen. Frauen, die nicht tanzen können, taugen auch nicht fürs Bett! Und versuche nicht, etwas von den zweihundert Dollar zu sparen. Was gut ist, muss teuer sein. Pay one, get one free!, rief sie ihm nach.
Auch sie hatte zwei Leben geführt, aber nur eines bezahlt. Sie wird es fertigbringen, noch ein drittes Leben zum gleichen Preis zu beginnen. Amanda wird überhaupt nicht sterben. Er wollte die zweihundert Dollar nicht den Alligatoren zum

Fraß vorwerfen und suchte einen Ausweg, der sie zufriedenstellte, ihm aber das Geld beließ. Begleitet von Elvis-Devotionalien in den Schaufenstern, bummelte er durch die abendliche Stadt. Auf einer Bank schrieb er Ansichtskarten von Graceland an Freunde in Europa, erwähnte einen rosaroten Cadillac, Sauerkraut in Germantown und eisgekühlte Coca-Cola, aber kein Wort über Amanda, Alligatoren und Calypsomädchen. Eva bekam keine Karte, sie mochte Elvis nicht.
Neben seiner Bank hielt ein Taxi. Ein Schwarzer, dick wie ein Fass, trat auf ihn zu und sagte: Ich bin Joe und soll dich in die Beale Street bringen.
Ob Amanda ihn geschickt hatte?
Der Taxifahrer kratzte seinen Hinterkopf und schien zu denken, dass es verdammt wenige Großmütter gibt, die ihren Enkeln Ausflüge in die Beale Street bezahlen.
Black or white?, fragte er.
Conny schüttelte den Kopf, was der Mann so deutete, dass er die Farbe Gelb bevorzuge. Chinatown wäre auch eine Möglichkeit, meinte er und zählte die Attraktionen auf, die die Stadt neben Elvis noch zu bieten hatte: Catching, Wrestling, ein richtiger Boxkampf und die Girls von der »Grünen Taverne«. Dort kannte er eine, die behauptete, es mit Elvis und Johnny Cash gleichzeitig getrieben zu haben. Aber die ist so alt, der kannst du nur einen Drink spendieren. Für zweihundert Dollar bekommst du mindestens drei Mädchen oder du kannst dich sinnlos betrinken. Eines von beiden geht nur.
Die »Green Tavern« war ein Etablissement, in dem drei Mädchen – wegen der abendlichen Schwüle geradeso fairly bekleidet – sich auf einer rot ausgeleuchteten Bühne räkelten.

Pay one, get three, würde Amanda sagen. Sie tanzten Rock 'n' Roll und warfen ihre Hände in die rote Dunkelheit, als streuten sie Rosen aus. Eines Tages werden auch sie alt sein wie Amanda, lahme Füße haben, an Krücken gehen und dem Taxifahrer nachrufen: Joe, spendier mir mal einen Drink!
Er schätzte die Entfernung zu Amanda auf fünf Meilen. Nach dem zweiten Whiskey fragte er sich, ob es die Person wirklich gäbe. War der rosa Cadillac ein Gummitier? War er per Anhalter oder mit einem Holztruck nach Memphis gekommen? Woher kamen die zweihundert Dollar?
Joe schob ihm einen Drink zu und fragte, welche der drei er haben wolle.
Conny schüttelte den Kopf. Ein Liebesabenteuer auf Befehl und von Amandas Gnaden war ihm peinlich. Beim nächsten Mal wird sie mitkommen, ihm ein Mädchen aussuchen und nachher fragen: Geht es dir besser, Conny?
Okay, winkte Joe ab, du willst dich betrinken. Die einen gehen zu den Mädchen, die anderen spielen Black Jack oder betrinken sich. Es ist alles der gleiche Bullshit.
Nach dem dritten Whiskey verwandelten sich die drei Tänzerinnen in Alligatoren. Ihm dämmerte, warum die Raubtiere nur junge Männer fraßen: Alligatoren sind weiblich.
Johnny Cash sang »I keep my eyes wide open all the time«. Einer der tanzenden Alligatoren wollte sich auf seinen Schoß setzen, was nicht gelang, weil Conny samt Stuhl umstürzte. La Jana zeigte sich auf der Bühne und versuchte, den Tiger von Eschnapur zu streicheln. Kentucky-Whiskey ist etwas Ordentliches, aber Kentucky Fried Chicken darf Conny nicht essen, weil Amanda es verboten hatte. Er musste den Whiskey mit Coca-Cola mischen.

Für zweihundert Dollar ziehen sich alle drei nackt aus, hörte er Joes Stimme und dachte, dass Alligatoren von Natur aus nackt sind und sich nicht auszuziehen brauchten.
Wie Joe ihn ins Taxi befördert hatte, wusste er nicht mehr. Im Wegtragen sah er nur, wie die Alligatoren friedlich wurden und miteinander tuschelten. Er beschloss, nur noch Tierparks zu besuchen, in denen die Alligatoren nackt hinter dickem Spiegelglas ihr Unwesen treiben.
Amanda saß in der Badewanne und rührte mit der Krücke im Wasser. Schaum quoll über den Rand, rosa wie der Cadillac. Vermutlich badete sie in Coca-Cola.
Du musst mir mal den Rücken rubbeln, Conny!
Coca-Cola kann auch eine Leidenschaft sein, brummte Joe, als er ihn neben der Badewanne absetzte. Sie verlangte einen Bericht. Er hörte Joe sagen, Conny habe tapfer mit drei Alligatoren gerungen und den Kampf siegreich bestanden. Soweit er sich erinnerte, waren es nur drei doppelte Whiskey. Schließlich bat er Joe, ihr zu sagen, er hätte sich standhaft geweigert, Kentucky Fried Chicken zu essen.
Geht es dir gut?, hörte er ihre Stimme aus weiter Ferne.
Ich fühle mich wie Jung-Siegfried, der drei Drachen besiegt hat.

***

Im Wohlstand kann man seine edlen
Grundsätze am besten verwirklichen.
Mark Twain

EIN ANGENEHMER MORGEN, es sangen Vögel und ihn quälten keine Alligatoren. Der Cadillac glotzte ihn mit traurigen Augen an, als wollte er fragen: Wo warst du gestern? Die Abreise verzögerte sich, weil Amanda befürchtete, er hätte zu viel Alkohol im Blut.

Sie stellte keine Fragen, sie verlangte auch keine Abrechnung der zweihundert Dollar; in diesem Geschäft stellt man keine Rechnungen aus. Nachdem Joe den Whiskey bezahlt hatte – die Alligatoren wurden offenbar gratis angeboten –, waren ihm knapp sechzig Dollar geblieben, die er behalten wollte für eine kleine Unabhängigkeit, wenn er Amanda nicht mehr ertragen konnte. Geld macht frei, pflegte sie nach den Telefongesprächen mit Mister Fisher zu sagen.

Vergessen war Elvis, vergessen war Johnny Cash. Der etwas gedrückten Stimmung entsprechend wählte Amanda eine höhere Sphäre: Mark Twain. Sie zeigte ihm die Stelle, wo er den Mississippi befahren hatte als Lotse und Weltenbummler. Am Ufer sitzend, schrieb er seine Bücher. Er wanderte durch Amerika, bereiste Europa, wurde am englischen Hof empfangen und durchquerte Deutschland zu Fuß. So ein Kerl war das.

Wenn wir die Route 66 fahren, werden wir den Mark-Twain-National Forest erreichen und eine Gedenkminute für ihn einlegen.

Die Rückreise zu dem Ort, wo sich der Cadillac mit dem Ford-Pick-up treffen sollte, verlief problemlos, bis Amanda ihn mit dem Satz erschreckte: Deine Eva lässt schön grüßen. Er bremste scharf. Als der Wagen stand, blickte er sie kopfschüttelnd an.

Du hast mit Eva telefoniert?

Rudi hat mir Evas Telefonnummer besorgt.

Er schloss die Augen und stellte sich vor, was die beiden Frauen zu sagen hatten. Amanda: Er fing an, störrisch zu werden, da musste ich ihn zu den Calypsomädchen schicken.

Eva: Was der Mensch braucht, muss er haben.

Amanda: So sind die Männer.

Danach legte Eva grußlos auf.

Amanda legte ihre trockene Hand auf seinen Arm.

Stell dir vor, in der Graf-Waldersee-Straße ist eine Ulme im Gewittersturm umgefallen, hundert Jahre alt und einfach umgefallen. Ach, Conny, wenn ich hundert bin, werde ich auch umfallen, und keiner wird da sein, mich aufzufangen. Oder willst du bis zum Hundertsten bei mir bleiben?

Großer Gott, sie legte es darauf an, hundert zu werden. Bis dahin wird sie mit jungen Männern die Welt bereisen und die alten Geschichten wieder und wieder erzählen … Und wenn sie nicht gestorben sind, leben sie noch heute.

Nein, ich habe keine Kopfschmerzen! ... Der Kentucky-Whiskey war ausgezeichnet! … Ich brauche kein Eis für meinen Schädel! … Nur der Rauch des Zigarillos stört mich …

Im Osten der Vereinigten Staaten gab es noch viele Sehenswürdigkeiten, die Coca-Cola-Springbrunnen von Atlanta und das liebliche Chattanooga, die Stadt mit dem schönsten Namen der neuen Welt. Wie wäre es mit Williamsburg?

Bei Amandas letztem Auftritt – sie lustwandelte im langen Kleid mit einem Strohhut auf dem Kopf – wurde sie zur lebenden Ausstattung der Museumsstadt gerechnet; Kinder sprachen sie an und fragten, ob sie die Frau von George Washington sei.

Ein letzter Blick nach Osten, dann wurde von ihr entschieden: Conny und Amanda fahren westwärts zu so schönen Namen wie Oklahoma, Colorado, Arizona, Kalifornien.

Kalt und schmutzig empfing sie der Ford-Pick-up, von dem Amanda behauptete, er sei das richtige Gefährt für die Prärie. Er versuchte, das Cadillac-Emblem zu entfernen, um es in seine Sammlung aufzunehmen.

So was tut man nicht, ermahnte sie ihn.

Sie wollte die Einsamkeit des Mittleren Westens mit Kreuzworträtseln überbrücken und viel schlafen. Außerdem hatte sie noch viel zu erzählen, während sie durch hügeliges Grasland fuhren. Hier eine Farm, dort ein Autofriedhof, Getreidesilos am Horizont, weiße Holzkirchen mit roten Dächern, rechts des Highways Rinderherden, links Maisfelder, im blauen Dunst einige Bergketten wie die Verheißung der sieben Hügel. Hier zogen die Trecks der Siedler durch, eine Gegend, um durchzuziehen, nicht um zu bleiben.

Mein Leon sagte immer, der Mittlere Westen sei nur vom Flugzeug aus zu ertragen.

Er stellte sich vor, auf einer Harley Davidson zu sitzen, in den Westen zu fahren und die legendäre Route 66 zu suchen.

Das Kreuzworträtsel fragte nach einem US-Staat mit acht Buchstaben, davon vier Vokale.

Im Musical »Oklahoma« sollte ich tanzen, musste das Engagement aber abbrechen, weil meine Beine schmerzten. Da-

mals fing ich an, alt zu werden, Conny. Die Erinnerung an »Oklahoma« macht mich so traurig.
Weit und breit keine Büffelherden. Gab es noch Indianer? Immerhin, eine Eisenbahn begleitete sie auf dem Weg und Amanda versprach ihm eine Eisenbahnfahrt, Santa Fe hin und zurück. Irgendwann.
Sie summte, einen Schlager aus den Fünfzigerjahren, in dem Santa Fe besungen wurde. Er kannte den Song nicht. Ach, Conny, wir leben in verschiedenen Welten! In der Mitte, ungefähr 1966, als das Tor im Wembley-Stadion fiel, trafen sich die Welten.
Wie war das mit der Eisenbahn Berlin-Königsberg, einer Strecke mit viel Dampf und Kohlenrauch? Hier traf Amanda die große Welt. Die Räder rollten für den Sieg und ein ausgebrannter Personenzug hielt wie ein Skelett in einer Schneelandschaft. Neben den Wagen verstreut die schwarzen Punkte derer, die nicht schnell genug die Notbremse hatten ziehen können. Amerikanische Lokomotiven haben einen anderen Sound als die europäischen, behauptete sie. Das Heulen der Lokomotiven erinnerte an das Brüllen der Büffel. Bei Gottesdiensten in der Prämie hört man statt Glockengeläut den Sound der Santa-Fe-Eisenbahn.
Der erste melancholische Tag ihrer Weltreise endete damit, dass sie eine halbe Meile abseits der Straße das Skelett eines Drive-in-Kinos entdeckte, ein Gerüst, das wie ein verwaister Galgen in den roten Abendhimmel ragte. Die Bretter, die einmal die Leinwand getragen hatten, hingen schief im Wind, aus hohem Gras ragten wie Grabsteine die Pfähle mit den Kopfhörern für die Kinobesucher.
Sie bestand darauf, das Drive-in-Kino zu besuchen. Es sei ein

Denkmal aus der großen Zeit Amerikas, als mehr Kinder in Automobilen gezeugt wurden als im Bett. Schwarze Vögel saßen auf den morschen Brettern. Erdhörnchen flüchteten in ihre Höhlen. Vermutlich hausten hier Steppenwölfe.
Das Auto hielt im kniehohen Gras, die Kühlerfront auf die verwitterte Projektionswand gerichtet. Er musste die Scheinwerfer einschalten. Die Lichtkegel trafen die morschen Bretter und dahinter ritt – sie sahen es beide sehr genau – ein einsamer Cowboy ins Abendlicht.
Ich habe noch nie ein Autokino besucht.
Sie schwärmte von der Liebe unterm Sternenhimmel auf dem Rücksitz eines Autos, während vorn »Vom Winde verweht« flimmerte. Im Autokino ist das Petting erfunden worden, behauptete sie. Nur ihr Leon hielt nichts von solchen Verrenkungen, außerdem konnte Amanda in geschlossenen Automobilen nicht tanzen.
Sie schwieg zehn Minuten und sah einen Film, den nur sie kannte. Sie begleitete die Baumwollpflücker auf Tara, während im Hintergrund die Kanonen des Bürgerkrieges donnerten.
Wie konnte sich Vivian Leigh in diesen pomadisierten Affen verlieben?
Hinter der Projektionswand ritt wieder ein einsamer Reiter in Zeitlupe durchs Rot der untergehenden Sonne.
Liebst du mich, Conny?, flüsterte sie.
Wie der Teufel die Großmutter, dachte er und berührte ihre Hand.

***

Die Melancholie kommt
der Wahrheit am nächsten.

HIER EIN GETREIDESILO, dort ein einsames Farmhaus, am Himmel weiter nichts als Kondensstreifen und Raubvögel, die wie einsame Späher über den Plains kreisten. Staubwolken hoben und senkten sich wie Vogelschwärme. Sollte der Motor verstummen, müssten die Ohren zerspringen von so viel Stille. Eine Landschaft, um melancholisch zu werden. Amanda sagte: Hier sind die Tage am längsten. Es gibt keine Wälder, in die die Sonne fallen könnte, keine Berghänge stehen dem Tageslicht im Wege.
Sie hatte alles erzählt und fing wieder von vorn an mit der Panzerschlacht am Kursker Bogen und den Entenjagden ihres Mannes. Zum dritten Mal die Stadt in Schlesien mit sieben Buchstaben.
In Polnisch sieben Buchstaben und in Deutsch sieben Buchstaben. Ist das nicht witzig, Conny?
Er dachte viel an Eva und die Alligatoren.
Die Einsamkeit der Plains gab ihr Gelegenheit, die Geschichte von Leon und Coca-Cola zu erzählen. Es existierte ein Bild: Leon und Amanda vor den Coca-Cola-Wasserfällen am Times Square. Damals gehörten ihm schon die Aktien, aber er sagte es ihr nicht. Erst nach seinem Tode erfuhr sie von dem flüssigen Reichtum. Ein Kollege aus der Anwaltskanzlei rief an und sagte, Leon habe ihr so viele Aktien hinterlassen, sie könne bis zum Ende ihrer Tage Coca-Cola trinken und den Chairman nach Belieben in die Wüste schicken.

Leons Leiche wurde nach Jerusalem überführt. Amanda flog mit ihm über den Atlantik, sie allein und sehr nahe seinem und ihrem Gott. Du weißt doch, Conny, es gibt nur einen Gott, die Menschen haben ihm nur verschiedene Namen gegeben. Das wusste er nicht, aber wenn sie es sagte, musste es stimmen.
Als ich von Jerusalem zurückkehrte, lag eine Einladung zum Besuch im Coca-Cola-Hauptquartier in meinem Briefkasten. Der Chairman bot mir einen Posten im Aufsichtsrat an, er wollte mich auch heiraten.
Beides lehnte sie ab, um frei zu bleiben.
Später flog Amanda immer zum 4. Juli nach Jerusalem, um an Leons Grab zu sitzen und über vergangene Zeiten zu plaudern. Schon die Schulkinder in Domnau sangen: Wir fahren nach Jerusalem, und wer kommt mit? Ach, Conny, wir sind uns so nahe, wir haben ein gemeinsames Jerusalem, wir gehören zusammen. Wer hat uns nur so fremd werden lassen?
Sie erzählte ihm einen jüdischen Witz: Eine Frau kommt zu den Eltern und beschwert sich, der Ehemann schlage sie ständig. Der Vater verspricht, vorbeizukommen und mit dem Schwiegersohn zu reden. Kaum im Haus, schlägt er auf die eigene Tochter ein. Der Schwiegersohn tritt dazwischen und stellt den Vater zur Rede. Darauf der Vater: Wenn du meine Tochter schlägst, schlage ich deine Frau!
Was ist daran jüdisch?
Es ist ein jüdischer Witz, weil Leon ihn mir auf der letzten Reise erzählt hat.
Der dritte Mann gab Amanda den stolzen Namen von Vegesack, ein erster Anflug von Adel. Der große Vorzug adeli-

ger Abkunft ist, dass sie die Armut besser ertragen lässt, hätte Leon seinen Lieblingsphilosophen zitiert. Aber Leon lebte nicht mehr und Amanda war dank seiner Vorsorge in den Geldadel aufgestiegen.
Sie lernte Ekkehard von Vegesack, der sein Geschlecht auf einen mittelalterlichen Minnesänger zurückführte, als Diplomat an der deutschen Botschaft in Washington kennen. Nur dreizehn Monate war sie mit ihm verheiratet.
Weißt du, was er angestellt hat? Er schlief mit einer Schwarzen. Ich hätte es ihm verziehen, das Auswärtige Amt wohl auch, als aber bekannt wurde, dass die Frau eine von Fidel Castro ausgesandte Spionin war, versetzte es den ungetreuen Ekkehard in die Äußere Mongolei. Dort gibt es keine schwarzen Frauen, nur schwarze Schafe. Haben sie in Ulan Bator elektrisches Licht?, fragte ich ihn. Er wusste es nicht. Du wirst verstehen, Conny, ich konnte mich nicht auf die Äußere Mongolei einlassen. Also endete unsere Ehe wegen Ulan Bator.
Nach Ekkehards Versetzung in die Mongolei tanzte sie wieder. Während der ersten Ölkrise – Conny war gerade sieben Jahre alt – lernte sie einen Scheich kennen, der ihr nach einer Londoner Vorstellung einen Strauß roter Rosen auf die Bühne schickte.
Ich hätte mich gern mit ihm verbunden, um das Coca-Cola-Depot mit Ölaktien aufzufüllen, aber er war so schrecklich fett und ich ihm viel zu mager. Da ich keine Bauchtänzerin spielen wollte, scheiterte unsere Verbindung an der Tanzkunst. Übrig geblieben ist ein Sarazenenschwert, das er mir zum Abschied schenkte, um aufdringliche Verehrer in die Flucht zu schlagen. Es hängt in der Graf-Waldersee-Straße über meinem Bett.

Conny übte sich während der langweiligen Präriereise in kleinen Unbotmäßigkeiten, er zog das T-Shirt mit dem Bild Fidel Castros an und wartete auf Amandas Reaktion.
Wenn wir einem Sheriff begegnen, wird er dich erschießen, sagte sie nur.
Mit ihnen und den silbergrauen Überlandtrucks zogen Rinderherden westwärts auf der Suche nach der nächsten Wasserstelle. Die Präriesender dudelten Countrymusik, Johnny Cash »walked the line«. Um nicht am Steuer einzuschlafen, trank er Unmengen Coca-Cola. An der Wall Street war das Getränk leicht gestiegen.
Die Prärie kennt keine Kultur, hörte er ihre Stimme. Tänzerinnen sind in dieser Gegend noch nie aufgetreten, nur die Dietrich hat es im »Großen Bluff« versucht, mehr schlecht als recht.
Vor der Grenze Oklahomas legten sie eine Pause ein, zufällig befand sich dort eine rostende Autohalde. Conny hatte es sich zur Gewohnheit gemacht, vor jedem Schrotthaufen anzuhalten und nach den Emblemen vergangener Autoherrlichkeit zu suchen, während sie schmollend im Auto saß und Kreuzworträtsel löste.
Sie empfing ihn mit einer ausgebreiteten Landkarte. Mit einem Stift fuhr sie die Highways ab, sie suchte die Route 66. Das war einmal die Main Street Amerikas, schwärmte sie. In den Motels an der Route 66 sind viele kleine Amerikaner gezeugt worden, heute sind die Hütten verfallen, der Wind klappert mit den Brettern und die Reklameschilder hat der Rost gefressen.
Als sie einen Rest der alten Straße fanden, einen schmalen Schotterstreifen in einer verwilderten Landschaft, legte Amanda eine Gedenkminute ein.

Die 66 feiert nun bald ihren sechzigsten Geburtstag und ist ein Nichts. Da habe ich mich doch viel besser gehalten, nicht wahr, Conny?
Kein Widerspruch, Euer Ehren.
Oklahoma, welch ein schöner Name! In dem Musical sollte sie tanzen, aber da fing es mit ihren Beinen an.
Er erzählte von den Staubstürmen, die in den Dreißigerjahren die fruchtbare Erde Oklahomas fortgeweht hatten. Die frommen Leute hielten es für ein göttliches Zeichen, für die Ankündigung noch größeren Unglücks. Zu Tausenden verließen sie ihre Farmen und zogen westwärts.
Wie gescheit du bist, Conny, staunte Amanda.
Über »Früchte des Zorns« habe ich meine Abiturarbeit geschrieben.
Das finde ich großartig. Ich habe Mark Twain und du hast John Steinbeck, die größten Amerikaner. Sie erinnerte sich, dass Henry Fonda und Jane Darwell in »Früchte des Zorns« die Hauptrollen gespielt hatten.

***

Dies Land ist dem lieben Gott nur mäßig gelungen.
Jürnjakob Swehn der Amerikafahrer

DIE AMERIKANER HABEN dieser trostlosen Gegend einen Heiligenschein gegeben, statteten sie mit Sonnenuntergängen, reitenden Cowboys, Rinderherden und dem Sound ferner Eisenbahnen aus. Nur so war die Prärie zu ertragen.

Auch Amanda, die humpelnde alte Frau, hatte einen Heiligenschein aus vergangenen Tagen, tanzte immer noch wie eine Schneeflocke und verführte die Männer.

»Flats fixed«, versprach ein Schild an der Route 66, das schief an einem Laternenmast hing und so verwittert aussah, als wäre es schon durch die Sandstürme der Dreißigerjahre gegangen. Der Mann, der diesen Laden unter freiem Himmel betrieb, schien ein Veteran des großen Dust Bowl zu sein. Während er sich mit dem rechten Vorderreifen abmühte, rauchte Amanda, an den Laternenmast gelehnt, einen Zigarillo und sah aus wie Lale Andersen vor der Kaserne.

Conny bummelte auf der Route 66 zu einem Monument vergangener Herrlichkeit: Zehn Cadillacs, die Schnauze im Grasland vergraben, die Heckflosse zum Himmel zeigend, säumten den Weg. Da sie längst ihre Embleme an andere Sammler verloren hatten, kehrte er enttäuscht zurück, um zu hören, dass ein Marsmännchen beim Mount Rushmore gesichtet worden sei. Es soll auf den steinernen Präsidentenköpfen getanzt und Abraham Lincoln mit Marsgraffiti beschmiert haben.

Tanzen können die Außerirdischen also auch, dachte er.

In die Gegend sollten wir nicht fahren, Conny. Die Leute vom Mars werden kommen, um ihr verloren gegangenes Männchen einzufangen. Das könnte ungemütlich werden.

Schon waren sie wieder bei Amandas Tanzkunst. Während Leon ihre öffentlichen Auftritte tolerierte – er saß im überfüllten Saal in der ersten Reihe, wenn sie auf der Bühne stand – wollte der dritte Ehemann sie mitsamt der Kunst für sich allein haben. Damit fing das Unglück an.

Nicht die Beine versagten, eher war es umgekehrt. Weil ich

meinem Ekkehard zuliebe das Tanzen aufgab, wurden die Beine schwächer; sie bestraften mich, weil ich der Kunst untreu geworden war.
Der Reifen war montiert, der Mechaniker hielt die Hand auf und erzählte von den Zeiten, als die Route 66 die Lebensader Amerikas gewesen war. Amanda verkroch sich in ihre Kuschelecke und ließ ihn allein mit der alten Straße.
Während er an einer einsamen Tankstelle Benzin nachfüllte, telefonierte sie. Er machte das Zeichen des Bezahlens. Amanda holte einen Schein aus der Bluse, Conny zahlte, Amanda telefonierte. Conny trank Coca-Cola, sie telefonierte immer noch. Conny aß ein Käsesandwich, Amanda telefonierte. Er studierte die Landkarte, suchte das Marsmännchen auf dem Mount Rushmore, bis sie endlich kam, beide Arme um seinen Hals schlang und sagte:
Er will meine Aktien kaufen.
Wer?
Warren Buffett. Er lebt nicht weit entfernt in Omaha und ist der klügste Kapitalist auf Erden. Einmal im Jahr telefonieren wir. Ich würde ihn gern besuchen, aber Warren befindet sich gerade im Anflug auf die Wall Street. Du musst ihn kennenlernen, Conny. Wer Waren Buffett kennt, kann niemals arm werden.
Sie erzählte von der ersten Begegnung mit dem Orakel von Omaha an einem Sommerabend auf der Terrasse seines Ranchhauses. Warren sagte: Wenn ich nicht mit Berkshire Hathaway verheiratet wäre, würde ich um Ihre Hand anhalten, Lady. Er hatte gerade acht Prozent von Coca-Cola für eine Milliarde Dollar gekauft und wollte mehr haben. Aber sie verkaufte nicht!

Wenn wir uns auf der Hauptversammlung in Atlanta trafen, nahm er mich immer beiseite und flüsterte: Wenn du verkaufen willst, denke zuerst an mich.
Nein, sie verkaufte nicht, sie lebte von der Dividende und wenn etwas übrig blieb, kaufte sie zu, wie Leon es getan hatte. Dieser Gates hat es sich in den Kopf gesetzt, Coca-Cola zu überholen, und die Leute von Pepsi versuchen es auch. Aber ich werde alle besiegen, Conny.
Sie holte eine Fotografie aus der Handtasche. Das Bild zeigte einen üppig ausgestatteten Raum, in der Mitte ein Himmelbett, geräumig genug für eine fünfköpfige Familie. Von einem Baldachin hingen dunkelrote Kordeln, den Himmel verzierten Sonne, Mond und Sterne. An den Wänden gab sich Hollywood ein Stelldichein.
Das ist mein Schlafzimmer, hauchte sie und tippte auf ein Stück Papier, das am Kopfende des Bettes zwischen die Hollywoodgrößen an die Wand gepinnt war: eine Aktie des Warren Buffett.
Sie ist heute 70 000 Dollar wert.
Neben dem Himmelbett auf einem Tischchen standen drei Telefonapparate in den Farben Rot, Weiß, Schwarz. Im Bett sitzend, telefonierte sie, wenn sie nicht gerade auf Reisen war, mit der weiten Welt, mit Gary Cooper, Ava Gardner und MGM. Das schwarze Telefon war die Verbindung zu Mister Fisher an der Wall Street.
Sie vertraute ihm an, dass in den letzten zwanzig Jahren kein männliches Wesen ihr Schlafzimmer betreten habe, auch für Rudi, den Butler, sei der Raum out of bounds. Zum Säubern und Lüften setze sie weibliches Personal ein, zuletzt eine hübsche Slowakin, die dir auch gefallen würde, Conny. Als ein

Einbrecher versuchte, in Amandas Schlafzimmer zu gelangen; vertrieb sie ihn mit extrem lauter Musik. Bei ihr spielte ständig Musik, auch wenn sie auf Reisen war. Sie besaß die gesamte Filmmusik Hollywoods aus den Fünfzigerjahren und wenn das Band zu Ende war, fing die Musik von vorn an.

***

> Wenn man alt ist, siegt man nicht mehr.
> Dann ruht man aus bei seinen Erinnerungen.
> *Jürnjakob Swehn der Amerikafahrer*

AUF DEM RÜCKWEG wollen wir Buffalo Bill besuchen.
Der lag am Lookout Mountain in Colorado begraben und hielt Ausschau nach seinen Büffelherden. Eine Buffalo-Bill-Wild-West-Show habe es auch in Deutschland gegeben, behauptete sie. Damals als der Kaiser regierte, nur zu der kleinen Amanda nach Domnau sei der Westernheld nie gekommen. Also wird sie zu ihm fahren.
Sie näherten sich dem geheimnisvollen Datum 30. Mai.
Den wievielten Geburtstag willst du feiern, den siebzigsten oder den achtzigsten?
Jahre trägt man auf dem Buckel, Conny, die braucht man nicht hinauszuposaunen!
Er hielt sie für eine Achtzigjährige, die sich wie eine Siebzigjährige gebärdete. Wer Seine Majestät, den Kaiser, hoch zu Ross im Grunewald gesehen hatte, musste achtzig Jahre alt sein.

Amanda hasste die Sonne, die senkrecht vom Himmel brannte, wenn sie ihren Geburtstag feierte. Um die Mittagszeit verkroch sie sich immer in ihre Kuschelecke.
Alle Tänzerinnen hassen die Sonne, Conny, weil Tanzen im grellen Licht unästhetisch aussieht. Dagegen hat Mondschein eine ungemein künstlerische Wirkung, Frauen ziehen sich am liebsten im Mondschein aus.
Den Spruch wird man sich merken müssen, Frau Luna.
Sie trafen keine Indianer und keine Büffelherden. John Wayne grüßte nicht vom Pferd herab, es gab keine Rauchzeichen am Horizont, die amerikanische Kavallerie lag eingemottet im Fundus von Hollywood. Ihre Reise begann eintönig zu werden.
Die schönsten Dinge musst du dir ausdenken, erklärte Amanda. Postkutschen und Postkutschenräuber, wilde Cowboys und Pferdediebe, alles wäre vorstellbar. Auch legte sie es darauf an, irgendwo in einem alten Saloon zu tanzen.
War die Tageshitze in den Weltraum entflohen, lebte sie auf. Dann saß sie gern vor dem Motel und lauschte dem Gluckern des Wassers im Creek. Die Abendsonne trank aus dem Bach, in der Ferne heulte eine Lokomotive.
Conny zog die Turnschuhe aus, krempelte die Hosenbeine hoch und watete durchs kühle Wasser. Der Anblick tut mir weh!, rief sie ihm nach.
Als er zurückkehrte, betastete sie seine Füße. Wie schön kühl du bist.
Der Himmel im Westen glich einem roten Vorhang. Gleich wird er sich öffnen, es werden Tänzerinnen auf einer Naturbühne erscheinen, Sphärenmusik wird erklingen, Amanda wird alle Schmerzen vergessen und zu tanzen beginnen. Aber

es fehlte der Mondschein. Dafür begannen unzählige Sterne zu leuchten, die Milchstraße erschien ihnen wie ein ausgegossenes weißes Band.

Was deine Eva wohl macht?

Die steht unter der Dusche.

Und du stellst sie dir nackt vor, nicht wahr?

Ich stelle mir vor, dass ich jetzt einen Hamburger essen möchte.

Er ging ins Office und verzehrte den Hamburger vor dem Fernsehgerät, das eine Show aus Las Vegas zeigte. Draußen sang Amanda: Heimat deine Sterne …

Das Lied haben die Soldaten gesungen, wenn sie Heimweh bekamen, erklärte sie.

Die Sterne über Oklahoma kamen ihr heller vor als in der Graf-Waldersee-Straße. In Breslau, Königsberg und am Kursker Bogen leuchten die gleichen Sterne, sie verbinden uns, sie halten uns zusammen. Glaubst du an Sterne, Conny?

Sie sind so fern, sie nehmen uns gar nicht wahr.

Als junge Frau war sie einer masurischen Sterndeuterin begegnet, die ihr ein Leben bis zum einhundertsten Geburtstag versprochen hatte. Damals lachte sie über die Sterndeuterei, heute fand sie es angenehm, an die Astrologie zu glauben.

Ich hoffe nur, wir finden keine Menschen auf anderen Planeten, Conny. Noch mehr Entwicklungshilfe können wir beim besten Willen nicht zahlen. Unsere Gutmenschen bringen es fertig, den Marsmännchen ein Krankenhaus zu bauen, um sie mit unserer furchtbaren Medizin zu vergiften.

Endlich ging der Mond auf, aber Amanda tanzte nicht. Sie erzählte das Gleichnis vom Niagara, über das Leon so gern gesprochen hatte. Das Leben sei ein Dahintreiben im Strom mit der Gewissheit, dass hinter der nächsten Biegung die Niagarafälle auftauchen. Unterwegs lachen und weinen, essen, trinken, schlafen und lieben wir, bis das Rauschen des Wassers übermächtig wird und alle menschlichen Geräusche übertönt. Nach dieser Offenbarung schloss sie die Augen und begab sich auf das stromabwärts treibende Floß. Ihr Leon war längst in Jerusalem.

***

Außer der Liebe hat den Menschen nichts so sehr den Kopf verdreht wie das Nachdenken über das Geld.
William Gladstone

DU HAST MIR deinen vierten Mann unterschlagen, Amanda. Willst du die traurige Geschichte wirklich hören? Er war einer jener hübschen Jungs, die so aussehen, als wären sie auf dem Weg zur Wall Street. Er hieß Clyde, eigentlich ein schöner Name, aber er taugte nichts. Clyde hatte am 6. Dezember Geburtstag wie der Alte, der den Kindern die Stiefel füllt. Aber er war nicht alt, sondern viel jünger als Amanda, womit alles Unglück anfing.
Wenn eine Frau nach Geld heiratet, ist es die vernünftigste Sache der Welt, aber bei einem Mann ist es unanständig.
Ich denke, die Männer sind gleichberechtigt?, wagte Conny einzuwenden.

Eine Frau wird schwach geboren, ihre Schönheit und dass sie begehrenswert ist, sind ihr einziges Kapital. So wird sich eine Frau nach einem reichen Mann umsehen, damit sie nicht Kohleneimer tragen und Wäsche rubbeln muss.
Ging das mit Leon auch so?
Leon hat mich aus dem düsteren, kalten Deutschland herausgeholt. Das war genug. Da war er noch nicht reich, aber ich bat ihn, reich zu werden. Ein Mann hat die verdammte Pflicht, sich anzustrengen und reich zu werden.
Damit die Frauen es ausgeben können, murrte Conny.
Dem hübschen Clyde fiel die Redensart ein: Die schönsten Frauen trifft man in der Küche. Das war sein erster Sündenfall. Er mochte Coca-Cola, weniger das Getränk als die Aktien.
Ich konnte nicht mehr ruhig schlafen, weil ich denken musste, der Kerl stiehlt mir nachts den Schlüssel zum Safe, um mit allen meinen Assets zu verschwinden.
Diese Sorge wurde sie los, als Clyde von einem Turm fiel. Die Wolkenkratzer New Yorks sind so gesichert, dass niemand herunterspringen kann, aber er schaffte es irgendwie.
Hast du nachgeholfen?, fragte Conny.
Dann säße ich in Sing Sing und könnte nicht mit dir durch Amerika trampen. Die Welt ist voller Zufälle, Conny, einer schaffte mir diesen Clyde vom Hals. Während er in die Tiefe sauste, beschloss ich, nie wieder zu heiraten.
Wie hoch war der Wolkenkratzer?
Hoch genug, um sich dreimal den Hals zu brechen. Aber wieder kam ein Zufall dazwischen. Was glaubst du, wo er gelandet ist?
Auf einem städtischen Omnibus?

Es fuhr gerade ein Lieferwagen an den Türmen vorbei, die Ladefläche war mit einer Plane überdacht, und was stand auf der Plane? Drink Coca-Cola! Clyde riss das Tuch in Stücke, aber er überlebte, arg demoliert und mit etlichen Knochenbrüchen. Als die Ärzte ihm sagten, er müsse sein Leben lang an Krücken gehen, sprang er aus dem Fenster des Hospitals. Diesmal genügten sieben Stockwerke.
Die Beisetzung fand auf einer Insel im Michigan-See statt, zu der tausend Mitglieder einer Sekte angereist kamen. Amanda kostete die Feier ein Vermögen. Damals weinte sie zum letzten Mal. Eigentlich war er ein frommer Mann, dieser Clyde. Er sagte ihr, die Coca-Cola-Aktien interessierten ihn nur, weil er das viele Geld dem Papst spenden wollte, damit er den armen Kindern in Afrika eine Suppe kocht.
Ich bitte dich, Conny! Wer solche Gedanken hat, muss vom Turm fallen.
Sie hatte alle ihre Männer überlebt. Das erfüllte sie mit Stolz. Den kleinen Pianisten, mit dem sie gar nicht verheiratet gewesen war, musste sie wegen Armut im Stich lassen. Ihn brachte der Krieg um. Siegberg traf die Kugel. Leon starb, weil sein Herz nicht mehr schlagen wollte. Clyde fiel vom Turm. Bis auf Ekkehard von Vegesack, der seine Pension in den Schwarzwald überwiesen bekam, lebte keiner mehr. Im Schwarzwald sammelte er Käfer und Schmetterlinge, und wenn ein neues Jahr begann, schrieb er Amanda einen langen Brief.

***

Alle verlangen Service, aber keiner will dienen.

Sie begann den Tag mit dem Kalenderspruch: Die Frauen befreien sich aus der Sklaverei ihrer Männer, um sich in die Sklaverei ihrer Hunde, Katzen und Kanarienvögel zu begeben.
Hast du einen Vogel?, fragte er.
Ich habe weder Hunde, Katzen noch Kanarienvögel, ich bin auch keine Sklavin.
Im Mittelalter hielten sich die Fürsten einen Vorleser, Amanda hielt sich einen Sklaven als Zuhörer, dachte er. Immer wieder erzählte sie die gleichen Geschichten von ihren Reisen, ihren Männern und ihrem Geld. Sie hat eine neue medizinische Dienstleistung erfunden: das Zuhören als Zweig der Psychotherapie.
Sie schwärmte von dem, was ihnen bevorstand. Über den Grand Canyon wollte sie fliegen, im Monument Valley die Sonne untergehen sehen, in den Colorado sollte er spucken, über die Golden Gate joggen und im Pazifischen Ozean baden. Im Yellowstone Park war sie mit einem alten Geysir verabredet.
Am Frühstückstisch schlug er ein Buch auf, während sie erzählte. Das war eine kleine Aufsässigkeit, die er sich erlaubte, um seine Unabhängigkeit zu demonstrieren. Amanda sprach, Conny las. Sie verzieh es ihm, weil er ein Buch ihres Lieblingsdichters las, der mit der Stage Coach durch den Wilden Westen gefahren war.
Weißt du, dass Mark Twain die Mormonenmänner bedauert hat? Jede Hochzeit wird ihnen durch die Beerdigung einer älteren Ehefrau verdorben.

Ich denke, die Vielweiberei ist verboten, bemerkte er.
Du heiratest deine Eva, das ist genug.
Hatte sie wieder mit ihr telefoniert?
Eva hat eine angenehme Stimme, die mich an Doris Day erinnert. Im Augenblick hat sie viel zu tun mit ihrer Examensarbeit. Du solltest sie anrufen, Conny.
Wir haben uns zerstritten.
Aber ich will, dass es wieder gut wird. Ich habe ihr versprochen, dich heil abzuliefern. Wenn ihr beide mit dem Studium fertig seid, macht ihr die gleiche Reise noch einmal, ich werde sie bezahlen.
Das hast du ihr gesagt?
Coca-Cola bezahlt alles!, rief sie und lachte.
Sie wollte nun endlich mit der Eisenbahn fahren. Nicht nach Santa Fe, das würde eine halbe Woche dauern, einfach ins Blaue, vormittags hin, nachmittags zurück. Das viel besungene Santa Fe musst du dir ausdenken oder ein andermal besuchen, vielleicht mit deiner Eva.
Welche Eisenbahnabenteuer wird sie erzählen? Welche Züge wird sie entgleisen lassen? Welchen Schaffner wird sie verführen? Ob es zu einer Tanzdarbietung im Kohlenruß auf dem Tender der Lokomotive kommen wird? Er rechnete damit, dass sie, während sie mit der Santa-Fe-Eisenbahn fuhren, von der Transsibirischen Eisenbahn erzählte.
Doch es kam anders. Kaum rollten die Räder, schlief Amanda ein. Gab die Lokomotive Laut, um Kojoten zu vertreiben, die den Schienenstrang belagerten, lief ein Zucken um ihre Mundwinkel. Er saß ihr gegenüber, betrachtete die Berge und Täler ihres zerfurchten Gesichtes, die ihn mehr beeindruckten als die Getreidesilos am Horizont und die Staubwolken über der

Prärie. In Europa ging die Sonne unter, über der Prärie ging sie auf. Amanda war den europäischen Sonnenuntergängen entflohen, um mit Conny als Zuhörer in den amerikanischen Frühling zu reisen. Für sie war jede Reise ein neuer Frühling. Was machst du, wenn sie nicht mehr die Augen öffnet, wenn sie das Atmen vergisst oder sonst eine Verrücktheit anstellt?, fragte er sich. Ein Medizinstudent sollte sich für diesen Fall etwas einfallen lassen.

Liebe Amanda, ich werde über dich und diese Reise eine Geschichte schreiben, meditierte er. Ich werde sie für mich behalten, bis du tot bist, bitte aber darum, nicht ewig zu leben, damit meine Geschichte mal ein Ende findet.

Ob sie wirklich schlief? Auf dem Knauf ihrer Krücke entdeckte er die in Gold eingravierten Buchstaben C. C. Also ein Geschenk aus Atlanta.

Trink Coca-Cola, Conny, das gibt Kraft und lässt meine Aktien steigen! Coca-Cola ist das bedeutendste börsennotierte Unternehmen auf diesem Globus …, das wussten wir schon. Ohne das tut sie es nicht, es muss das bedeutendste sein. Natürlich war es eine Verrücktheit von diesem Leon, immer nur diese eine Aktie zu kaufen. Du musst diversifizieren, rieten ihm Anwaltskollegen, aber er lachte nur und kaufte weiter Coca-Cola, bis sie es in Atlanta merkten und der Chairman Leon und Amanda zum Abendessen einlud.

Ein Zucken lief über ihr Gesicht. Hatten die Rothäute die Eisenbahn überfallen? Sie hätte als Marlene Dietrich in »Der große Bluff« auftreten können. James Stewart schießt die Lichter aus, Amanda tanzt.

Als der Zug über eine Brücke rasselte, schlug sie die Augen auf.

Die Deutschen haben in Amerika zwei Wunderbrücken gebaut, die über den East River in New York und die Niagarabrücke.
Das muss in grauer Vorzeit gewesen sein, als die Deutschen zur Weltausstellung in St. Louis und zum Sängerfest nach Chicago reisten, dachte er. Danach bauten die Deutschen keine Brücken mehr.
Bist du gern eine Deutsche?, fragte er.
Sie blickte ihn an, als hätte er etwas Verbotenes ausgesprochen.
Um Nationalist zu sein, muss man die eigenen Landsleute mögen, sagte sie. Daran hapert es. Es gibt zu viele, die mir zuwider sind.
Nur die Alten, die die Brücken über den East River und den Niagara gebaut haben, bedeuteten ihr etwas. Das waren Kerle, auf die Amanda stolz sein konnte.
Deutschland wird nun bald wiedervereinigt und um einiges größer sein, sagte er.
Größe ist nur ein Bluff und Großdeutschland war ein aufgeblasener Luftballon, Conny. Mir genügt es, wenn es den Menschen im Osten etwas besser geht, größer brauchen sie nicht zu werden.
Der Zug fuhr durch welliges Hügelland, über dem die Sonne stand. Er rechnete damit, dass sie unterwegs die Notbremse ziehen würde, um sich die Füße zu vertreten, um in einem Creek die Hände zu waschen oder die rote Holzkirche auf dem Hügel von innen anzuschauen. Die Lokomotive wird kurz Laut geben und ohne sie davonfahren. Sie werden fröstelnd vor der Kirche stehen, kein Mensch weit und breit, die Kirche von Gott verlassen und natürlich geschlossen.

So ist Amerika, wird Amanda sagen und ihn bitten, ein Taxi zu rufen.
Am Abend im »Amarillo Motel« hatte er seinen großen Auftritt. Der Mann an der Rezeption gab ihnen Zimmer 117 und beobachtete gespannt, ob sie wussten, was es mit dem Raum auf sich hatte. Dustin Hoffman und Tom Cruise hätten hier den Film »Rain Man« gedreht, erklärte er. Es sei alles so geblieben, wie die Filmleute es eingerichtet hatten. Amanda kannte weder Dustin Hoffman noch den »Rain Man«, Conny hatte den Film an einem verregneten Abend gesehen, neben ihm im roten Plüschsessel Eva. Wie fremd ihre Welten doch waren. Amanda lebte immer noch mit Marlene Dietrich, Conny mit Dustin Hoffman. Dazwischen ein luftleerer Raum, auf halbem Wege zwischen Harry Belafonte und Elvis trafen sie sich.
Für Eva kaufte er eine Ansichtskarte, die das Zimmer zeigte, wie die Filmleute es verlassen hatten. Hier haben Dustin Hoffman und Tom Cruise geschlafen, schrieb er. Amanda wünschte den Zusatz: Wenn wir nach Amerika reisen, werden wir auch in diesem Zimmer schlafen.
Solche unanständigen Sätze schreibe ich nicht, erklärte er und begnügte sich mit dem schönen Wetter und der Aussicht, nun bald die Rocky Mountains zu sehen.
Hinter ihnen dudelte eine sehr alte Jukebox »Is This the Way to Amarillo?«, über ihren Köpfen schnitt ein Riesenpropeller die Luft in Stücke. Vor dem Schlafengehen musste entschieden werden, wer Dustin Hoffman und wer Tom Cruise sein sollte. Solange sie nicht Eva sein will, ist es mir egal, dachte er.

An der Biegung des Flusses

Dass er mit dem »Rain Man« gesiegt und in Dustin Hoffmans Bett geschlafen hatte, wurmte sie. Für Filme, Stars und Starlets hielt sie sich zuständig, hatte aber in den letzten zehn Jahren kein Kino mehr besucht.
Die guten Schauspieler sind alle tot, klagte sie. Warum sollte ich ins Kino gehen?
Abends erzählte sie von ihren Erlebnissen in Hollywood. Mit Audrey Hepburn hatte sie Tee getrunken, mit Liz Taylor Stepdance geübt. Die Männer lagen ihr zu Füßen, John Wayne am Lagerfeuer, Orson Welles auf einem hohen Berg, Clark Gables Bärtchen hatte ihre zarte Hand berührt, Gary Cooper war in einer Drehpause mit Amanda die berühmte Straße von »High Noon« abgewandert … und so weiter.
Das mochte glauben, wer wollte.
Doris Day war zu irgendeinem Weihnachtsfest schwanger, Yul Brynner trug ein Toupet, Humphrey Bogart ängstigte sich vor Frauen und Ingrid Bergman war frigide wie ein tiefgefrorener Fisch.
Den Zugang zu dieser Welt hatte ihr Leon verschafft. Nachdem er lange genug Rückerstattungsklagen gegen Deutschland vertreten hatte, wurde er Anwalt der Hollywoodindustrie. Zu jedem Film mussten Hunderte von Verträgen geschlossen werden. Unzählige Hollywoodsterne zierten seine Akten, es gab Scheidungen, Beleidigungen und Schadenersatzansprüche. So kam es, dass er mit Amanda zu allen

Großereignissen Hollywoods eingeladen wurde, bei den Oscarverleihungen saßen sie in der ersten Reihe.
Und wenn sie nicht gestorben sind, leben sie noch heute, dachte Conny.
Weißt du, was Leon über Marilyn sagte, nachdem wir mit ihr Hummerpastete gegessen hatten? Das Fleisch ist willig, aber der Geist ist schwach! Diese Bösartigkeit hatte er sich nicht selbst ausgedacht, sondern von seinem germanischen Lieblingsphilosophen übernommen, der natürlich keine Ahnung von der Monroe hatte. Wenn eine so aussieht wie die Monroe, darf sie ruhig ein bisschen dumm sein.
Samuel Goldwyn, den Erfinder des Metro-Goldwyn-Mayer-Löwen, hielt sie für den Allergrößten. 1974 flog sie nach Los Angeles zu seiner Beerdigung, einem Spektakel, größer als jede Oscarverleihung. Er hinterließ der Welt diesen Ausspruch: Niemand sollte seine Autobiografie vor dem eigenen Tode schreiben!
Daran werde ich mich halten, Conny. Es kann noch so viel geschehen. Wer weiß, wohin wir reisen werden. Schreib meine Geschichte erst auf, wenn ich tot bin.
Die Sangre de Cristo Mountains hatte sie mit Ehemann Nummer 2 zu Fuß überquert – damals gehorchten die Beine noch. Es lag knöcheltief Schnee. Amanda und Leon blickten von den Hängen hinab zum Rio Grande. Als sie jetzt die Passstraße erreichten, war der Schnee geschmolzen, die baumlosen Berge sahen grau aus, als hätte dort ein Feuer gewütet. Den Ort Alamosa am Rio Grande kennzeichnete Amanda mit einem schwarzen Kreuz auf der Landkarte.
Wir müssen einen Abstecher machen, um einen Kranz niederzulegen.

Schon wieder ein Friedhof? Wen hatte sie in dieser Einsamkeit begraben, einen fünften oder sechsten Ehemann oder einen der Hollywoodstars? Conny genügten die Autofriedhöfe, auf denen die Oldtimer vor sich hin rosteten und auf die Auferstehung in einem Schmelzofen warteten.
Er versuchte, ihr den Kranz auszureden, einfach deshalb, weil er in dieser Einöde nicht aufzutreiben war. Sie gab sich mit einem Blumenstrauß zufrieden, der aus Papier sein durfte, denn lebende Gewächse würden die glühende Sonne keine drei Stunden überdauern.
Eigentlich mag ich keine Blumen, gestand sie. Wer Blumen liebt, ist ans Haus gefesselt, muss ständig jäten und gießen. Ich reise lieber durch die Welt, Blumen gibt es überall, die schönsten blühen auf Hawaii.
Sie schaute ihn lächelnd an.
Willst du mit mir einen Abstecher nach Hawaii machen, Conny?
Hawaii, Alaska, Feuerland, Tahiti … Der schönen Namen gab es genug, und überall war Amanda schon gewesen und hatte erzählt … erzählt … erzählt …
Der nächste Abstecher endete in einem Christmas-Shop neben einer verfallenen Tankstelle. Dort fand sie einen Papierblumenstrauß, Christrosen in nadelfreien Tannenzweigen. Mit dieser Weihnachtsdekoration fuhren sie zu dem schwarzen Kreuz bei Alamosa. Tatsächlich ein Friedhof. Amanda schaltete das Radio aus, zog die Lippen nach, gab etwas Puder auf die spröden Wangen, ordnete das Haar.
Auch auf Friedhöfen muss der Mensch ordentlich aussehen, sonst beleidigt er die Toten.
Versteckt in einer Baumgruppe fanden sie eine hölzerne Ka-

pelle, dunkelrot angestrichen, die Fenster weiß. Ein Torbogen empfing sie mit dem Spruch: »Christ ist erstanden«, darunter: »Im Himmel sehen wir uns wieder« und ganz unten: »Fahre hin du schnöde Welt!«
In der einen Hand die Krücke, in der anderen Papierblumen, so schritt sie auf den Eingang zu.
Soll ich mitkommen?
Du bist zu jung für Friedhöfe. Als Mediziner wirst du noch genug mit Friedhöfen zu tun haben.
Er blickte ihr nach, wie sie im Torbogen verschwand. Eine Glocke schlug an. Als er über die Mauer schaute, sah er Amanda vor der Kapelle stehen und an einem Strang ziehen. Im Turm läutete die Totenglocke, ein klagender Ton trieb mit dem Wasser des Rio Grande südwärts. Eine filmreife Szene. Konrad Eisbrenner lehnte am Auto und sah aus wie James Dean, bevor er sich den Hals brach.
Erschöpft kehrte sie zurück, wischte mit einem Tüchlein die Augen aus und versank in den Polstern ihrer Kuschelecke. Mein isländischer Tennisspieler, flüsterte sie. Er hatte eine unnachahmliche Art, den zweiten Aufschlag übers Netz zu bringen, niemals machte er einen Doppelfehler.
Der liegt hier begraben?, wunderte er sich.
Natürlich nicht. Warum sollte sich ein isländischer Tennisspieler in dieser Wildnis begraben lassen? Jeder Mensch liegt irgendwo begraben und wenn du seiner gedenken willst, kannst du das auf der Spitze des Eiffelturms, in der Londoner Untergrundbahn oder am Rio Grande.
Es reizte ihn, auf den Friedhof zu gehen, um den Stein zu suchen, an dem sie ihren Christbaumschmuck niedergelegt hatte, aber sie bestand auf sofortiger Weiterfahrt.

Wäre er nicht so plötzlich gestorben, hätte ich ihn wohl geheiratet.
Das wäre der fünfte Ehemann gewesen.
Ach, er war so schön arm, Conny. Wenn er Durst hatte, musste ich ihm eine Cola spendieren. Weißt du, zu seiner Zeit konnten die Spieler mit Tennis noch kein Geld verdienen. Seine Kunst, unter allen Umständen einen Doppelfehler zu vermeiden, wurde von niemandem honoriert.
Woran ist er gestorben?
Soldaten sterben im Krieg, Tennisspieler auf dem Center Court, im dritten Satz bei dreißig Grad im Schatten.
Gibt es in Island dreißig Grad im Schatten?
Er ist in San Diego gestorben.
Und du hast ihn am Rio Grande begraben?
Natürlich nicht, am Rio Grande habe ich nur an ihn gedacht.

Weltuntergang am 30. Mai

DAS MIT DEM WELTUNTERGANG stand nicht in »Weekly World News«, sondern war von Kölner Karnevalisten erfunden worden. Sie war stolz darauf, dass ihr Geburtstag und der Weltuntergang auf einen Tag fielen. Conny hatte das bemerkenswerte Datum vergessen.

Den Vorabend verbrachten sie in einem heruntergekommenen Motel, dessen hölzerne Außenwände den letzten Farbanstrich zur Zeit des Koreakrieges erhalten hatten. In den Räumen ein Schwarz-Weiß-Fernseher, mehr Streifen als Bild, kein Telefon, eine nackte Glühbirne baumelte von der Decke, auf dem Nachttisch lag eine Bibel, die die Pilgerväter ins Land gebracht hatten. Draußen heulten Kojoten, der Wind rumorte im Gebälk und um elf Uhr nachts erklärte Amanda, sie halte es nicht mehr aus. Er erlebte eine ängstliche Amanda, die fröstelnd auf dem Highway stand und behauptete, in dem alten Haus spuke es.

Also suchten sie ein ordentliches Hotel, die Filmherberge »El Rancho«.

Weil sie allein sein wollte mit dem 30. Mai, bestand sie auf getrennten Zimmern.

Ein Filmproduzent hatte das Etablissement 1937 erbaut als Unterkunft für seine Schauspieler, die in der Gegend Westernfilme drehten. Jedes Zimmer trug den Namen eines Stars, Amanda ließ sich bei Ronald Reagan einquartieren,

Conny schickte sie zu John Wayne, von dem eine Gedenktafel berichtete, dass er nach einem anstrengenden Drehtag mit seinem Pferd in die Bar geritten kam, ein Bier verlangte und für sein Pferd ein zweites. Das Tier verweigerte das Zeug. Es half nichts, John Ford musste einspringen und das zweite Bier austrinken.
Sie stand früh auf, wanderte in ihrem Zimmer auf und ab und durch den Frühstücksraum. Als er kam, saß sie herausgeputzt an einem Tischchen, neben ihr stand eine Vase mit roten Blumen. Sie trug ein langes dunkelblaues Kleid mit einem weißen Rüschenkragen. Im Gesicht keine Falten, rosig wie ein Porzellanengel sah sie aus, ein Lächeln, als sei sie auf dem Weg zur eigenen Trauung.
Amanda ließ »US Today« kommen und legte die Zeitung so in seinen Blickwinkel, dass ihn das Datum anspringen musste. Dazu summte sie Lieder, die auf Kindergeburtstagen gesungen werden.
Hier habe ich schon einmal den 30. Mai gefeiert, sagte sie schließlich.
Nun begriff er endlich: Amanda hatte Geburtstag!
Er umarmte sie und drückte ihr zum ersten Mal – damals glaubte er, es wäre auch das letzte Mal – einen Kuss auf die Wange.
Ich werde ohnmächtig, hauchte sie.
Was soll ich dir schenken?, fragte er. Ich werde in die Felsen klettern und bunte Steine für dich sammeln. Magst du Grashüpfer oder Eidechsen?
Du hast mir einen Kuss gegeben, Conny, das war Geschenk genug.
Er rechnete mit der Schilderung vergangener Geburtstags-

feiern, aber Amanda sagte nur: Frag mich bitte nicht, wie alt ich bin.
Kann es sein, dass du mehrere Male im Jahr Geburtstag feierst?
Sie lachte.
Traust du mir das zu, Conny?
Die letzten zwanzig Geburtstage hatte sie in Amerika verlebt, immer auf Reisen, im Hotel oder Motel, im Auto oder Flugzeug. Und immer war jemand da, der ihr zuhörte, einen Kuss auf die Wange drückte und nicht nach dem Alter fragte.
Bist du nur mit jungen Männern gereist oder hattest du auch Damenbegleitung?
Conny!, rief sie empört. Frauen sind schrecklich anstrengend, sie können keinen Koffer tragen und beschäftigen sich nur mit der eigenen Schönheit. Außerdem dieser Kontrast: eine alte Frau humpelt neben einem hübschen Mädchen daher. Bei Männern ist der Kontrast erwünscht. Die Leute denken: Sieh mal, die alte Schachtel hat sich einen hübschen jungen Mann geangelt!
Er fragte sich, ob irgendeiner ihrer Begleiter versucht hatte, sich das Aktienpaket anzueignen, indem er ihr einen Heiratsantrag machte. Achtzigjährige reiche Frau, fünfundzwanzigjähriger armer Mann. Wenn sie stirbt, erbt er Coca-Cola. Das wäre ein Exposé für Hollywood.
Als hätte sie seine Gedanken erraten, sagte Amanda:
Ich werde nie mehr heiraten, Conny.

Zur Rainbow Bridge

EIN BESONDERES GEBURTSTAGSGESCHENK sollte es sein, sie tat sehr geheimnisvoll. Canyon de Chelly musste warten, das Navajo National Monument beim nächsten Mal, den Little Colorado sehen wir uns morgen an, ebenso das Monument Valley. Amanda wollte zu jenem Staudamm, der vor dreißig Jahren den Glen Canyon mit Wasser gefüllt hatte.
Als ich zum ersten Mal durch Amerika reiste, wuchsen hier nur Salbeibüsche, inzwischen ist ein richtiges Meer entstanden.
Von der Brücke des Staudamms dirigierte sie ihn hinunter zur Wahweap Marina, dem Badestrand des Lake Powell. Wollte sie ein Hausboot mieten? Nein, sie steuerte auf die Flotte weißer Motorboote am Steg zu.
Hast du so ein Schiff schon gefahren, Conny?
Hatte er nicht, aber wer Taxi fahren kann, einen Straßenkreuzer durch Manhattan kutschiert hat und einen offenen Cadillac nach Graceland, der wird auch mit hundertzwanzig Pferdestärken auf dem Wasser umgehen können.
Alle meine Begleiter haben das geschafft, sagte sie.
Kannst du schwimmen?, fragte er.
Natürlich konnte sie schwimmen. Sie hatte es in einem Fluss namens Pregel gelernt, mitten im Weltkrieg Nummer 1. Später schwamm sie im Wannsee, mehrfach auch an der Küste der Bretagne während der deutschen Besetzung.
Meine Beine können besser schwimmen als tanzen, im Wasser verspüre ich keine Schmerzen.

Das Boot hieß »Seahawk«, war voll betankt und mit Getränken und Verpflegung gut versorgt.
Es könnte sein, dass am anderen Ende des Sees der Motor streikt und ihr zwei Tage auf nackten Felsen sitzen müsst, bevor wir euch finden, erklärte der Vermieter. Für diesen Fall war das Boot auch mit einem Baldachin ausgestattet. Sonst frisst euch die Sonne auf.
Sie wollte zur Rainbow Bridge.
Der Bootsvermieter schüttelte den Kopf. Auch wenn ihr ständig Höchstgeschwindigkeit fahrt, ist das an einem Tag nicht zu schaffen. Bleibt lieber in der Nähe.
Fröhlich enterte sie das Boot, während er den Erklärungen des Vermieters lauschte. Er hoffte, der Mann würde fragen, ob er experience im Motorbootfahren habe, und verneinendenfalls das Experiment abbrechen. Er tat es nicht. In Amerika kann sich jeder mit Unvernunft umbringen, wie es ihm Spaß macht, er kann mit einem Motorboot einen Felsen rammen oder die Rainbow Bridge zum Einsturz bringen. Hier der Startknopf, dort der Gashebel, eine Bremse gibt es auf dem Wasser nicht.
Das Boot ist so konstruiert, dass die Bugwelle nur die anderen nass spritzt, niemals die eigenen Insassen.
Zum Schluss noch diese Mahnung: Lake Powell ist ein Felsensee. Einige Rocks liegen knapp unter der Wasseroberfläche. Also, beware of rocks! Auf keinen Fall zum Baden aussteigen, sonst bleibt ihr auf dem See und das Boot fährt allein nach Hause.
Amanda erzählte von ihren Bootspartien: An ihrem vierzigsten Geburtstag war sie durch die Bucht von Sorrent gefahren, hatte einen kostbaren Ring ins Wasser fallen lassen und eine

Nacht lang geweint. Ihre Erwartung, die Caprifischer würden eine Seemeile vor der Insel einen Fisch fangen, in seinem Leib den Ring finden, ihr das kostbare Stück in einer abendlichen Prozession mit Fackeln und Lampions überbringen, erfüllte sich nicht. Amanda trocknete ihre Tränen mit einem neuen Ring, den Leon ihr schenkte. Der ruhte in einem Kästchen in der Graf-Waldersee-Straße und wartete auf ihre Heimkehr.

Den fünfzigsten Geburtstag verlebte sie auf Hawaii. Dort unternahm sie eine Bootsfahrt zur Hanauma Bay, einer von Korallenriffen abgegrenzten kleinen Bucht, in der Millionen exotischer Fische schwammen.

Das Interessanteste an der Hanauma Bay sind nicht die roten, gelben und schwarzen Fische, die in Schwärmen durchs flache Wasser gleiten, sondern die dicken Weiber, die wie ausgeschlachtete Flundern auf dem Wasser treiben und durch eine Schnorchelbrille die Fische anstarren. Der Mensch verunstaltet die schönsten Naturwunder.

Im Lake Powell gab es keine gelben, roten und schwarzen Fische, sondern nur klares Wasser, ein wenig getrübt durch vereinzelte Öltropfen der Bootsmotoren.

Kannst du dir vorstellen, dass auf dem Grund dieses Sees die Indianer ums Lagerfeuer getanzt und die Kojoten geheult haben?

Ihr müsst Schwimmwesten tragen!, rief ihnen der Bootsvermieter nach.

Gemächlich tuckerten sie hinaus auf den künstlichen See, in dessen unberührter Glasfläche sich rote Felswände spiegelten. Kein Baum am Ufer, in großer Höhe kreisten Adler und noch höher flogen die Maschinen nach L. A. Als sie den Gashebel

entdeckte, hatte die Gemütlichkeit ein Ende. Sie rasten den roten Felsen entgegen, hinter ihnen zwei keilförmig auslaufende Wellen, vor ihnen in Panik fliehende Wasservögel. Amanda klammerte sich an seinen Arm, ihr buntes Halstuch flatterte wie eine Piratenfahne.
Wir fliegen, Conny!
Er stellte sich vor, wie das Boot am Felsen zerschellte und ihre leblosen Körper auf den heißen Steinen bleichten. Bevor es dazu kam, zog sie eine elegante Kurve und jagte die »Seahawk« durch die eigene Bugwelle. Ein Wasserschleier umhüllte sie, dahinter leuchtete ein Regenbogen.
Die Wände traten näher. Um keine Felsen zu rammen, drosselte er die Fahrt, was ihr nicht gefiel. Wie der kleine Häwelmann im Märchen verlangte sie mehr und mehr. Als sie eine Felsformation entdeckte, die der Rainbow Bridge ähnlich sah, wollte sie ein Bild davon haben. Auf dem Foto sollten zu sehen sein: die Felsen, das Boot und Amanda. Um das zu bewerkstelligen, hätte er aussteigen müssen, sie wäre abgetrieben, Conny hätte wie Tarzan auf dem Felsen gestanden und um Hilfe gerufen.
Er fotografierte erst die Felsen, dann das Boot und schließlich Amanda, wie sie den rechten Arm auf das Steuerrad legte und mit der linken Hand winkte. Sie wird die drei Bilder zusammenmontieren und zu Hause in ihr Schlafzimmer hängen zur Erinnerung an den Geburtstagsausflug zum Lake Powell.
Sie schwiegen, um die Stille nicht zu stören. Die fiel von den Wänden und versank im Wasser bis zu den Ascheresten indianischer Lagerfeuer und bleichen Kojotenknochen.
Du könntest baden, schlug sie vor.
Ich habe kein Badezeug.

Es macht mir nichts aus, wenn du nackt ins Wasser springst, ich habe vergessen, dass es zweierlei Menschen gibt.
Nein, so wollte er nicht baden. Er hängte die Füße ins Wasser, schöpfte mit den Händen und kühlte erst sein, dann Amandas Gesicht. Mehr konnte er nicht für sie tun.
Sie redete von einer Floßfahrt auf dem Colorado, die sie morgen oder übermorgen unternehmen würden. Vor dreißig Jahren bei einer Raftingtour hatten sie Amanda an den Mast gebunden wie Odysseus, als ihm die Sirenen vorsangen.
Ach, Conny, du musst noch im Stillen Ozean baden und die Großen Seen abfahren, die Zehenspitzen in den Salzsee stecken, zum Schluss besuchen wir den Niagara. Es war alles geplant. Sie wusste, wo er baden, schlafen, essen sollte. Schließlich wird sie mit ihm nach Hawaii fliegen, um ihn zu den dicken Weibern in die Hanauma Bay zu werfen.
Auf der Rückfahrt doch noch eine Schrecksekunde. Als Amanda die Staumauer erblickte, drückte sie den Gashebel durch. Was geschieht, wenn ein Motorboot mit Vollgas gegen eine Mauer fährt? Der Bootsvermieter schien es zu wissen, denn er stand auf dem Landesteg und gestikulierte heftig. Conny griff zum Zündschlüssel. Amanda zog eine elegante Kurve. Danach Stille. Das Boot dümpelte wie eine lahme Ente dem Steg zu.
Du bist ein bisschen verrückt, sagte er.
Ein bisschen verrückt sind wir alle, Conny, antwortete sie und lachte.
Nach der Ablieferung des Bootes ging er – nun mit Badehose – zweihundert Meter hinaus, bis er schwimmen konnte. Amanda saß an der Marina, trank zur Feier ihres Geburtstages Champagner und winkte ihm zu.

Wer im Tal lebt, kann nicht vom Berg fallen.

AM SPÄTEN NACHMITTAG, als die Sonne sich den Felstürmen zuneigte und rot zu leuchten begann, erreichten sie Monument Valley. Ihn empfing das Bild, das er im Schaufenster des Reisebüros gesehen hatte. Das rote Gestein noch röter, die Schatten noch länger, Amanda behauptete, sie reichten bis New York und würden in Europa ankommen, wenn dort die aufgehende Sonne nicht andere Schatten würfe.

Er hätte gern für einen Augenblick den Atem angehalten, aber sie sagte: Findest du es nicht übertrieben, sich solche Türme als Filmkulisse in die Landschaft zu bauen?

Krähen umkreisten die Felsen, eine Staubwolke verriet den Zug der amerikanischen Kavallerie, eine dünne Rauchsäule das Lager der Navajos.

Es ist das Größte, was Amerika zu bieten hat, behauptete sie.

Schon wieder einer von Amandas Superlativen.

Conny wäre gern allein gewesen mit dem Größten, mit dem Summen des Windes in den Gräsern und dem Krächzen der schwarzen Vögel. Sonnenuntergang im Monument Valley, Mondaufgang im Monument Valley, du hörst nur dein Herz schlagen und weiter nichts. Wenn es einen Ort gibt, wo der Mensch zu schweigen hat, dann ist es dieses Tal. Doch Amanda schwieg nicht. Sie zeigte ihm die Stelle, wo sie mit Debra Paget im Zelt gesessen und kalifornischen Wein getrunken hatte. Drüben war Robert Mitchum vom Pferd gefallen. John Wayne kraxelte in den Felsen herum. Plötzlich schrie er laut, eine Gestalt fiel in den Abgrund. Jetzt hat er sich umgebracht, sagte John Ford. Als sie sich abends in der Bar trafen, saß er am Tresen, nippte an seinem Whiskeyglas und grinste. Ein Stuntman war für ihn vom Felsen gesprungen, genauer gesagt, eine Strohpuppe, die er in einen Anzug aus dem Fundus gesteckt hatte. Nur sein Schreien war echt gewesen. An jenem Abend verbrannten sie die Puppe nebst Anzug am Lagerfeuer, Amanda sprang über die Flammen – ja, damals konnte ich noch tanzen und springen – und John Ford erzählte immer wieder den gleichen Witz: Wisst ihr, was ein Fußgänger ist? Ein Mann, der zwei Autos besitzt, mit dem einen fährt seine Frau spazieren, mit dem anderen seine Tochter.

Die Sonne schlug auf einen Felsen und verbrannte alle Krähen, die sich dort niedergelassen hatten. Augenblicklich wurde es kühler, aus der Ferne hörten sie das Bellen der Steppenwölfe.

Leon und ich sind oft im Monument Valley gewesen, wenn John Ford seine Western drehte. Hast du »Der schwarze Falke« gesehen? Oder »Gunfight at the OK Corral« mit Kirk Douglas und Burt Lancaster?

Wie von der Regie bestellt, kamen drei Reiter aus dem Schatten der Felstürme. Einen Steinwurf vor ihrem Auto blieben sie stehen, zwei Männer und ein Mädchen, alle drei auf schwarzen Pferden.

John Ford engagierte immer Indianer als Komparsen. Deshalb kommen sie heute noch, sie fragen nach John Ford und suchen Arbeit beim Film.

Sie schickte ihn mit dem Fotoapparat zu den Reitern. Die posierten, als wären es Probeaufnahmen für einen Western. Conny gab jedem einen Dollar, Amanda winkte die drei zu

sich und erhöhte die Gage auf fünf Dollar. Dafür durfte Conny Amanda auf eines der Pferde setzen, sie lachte, die Indianer winkten, Conny fotografierte.
Ein brauner Streifen im Gras soll eine Landepiste gewesen sein. Die Stars kamen mit dem Flugzeug ins Monument Valley. Als Ava Gardner an einem Nachmittag aus der Maschine stieg, ergriff der Wind ihren Hut und trieb ihn über alle Berge. Am nächsten Morgen kam ein Navajo auf seinem Schimmel zur Goulding Lodge, auf dem Kopf trug er den verloren gegangenen Hut. Ava Gardner belohnte ihn mit zehn Dollar, was damals verdammt viel Geld war, Conny.
Wo die Filmleute ihr Camp aufgeschlagen hatten, befand sich heute ein kleines Hotel, das auf Gäste wartete. Wir werden eine Nacht im Monument Valley schlafen, entschied Amanda.
Hast du in einem der Filme mitgespielt?
Nein, sie brauchten keine Tänzerin und für eine Komparsin war ich mir zu schade.
Leon schenkte ihr das Filmabenteuer im Monument Valley zum Geburtstag. Eine Woche lang durfte sie zuschauen, wie sie den roten Staub aufwirbelten und sich gegenseitig vom Pferd schossen. Abends saß sie mit den Stars in der Bar und trank, bis das Licht ausging.
Die Zimmer trugen noch die Namen der Filmsterne. Zu Clark Gable wollte sie unter keinen Umständen, der Kerl rege sie zu sehr auf. Für Conny hielt sie die schwarzhaarige Maureen O'Hara bereit, sie selbst entschied sich für Errol Flynn. Weißt du, was ich zu Yul Brynner gesagt habe: Dich kann man nicht mal auf den Markt schicken, ein Haarwuchsmit-

tel zu verkaufen. Ach, Amanda, antwortete er. Seit zwanzig Jahren verkaufe ich weiter nichts als Perücken.
Sie wäre gern in den Felsen herumgekraxelt, um ihm zu zeigen, wo John Wayne seine Puppe abstürzen ließ, aber wegen ihrer verdammten Krücke musste er das allein unternehmen. Sie beobachtete ihn vom Fenster ihres Errol-Flynn-Zimmers aus mit einem Feldstecher und wartete auf den Schrei aus den Felsen.
Allein im Monument Valley. Nach den ersten Sternen Ausschau halten und die kühle Luft atmen, die vom Himmel fiel. Hoch über ihm ein Flugzeug auf dem Wege von El Paso nach Salt Lake City. Noch weiter oben die Milchstraße. Neben einem der Felstürme ging der Mond auf, ein Anblick wie von einer anderen Welt. Amanda sah das Schauspiel nicht, weil sie tief im Tal saß und mit Ava Gardner Cuba Libre trank. John Ford erzählte wieder den Witz von dem Fußgänger und den zwei Autos und Yul Brynner beschloss, nach dem Ende seiner Filmkarriere nur noch Perücken zu verkaufen.
Noch immer kreisten schwarze Vögel um die Türme, durchflogen den Mond und verloren sich in der heraufziehenden Nacht. Aus einem der geöffneten Fenster drang Musik, Amanda tanzte den »Blue Tango«.
Als er durchfroren unten ankam, schlief sie schon bei ihrem Errol Flynn. Sie hatte einen Zettel hinterlassen:
Weck mich, wenn die Sonne aufgeht, Conny. Es gibt nichts Ergreifenderes als Sonnenaufgang im Monument Valley.

***

Der Reichtum gleicht dem Meerwasser: Je mehr man davon trinkt, desto durstiger wird man.
Schopenhauer

ER HATTE ERWARTET, dass sie nach dem Geburtstagsausflug ohne Umschweife zum Grand Canyon fahren würden, aber Amanda hatte noch Umwege vor. Wir sind nicht auf der Welt, um uns zu amüsieren, sondern um unsere Pflicht zu erfüllen, philosophierte sie in den Sonnenaufgang am Monument Valley. Ihre Pflicht war es, Conny zu unterhalten und sich um Coca-Cola zu kümmern.
Darum telefonierte sie – an der Wall Street ging es schon auf zehn Uhr zu – mit Mister Fisher, um zu hören, ob Coca-Cola gut geschlafen habe. Danach brachte sie ihm auch den Satz bei: Nur Reiche können es sich erlauben, gut zu sein. Die Armen müssen böse, missgünstig und auf den eigenen Vorteil bedacht sein, sie haben keine Zeit für das Gute.
Warum schafft es das viele Geld nicht, deine Beine in Ordnung zu bringen?
Die Quacksalber sagen, es ginge nur mit einer Prothese. Ich bitte dich, eine Tänzerin mit Prothese!
Sie hielt es mit dem Alten Fritz, der seinem Freund Voltaire geschrieben hatte:

> Im Übrigen sinne ich nicht weiter über meine Leiden nach; es ist Sache meiner Beine, sich, so gut es geht, mit der Gicht zu arrangieren. Ich habe anderes zu tun; ob

humpelnd oder hinkend, ich gehe meinen Weg und schere mich nicht um diese Bagatellen.

Amanda hielt es auch für ihre Pflicht, ihm mitzuteilen, dass Eva mit dem Fahrrad um den Schweriner See geradelt sei. Neben dem Schloss hatte sie eine Bratwurst gegessen. Das Ketchup kam aus dem Westen, die Wurst aus Thüringen, so vereinigten sich Ost und West.
Ob Eva die Radtour allein oder in Begleitung unternommen hatte, wusste sie nicht. Jedenfalls hatte Conny für zehn Minuten nur noch den Schweriner See im Kopf, das Schloss mit dem Bratwurststand kam ihm bedeutender vor als Monument Valley.
Amanda hatte auch mit Warren Buffett telefoniert und den Rat erhalten, Aktien der Burlington-Northern-Santa-Fe zu kaufen, Eisenbahnen seien stark im Kommen, PanAm befinde sich im Sinkflug.
Konnte Eva überhaupt Radfahren?
Nachdem Amanda alle ihre Pflichten erledigt hatte, fuhren sie zum Little Colorado. Dort hatte der große Baumeister schon mal geübt für den Grand Canyon mit dem großen Colorado. Während Conny in die Tiefe starrte, blieb sie zehn Schritte vor dem Abgrund stehen.
Ich bin so federleicht, ein Windstoß könnte mich in die Schlucht wehen.
Dort war es, wo sie einem Silbertruck begegneten, der so schaurig heulte wie die Santa-Fe-Eisenbahn.
Mit so einem Ungeheuer möchte ich auch mal fahren, Conny.
Großer Gott, sie bringt es fertig, einen zwanzig Meter langen

Truck zu mieten, lässt ihn mit Kühlschränken beladen, setzt ihn ans Steuer und erwartet, dass er Amanda, die Kühlschränke und den Truck durch den Wilden Westen zur Pazifikküste kutschiert.

Am Horizont blaue Berge, über denen die Hitze flimmerte. War dies der Weg nach Laramie? Links ging es nach San Fernando, rechts nach El Paso. Das Radio spielte die Songs, die zu dieser Landschaft gehörten. Johnny Cash krächzte »We got married in a fever«.

Nein, im Fieber hatte Amanda keine Ehe geschlossen. Es ging sehr rational zu mit Ja und Nein und du und ich. Nur den kleinen Pianisten hätte sie im Fieber heiraten können, aber er war zu arm.

Er wäre gern ein Stück in die Verlassenheit um den Little Colorado gewandert, aber Amanda erklärte, es sei zu gefährlich wegen der Klapperschlangen. Ich möchte auch nicht, dass du mich allein lässt. Einmal reiste sie mit einem Biologiestudenten, der interessierte sich überhaupt nicht für Amanda, sondern nur für Schlangen und Schmetterlinge. Er wollte herausfinden, ob in Amerika Goldrauten wachsen. Auf dem Rückflug hatte er einen Karton mit Blättern und Wurzeln im Gepäck und war sehr glücklich. Später reiste er noch einmal nach Amerika, verwechselte dort aber Hitchhiking mit Highjacking. Es nahm kein gutes Ende.

All you can eat für fünf Dollar verkündete eine Bretterwand. Obwohl Amanda Essen für Zeitvergeudung hielt, mussten sie ins »Pontorosa« einkehren. Sie zahlte zweimal fünf Dollar, Conny plünderte die Salatbar, Amanda begnügte sich mit Blueberry Pie und Eiscreme. Danach besuchte sie eine Parfumboutique, die sich an einen Highway Arizonas

verirrt hatte; der Inhaber sah aus, als hätte er vorgestern noch eine Cattle Ranch betrieben. Sie ging von Fläschchen zu Fläschchen, roch hier, tupfte dort, kaufte einen halben Liter Moschustinktur und sagte: Wir müssen den Leuten helfen. Wer in dieser Einöde eine Parfumboutique eröffnet, hat es verdient, dass ich ihm einen halben Liter abkaufe. Da war sie, die gute Tat für diesen Tag. Nur Geld macht uns wirklich frei, Conny! Damit können wir so viel Gutes anrichten.
Sie suchte eine Westernstadt, in der neben dem Gefängnis ein Galgen gestanden hatte für die Pferdediebe der guten alten Zeit. Vor ungefähr dreißig Jahren – damals besuchte sie mit Leon Flagstaff – war die schaurige Stätte, dekoriert mit einer hängenden Stoffpuppe, zu besichtigen gewesen. Nun war nichts auffindbar. Es gab auch keine Pferdediebe mehr, nur Autodiebe, und die wurden nicht gehängt, sondern an Tankstellen gebunden, um anderer Leute Autos zu waschen.
Er musste ein Anwesen fotografieren, vor dem ein schwarzer Laternenmast stand. Unten befand sich ein Kasten mit der Aufschrift »Mail«, darüber ein weiterer Kasten »Airmail«, und ganz oben, unerreichbar für jeden Briefträger, ein Kasten mit der Aufschrift »Bills«.
Einer Indianerfrau, die mit ihren Kindern am Straßenrand saß, kaufte sie eine Halskette aus gebleichten Knochen ab und hängte sie Conny um den Hals.
Nun bist du unverwundbar, mein stolzer Siegfried.
Sie hatte eine Schwäche für Indianer, vor allem des Tanzes wegen.
Die Rothäute bilden ihr Leben in Tänzen ab. Vor vielen Jahren – es muss zur Zeit der Machtergreifung gewesen sein,

wenn du weißt, was das ist, Conny – stand ich in Berlin als Indianerin auf der Bühne und tanzte dem großen Manitu vor. Ich trug langes schwarzes Haar, Mokassins, einen Leinenrock und glühende Augen. Später sagten sie, ich hätte ausgesehen wie Deborah Kerr.
Die Dame kannte er nicht, Winnetou war die einzige Rothaut, die ihm etwas bedeutete.
Du bist so jung und so dumm, klagte Amanda. Ihr wollt die Zukunft gestalten und wisst nicht mal, wer Deborah Kerr ist.
Ihrem Lieblingsdichter nahm sie übel, dass er Abfälliges über die Indianer gesagt hatte: Wenn du mit denen über den Großen Geist redest, horchen sie auf, weil sie denken, es gibt Schnaps.
So etwas sagt man nicht, Conny!
Als Jürnjakob Swehn eine Stadt besuchte und betrunkene Indianer am Straßenrand liegen sah, stellte er sie zur Rede: Und ihr wollt mal Engel werden!
Auch das sagt man nicht, Conny. Zusammengerechnet gibt es viel mehr betrunkene Weiße als betrunkene Indianer auf der Welt.
In einem indianischen Supermarkt in Tuba City kauften sie Wassermelonen, groß wie Wagenräder. Kamele tragen ihr Wasser im Höcker, wir transportieren Wassermelonen im Auto.
Ein Lautsprecher dudelte Indianermusik, die Verkäuferinnen trugen das Haar wie Deborah Kerr und brachten es nicht über sich zu lächeln. Das ist das Merkwürdige an diesen Menschen, sie können nicht lachen, nur tanzen.
In Tuba City waren selbst die Sheriffs Indianer. Der weiße Mann kam nur zu Besuch und die weiße Frau an seiner

Seite sagte: Du musst vorsichtig fahren, Conny, ab und zu liegen betrunkene Indianer auf dem Highway.
Am späten Nachmittag erreichten sie ein Etablissement, das Sundust Motel hieß. Die Sonne lag über dem Eingang, der dem Tor der Bonanza-Ranch nachgebildet war, den Staub verursachten sie selbst. Ein Hund bellte, ein Indianer mit nacktem Oberkörper gab zu verstehen, dass sie unter den zwölf Räumen freie Auswahl hätten. Amanda war erfreut, dass die Indianer nicht nur Supermärkte, sondern auch Motels betreiben konnten.
Hier kam es ihr in den Sinn, in den Pool zu steigen. Wie sie es fertiggebracht hat, sich in ein schwarzes Badekostüm zu zwängen, blieb ein Rätsel. Jedenfalls stand sie plötzlich vor ihm, so zierlich, so zerbrechlich, und forderte ihn lächelnd auf, sie die Stufen zum Pool hinaufzutragen.
Zuletzt habe ich in diesem Aufzug am Strand von Norderney gebadet, als in Berlin die Mauer gebaut wurde, flüsterte sie.
Er gab sie ins Wasser, wie man ein Papierschiffchen aussetzt. Ihrer Aufforderung, ebenfalls in den Pool zu springen, verweigerte er sich mit der Begründung, er hätte unerträglichen Hunger. Außerdem musste er draußen bleiben, um Amanda zu retten, wenn sie unterginge.
Der Indianer gab ihm ein Sandwich für den großen Hunger. Er setzte sich auf die Bank, die für den Lebensretter bestimmt war, und sah zu, wie Amanda durchs Wasser schwebte, in einem Whirlpool Blasen umarmte und mit spitzem Mund Fontänen in die Luft blies. Ihr Haar lag in Strähnen auf der Schulter, ihre Augen blitzten. Nun war sie Deborah Kerr.
Sie blieb so lange im Wasser, bis am abendlichen Himmel die

Venus leuchtete und sie die Sterne des Großen Bären zählen konnte. Auf dem Rücken liegend, starrte sie zum Firmament und sang wieder: Heimat, deine Sterne … Wenn sie nicht so reich wäre, würde man sie für verrückt halten, dachte Conny. Er trug sie in ihr Zimmer. Wenn sie ihn gebeten hätte, ihr beim Ausziehen des nassen Zeugs zu helfen, er hätte es tun müssen. Er kannte das von seinem Zivildienst im Altersheim. Aber sie schickte ihn vor die Tür und schaffte es allein. Danach schlief sie, während Conny durch den Abend schlenderte und die Sterne Arizonas zählte.
In der Nacht, als Mondlicht durchs Fenster fiel, sah er sie tanzen. Nicht nackt – das hätte sie als unästhetisch empfunden –, sondern im langen weißen Gewand. Vielleicht war es auch nur eine Halluzination.

»Wake up little Susie«, spielte die Jukebox, aber Amanda wollte nicht aufwachen.
Verstellt sie sich oder ist sie tot?, dachte er. Sie will dich nur ärgern, du sollst dir Sorgen machen.
Um halb zehn erschien sie fröhlich im Restaurant, sie trug ein bayerisches Dirndl – jawohl fünfzig Meilen südlich des Grand Canyon trug sie bayerisch! – und warf ihm die neueste Ausgabe von »Weekly World News« auf den Tisch.
Adam und Eva in Asien entdeckt!, schrieb das Blatt. Ob Eva tanzen konnte? Bevor Gott die Menschen erschuf, erfand er den Tanz, sagte sie mit einer Gewissheit, als wäre sie dabei gewesen. Leon hatte es aus den alten Schriften herausgelesen. Es lag nicht an der Schlange, es gab auch keine Äpfel im Paradies, nein, Eva verführte ihren Adam durch Tanzen. Ist doch viel schöner als die dämliche Apfelesserei! Kann deine Eva tanzen?
Beim Tanzen hatten sie sich kennengelernt. Tango und Damenwahl. Im Augenblick tanzte Eva um den Schweriner See und in ihrem Kopf tanzten die Paragraphen.
Und noch eine Neuigkeit aus Amandas Wunderblatt: Hitlers Tagebücher wurden vor zwanzig Jahren von »Weekly World News« in einem hundert Meter tiefen Schacht bei Nordhausen im Harz entdeckt. Die deutschen Blätter griffen die Story später auf, weil sie sich auch mal blamieren wollten. So kommt die Wahrheit ans Licht, spät kommt sie, doch sie kommt.

Das liebliche Sedona erinnerte sie an Karlsbad, das sie im Frühling 39 besucht hatte, nachdem die Wehrmacht in Prag einmarschiert war. Auch im Krieg reiste sie ein paarmal nach Karlsbad; sie kannte dort einen Dirigenten, der noch im Januar 45 eine Kur machte und nebenbei Luftwaffenhelferinnen dirigierte. Danach gab es keine Kurkonzerte mehr.
Hinter Sedona hielt ihnen ein Flagman ein Stoppschild entgegen und verlangte, vor einer Baustelle anzuhalten.
Die Lady muss dringend zu einer Beerdigung!, schrie Conny durchs offene Fenster.
Der Flagman grinste. Wenn ich euch durchlasse, fährt sie zur eigenen Beerdigung.
Conny hielt es für unanständig, Menschen in den Staub der Straße zu stellen, damit sie den Autofahrern Stoppschilder entgegenhielten. In zivilisierten Ländern gibt es dafür Ampeln.
Amanda sah darin einen Beitrag zur Bekämpfung der Arbeitslosigkeit. Sie fand es angenehmer, von einem Menschen angehalten zu werden, der dir lachend sagt, du fährst zur eigenen Beerdigung, als von einem rot glotzenden Ampelauge. Wenn sie Kaiser von Europa wäre, würde sie Flagmänner in Paris, London und Berlin an die Straße stellen, damit sie den Menschen einen guten Tag wünschen, alten Großmüttern den Weg zeigen und ihnen die Schuhe putzen. Menschen können das besser als Automaten.
Auf einem Parkplatz hielten sie neben einem Silbertruck von fünfundzwanzig Metern Länge. Der Fahrer saß im Gras, ließ die Sonne auf seinen tätowierten Oberkörper scheinen, rauchte eine Zigarette und aß Apple Pie. Amanda umrundete das glänzende Ungeheuer, klopfte gegen das Blech, umarmte

die Kühlerhaube und studierte die Aufkleber und Wimpel am Führerhaus.
Kannst kaufen!, rief der Mann ihr zu. Kostet nur eine Million. Wenn du mich mitkaufst, macht es zwei Millionen.
Sie verhandelten am Straßenrand. Der Truckfahrer bot ihr eine Zigarette an, Amanda schüttelte den Kopf. Mit ihrer Krücke prüfte sie den Luftdruck, indem sie heftig auf einen Reifen schlug. Danach reichte sie ihm die Hand; lieber Himmel, sie hatte einen Truck gekauft!
Es war schon immer mein Traum, mit einem LKW zum Grand Canyon zu fahren, Conny. Sei mir nicht böse, dass ich zu ihm ins Führerhaus steige. Du wirst hinterherfahren und mich aufsammeln, wenn wir beim Grand Canyon ankommen.
Der Mann nahm sie auf den Arm und hievte sie auf den Beifahrersitz. Er schnallte sie fest, prüfte, ob die Tür verschlossen war und Amanda nicht hinausfallen oder fliehen konnte. Conny warf er einen Blick zu, als hätte er ihm gerade die Frau ausgespannt. Bevor er startete, trank er aus einer Colaflasche, reichte die Flasche weiter an Amanda, die ohne Zögern Brüderschaft mit ihm trank. Der Motor dröhnte, blauer Rauch stieg aus dem Auspuffrohr, mit einem gewaltigen Hupton setzte sich der Koloss in Bewegung, Amanda winkte im Davonfahren.
Nun bist du sie los, dachte er, schlenderte über den Parkplatz und dachte an die tanzende Eva, nicht die biblische, sondern die im Wald der Paragraphen. Erst als der Silbertruck in den Bergen verschwunden war, fuhr er gemächlich hinterher. Beim Grand Canyon Camper Village stand Amanda als Anhalterin auf der Straße und winkte.

Sie beschwerte sich, der Truckdriver habe sie überhaupt nicht zu Wort kommen lassen und pausenlos von einer Belinda geredet, mit der ihm drei Kinder gelungen waren: Adam, Eva und Jakob. In einem Jahr wollte er sich einen eigenen Truck kaufen, dann gehöre ihm Amerika.

***

> Denn es ist ein Unterschied, ob man mit einem großen, schönen Mädchen spricht oder ob man sich mit Pferden und Kühen unterhält.
> *Jürnjakob Swehn der Amerikafahrer*

SIE WAREN DEM ACHTEN WELTWUNDER nahe, aber Amanda sagte:
Zum Grand Canyon muss man in der Früh gehen, wenn das erste Sonnenlicht auf das rote Gestein fällt.
Die Nacht davor verbrachten sie im Grand Canyon Camper Village, in dem sich alle trafen, die mit der Morgensonne das achte Weltwunder bestaunen wollten. Amanda mietete ein Zelt im Tipi Village, weil sie einmal wie die Indianer schlafen wollte. Conny schleppte Decken und Kissen aus dem Auto, auf ihn kam die Aufgabe zu, als Wachhund am Zelteingang zu liegen, um sie zu beschützen.
Sie aßen einen Brei, von dem Amanda behauptete, er mache die Indianer groß und stark, die Männer zeugungsfähig und die Frauen lüstern. Dazu gab es an der Sonne gedörrtes Büf-

felfleisch. Indianerkinder tanzten. Als die Sonne unterging, zündeten sie ein Lagerfeuer an, der Rauch zog davon zum achten Weltwunder.
Conny erwartete einen Vortrag über die Tanzkunst der Indianer, aber sie kramte ein Bilderalbum aus ihrem Gepäck und setzte sich damit zu ihm ans Feuer.
Das bin ich, sagte sie triumphierend und zeigte auf ein Kleinkind mit blonden Locken.
Die Indianerkinder tanzten, das rhythmische Stampfen der kleinen Füße auf Holzbrettern drang durch die Nacht. Conny knabberte an einem gerösteten Maiskolben.
Ich war viel zu pummelig, erklärte sie und überschlug die Kleinkinderbilder.
Ihre Schönheit begann mit einem Schulausflug an die Ostsee. Die mit dem langen Zopf, das bin ich.
Die Indianerkinder tanzten, Amanda schlug mit der Krücke den Takt, Funken stoben in die Nacht. Den Zopf habe ich bald abschneiden lassen.
Das Album zeigte Amandas Männer in allen Größen und Farben. Den schneidigen Wehrmachtsoffizier, wie er den Deckhengst Gneisenau seiner Bestimmung zuführt, Leon und Amanda vor der Freiheitsstatue, den Diplomaten kurz vor seiner Abreise nach Ulan Bator, den vierten Mann, bevor er vom Turm fiel.
Langweile ich dich, Conny?
Es fehlt der kleine Pianist, sagte er.
Wir hatten kein Geld, um uns fotografieren zu lassen.
Auch der Schwarzmarkthändler Evers, der sich nur in düsteren Räumen aufzuhalten pflegte, war dem Fotografen entgangen.

Hast du kein Bild von deinem Richard?
Er schickte mir eines aus Vietnam, aber die Air-Force-Uniform entstellte ihn dermaßen, ich habe das Bild gleich ins Feuer geworfen. Den wahren Richard habe ich hier.
Sie öffnete ein Medaillon, zum Vorschein kam das vergilbte Bild eines Zweijährigen. Amanda küsste es.
Die Indianerkinder gingen von Zelt zu Zelt und sammelten für ihre Kunst, Amanda gab ihnen reichlich.
Das Hauptkapitel in ihrem Bilderbuch hieß: »Aus dem Leben einer Tänzerin«.
Amanda mit Pythonschlange um den Hals. Amanda an der Seite eines Leoparden. Amanda mit Willy Birgel als Herrenreiter.
Du kennst Willy Birgel nicht? Er war der Held aller Frauen und sein »Reitet für Deutschland« der berühmteste Film der UFA.
Das Feuer fiel zusammen.
Schau mal, was ich mit vierzig Jahren für Beine hatte! Eine Tänzerin muss zierlich sein, aber nicht zerbrechlich. Entscheidend sind ihre Augen, mit den Augen verführt sie die Zuschauer, eine blinde Tänzerin ist tot.
Es fehlten Landschaftsbilder.
Landschaften sind austauschbar und langweilig, Conny. Sie sprechen nicht zu uns. Nur Menschen können uns anlächeln und etwas Gutes sagen.
Sie überschlug ein Bild, auf dem sie etwas elend aussah, sie hatte gerade eine Hungerkur hinter sich.
Du glaubst nicht, welche Mühe es machte, die Bauchfalten wegzubekommen, die nach der Geburt meines Richards zurückgeblieben waren. Eine Tänzerin sollte keine Kinder krie-

gen, es entstellt sie zu sehr. Aber Siegberg hielt einen Mann, der keine Kinder zeugt, für einen Eunuchen. Also musste es geschehen.

Das Album endete mit dem Kalenderspruch: Jugend ist ein Nachteil, der mit den Jahren vergeht. Nicht bei Amanda, sie schwelgte immer noch in ihrer jugendlichen Schönheit.

Sie zog sich ins Innere des Zeltes zurück, Conny spielte, quer vor dem Eingang liegend, den Wachhund. Die Zeltstangen bohrten sich in den Nachthimmel, der Mond hielt sich mit Mühe über der Schlucht, in zwei Stunden wird er in den Grand Canyon stürzen.

Er wachte auf, weil eine Hand seinen Kopf berührte. Amanda saß neben ihm und streichelte sein Haar.

Durch die Erde ein Riss

DER TAG BEGANN mit einem Gottesdienst. Wer den Grand Canyon besucht, sollte vorher beten, sagte sie.

Der Gottesdienst fand in einer Kathedrale von fünfzig Meilen Länge und zehn Meilen Breite unter freiem Himmel statt. Die Männerchöre vom Weltsängerfest in Chicago hätten, wären sie zum Grand Canyon gekommen, »Es ist der Tag des Herrn …« angestimmt. Das Lied kennst du wohl auch nicht, Conny. Nein, die Tage des Herrn waren gezählt.

Aus dem Aschehaufen bei den Zelten züngelte Rauch, im Norden, wo der Riss in der Erde sein musste, lag eine Wolkenbank, angestrahlt von der aufgehenden Sonne.

Die hängenden Gärten der Königin von Saba waren auch ein Weltwunder, erklärte Amanda. Sie soll eine Tänzerin gewesen sein.

Im Visitors Center herrschte die übliche Geschäftigkeit, aber keine Lautsprecher störten die andächtige Stille.

Halt mich fest, sagte Amanda, als sie am Mather Point den Abgrund erreichten.

Ein Gebirge stieg nicht in den Himmel, nein, es fiel in die Tiefe. Felstürme, Zacken und Zinnen lagen unter ihnen. Vom Coloradostrom keine Spur, der floss durch die Unterwelt. Keine Brücke überspannte den Riss in der Erde, gelegentlich verbanden Regenbögen North Rim mit South Rim.

Er spürte den Sog der Tiefe und griff nach den Ästen einer Krüppelkiefer, die sich ins Felsgestein gekrallt hatte.

Wer hier nicht an Gott glaubt, dem ist nicht zu helfen, flüsterte sie.
Vor ihnen eine gewaltige Grabanlage aus rotem Gestein für die Götter, die hier ihre Tempel für die Ewigkeit errichtet hatten: Wotan, Buddha, Vishnu, Shiva. Aus der Schlucht stieg weiter nichts als Stille, nicht einmal die kreisenden Raubvögel gaben Laut. Sogar Amanda schwieg. Bis sie einen Japaner traf, der mit seiner Familie den Grand Canyon abwanderte. Sie drückte ihm ihren Fotoapparat in die Hand und bat, eine Aufnahme zu machen. Auf dem Bild sollten erscheinen: eine verkrüppelte Kiefer, eine alte Frau, die sich an einen jungen Mann klammert, Wotans Felsenthron und im Hintergrund North Rim mit den vielen kleinen Strichmännchen. Wie winzig sie waren, die die Ameisenstraßen am Rande des Canyons abliefen, nur Randfiguren, an den Abhang gepustet wie die Eidechsen, die durchs Geröll huschten.
Alle Weltwunder hat Gott geschaffen, um den Menschen ihre Bedeutungslosigkeit vorzuführen, wusste Amanda. Monument Valley, Grand Canyon, Mount McKinley, Golden Gate, Empire State Building, die Niagarafälle, immer überfällt dich das Gefühl der eigenen Winzigkeit.
Ich wusste gar nicht, dass dir Gott so viel bedeutet.
Am Grand Canyon kommst du ohne Gott nicht aus, antwortete sie.
Sie schickte ihn zum Shuttle Bus, der die Aussichtspunkte am Südrand abfuhr. Amanda wollte neben der Kiefer sitzen und auf seine Rückkehr warten; sie hatte schon alles gesehen, sie kannte den Grand Canyon im Frühling und im Winter, wenn die roten Felsen Schneehauben tragen. Einmal hatte sie

ein Gewitter erlebt, dessen Grollen als Echo aus der Schlucht gestiegen war.
Mit dem Bus klapperte er die Aussichtspunkte ab und immer wieder der gleiche Anblick: rote Felsen und eine beängstigende Tiefe.
Als er zurückkehrte, war der Platz neben der Krüppelkiefer leer. Sein erster Gedanke: Ein Windstoß hat Amanda in die Schlucht geweht.
Er fand sie im Visitors Center, wo sie in einem Sessel mehr lag als saß und sich schlafend stellte. Sie hatte ein T-Shirt gekauft, das blöd glotzende Kühe zeigte mit dem Spruch:

The Holsteins visiting Grand Canyon

Wie immer musste er das Kleidungsstück sofort anziehen, er war zu feige, ihr zu sagen, dass diese Lächerlichkeit dem achten Weltwunder nicht angemessen sei. Wiederum fand sie einen Japaner, der auf den Auslöser drückte. Das Foto wird eine lachende Amanda, einen griesgrämig dreinblickenden Conny Eisbrenner und drei schwarzbunte Kühe zeigen.
Wenn ich zu Hause bin, werde ich das T-Shirt an die Staatskanzlei in Kiel schicken, dachte er. Die können es zur Belustigung der Rinder an die schleswig-holsteinischen Weidezäune hängen.
Die Idee, zur Flag-Ranch zu reiten, gab sie auf, nachdem ein Parkranger, der darauf achtete, dass niemand Plastiktüten und Cola-Dosen in den Abgrund wirft, ihr erklärt hatte, es sei eine Tagestour und unten herrsche die Hölle.
Sie fragte den Ranger, warum noch niemand auf die Idee gekommen sei, eine Brücke über den Canyon zu bauen.

Ein solches Naturwunder darf nicht durch Brücken verschandelt werden, antwortete er. Die Leute würden auf der Brücke stehen, ausgelutschte Kaugummis über die Brüstung spucken und Papierschiffchen in den Colorado werfen. Alle Selbstmörder Amerikas kämen zum Grand Canyon, Bungeejumping wäre die nächste Attraktion.
Sie hatte an Tanzen gedacht. Eine Tänzerin balanciert auf einem Seil von Nord nach Süd, schwebt mit den Mückenschwärmen, die aus der Tiefe aufsteigen, über die Brücke. Sphärenmusik fällt vom Himmel. Die Götter klatschen Beifall.
Die Menschen sind so crazy, sie würden jeden Unfug anstellen, der sie in die Zeitung bringt, schloss der Ranger das Kapitel Brücke über den Grand Canyon ab.
Für den Nachmittag hatte sie an eine weitere Attraktion gedacht: Sie charterte eine Propellermaschine, nahm neben dem Piloten Platz, während Conny hinter ihr sitzen und Amandas Hand halten musste. Als die Maschine über die Baumspitzen schoss, in einer Kehre Höhe gewann und schließlich über dem Abgrund hing, jubelte sie. Sie steckte dem Piloten zwanzig Dollar zu mit der Aufforderung, tiefer in die Schlucht zu fliegen, möglichst nahe an die Felstürme der Götter.
Ich werde meine Lizenz verlieren, wenn ich in den Canyon fliege, sagte der und erzählte Schauergeschichten von Abstürzen und Beinaheabstürzen, von Blechteilen und Leichen, die in den Felsen hingen und auf hungrige Adler warteten. Nein, er flog nicht in die Schlucht, aber doch so tief, dass die Maschine auf gleicher Höhe schwebte mit den Strichmännchen am North Rim und Amanda den Göttern in die Augen schauen konnte.

Was sagte »Weekly World News« zur Erschaffung des Grand Canyon?
Vor zwei Jahren verirrte sich ein UFO im Canyon und landete auf einem mit Mormonen besetzten Floß, erklärte Amanda. Floß und UFO blieben spurlos verschwunden. Angeblich wollten die Außerirdischen eine Autobahn über den Colorado bauen, gaben es aber auf wegen der vielen Zuschauer am Rand der Schlucht.
Sie ließ sich nicht davon abbringen, dass ein Bauwerk wie der Grand Canyon von Gott komme.
Also nicht von der Natur?, fragte er.
Gott und Natur sind dasselbe, antwortete Amanda. Jedenfalls ist hier ein großer Chirurg bei der Arbeit gewesen. Er hat den Leib der Erde aufgeschnitten und eine Ader freigelegt, durch die das braune Blut des Colorado fließt.
Zurück flogen sie am Nordrand hinauf bis Sioux-Outlook. Amanda wünschte einen Abstecher zu dem blauen Fleck namens Lake Powell, um die Rainbow Bridge wenigstens aus der Höhe zu besichtigen. Der Pilot absolvierte eine Ehrenrunde über der Brücke aus Felsgestein. Als sie auf dem Feldflughafen landeten, war Amanda eingeschlafen, vor Ergriffenheit, wie sie später entschuldigend sagte.

Dead Horse Ranch

Es STELLTE SICH so etwas wie geistige Erschöpfung ein. Der Canyon war das Größte gewesen, was sollte noch kommen? Conny wäre gern zu den Zuckerbäckertürmchen des Bryce Canyon gefahren, aber Amanda bestand auf der hitzeflimmernden Einsamkeit des Südens.

Ich habe da ein Date, sagte sie geheimnisvoll.

Da sie die Herrin des Unternehmens war, den Pick-up und das Benzin bezahlte, ging es so, wie sie es wollte. Du bist ja nur ein Taxifahrer, der eine alte Frau durch Amerika kutschiert, dachte er.

Sie fragte, was er in sein Notizbuch schreibe.

Ich übe nur, antwortete er.

Das gefiel ihr. Ein Sänger muss jeden Tag singen, ein Maler jeden Tag malen, eine Tänzerin jeden Tag tanzen und ein Mediziner jeden Tag einen Bauch aufschneiden. Womit sie wieder bei ihrem Lieblingsthema war.

Warum nur Medizin, Conny? Die Humanmedizin ist längst nicht mehr human, sondern nur noch kommerziell. Du hättest ein Tierdoktor werden sollen.

Sie kannte einen Arzt an der Charité, der in Ohnmacht fiel, wenn er Blut sah. Er verlegte sich darauf, durch Handauflegen zu heilen, ungefähr so, Conny. Amanda streichelte seinen Arm und fragte, ob es ihm besser gehe.

Südwärts auf einsamen Highways, die sich im Unsichtbaren verloren. Sie plapperte von Tyrone Power, der ihr in den

Elstree Studios in England die Hand geküsst hatte. Leider zu früh gestorben, der hübsche Junge, schon mit vierundvierzig verließ er die Bühne des Lebens.
James Dean war auch in dieser Gegend umgekommen.
In den Jungen hätte ich mich verlieben können, aber er brach sich den Hals, bevor ich ihn kennenlernen konnte.
Hauptsache, Amanda lebte noch.
Sie dirigierte ihn zu der Geisterstadt Jerome, hoch in den Bergen. Vor vierzig Jahren holten sie hier Silber und Kupfer aus der Erde, jetzt spielte der Wind mit Pendeltüren und glaslosen Fenstern.
Gone with the wind, flüsterte sie.
Die Holzhütten der Minenarbeiter glichen gebleichten Knochen von Riesensauriern, in Jeromes Main Street hausten Krähen.
Noch keine hundert Jahre alt und schon eine Geisterstadt, sagte sie. In Amerika geht eben alles schneller.
Ihr Date entpuppte sich als eine Gewitterwolke, die schwarz und drohend die Geisterstadt belagerte und, als es dem Abend zuging, die Sonne verschluckte. Violett leuchtete der Himmel, Amandas Augen bekamen einen düsteren Glanz.
Sie will die Geister der Verstorbenen treffen, ging es ihm durch den Kopf.
Du musst wissen, Conny, alle Menschen, die mich etwas angingen, leben nicht mehr.
Ja, das wusste er und er fragte sich, ob die jungen Studenten noch lebten, die mit ihr durch Amerika gefahren waren.
Und wie lange wirst du noch leben, Konrad Eisbrenner?
Die Wolke kam nicht voran, sie hing drohend über den Bergen, die Geister verweigerten sich Amanda.

Die Stunde ist nicht günstig, erklärte sie und schlug vor, zur Dead Horse Ranch zu fahren. Dort bekam er den Auftrag, ein Lagerfeuer anzuzünden. Ihr kam es auf Rauchzeichen an, die in die Höhe steigen und sich mit der Gewitterwolke vereinigen sollten. Als das geschah, leuchteten die ersten Blitze über der ausgedörrten Landschaft, die zackigen Skelette fuhren in die Geisterstadt.
Amanda wartete auf Regen, den sie am Lagerfeuer sitzend genießen wollte.
Regen in Arizona ist angenehm warm.
Im Auto bist du sicher vor Blitzen.
Mir tun die Blitze nichts.
Sie fühlte sich im Bund mit den Naturgewalten. Blitze und Stürme vermochten ihr nichts anzuhaben, sie konnte den Niagara hinabfahren und überleben.
Ein heftiger Wind fegte über das Feuer, zerriss die weiße Rauchfahne, die Verbindung der Erde zu der violetten Wolke. Danach kam der Regen. Er war keineswegs warm, Hagelkörner fielen zischend ins Feuer und prasselten aufs Autodach. Von Amandas Augenbrauen lief ein schwarzes Rinnsal über die Wangen und endete an den Mundwinkeln. Aus ihren Haaren tropfte es.
Er fürchtete, die kleine Person könnte sich auflösen, deshalb nahm er sie auf den Arm und trug sie zum Auto. Sie ließ es geschehen. Zitternd verkroch sie sich in ihre Kuscheldecke.
Kannst du mich wärmen, Conny?
Mit einem Handtuch trocknete er sie ab, wischte die schwarzen Rinnsale aus ihrem Gesicht, wickelte sie schließlich in eine Decke.

Die Geister sind böse, darum der Hagel, flüsterte sie und presste ihre kalten Hände an sein Gesicht.
Wie warm du bist, Conny. Die Jugend ist immer warm und wir Alten werden immer kälter.
Sie erzählte von einem Gewittersturm, der sie im Kahn auf einem masurischen See überrascht hatte, von einem Gewitter auf der Freiheitsstatue in New York und dem Flughafen Tempelhof in Berlin. Den großen Hagelsturm über München hatte sie aus achttausend Metern Höhe gesehen. Die Maschine musste nach Frankfurt umgeleitet werden, weil auf der Landebahn eine fünf Zentimeter dicke weiße Schicht lag.
So plötzlich, wie der Regen gekommen war, hörte er auf. Sie standen in warmen Nebelschwaden, die um den Aschehaufen waberten. Das Feuer war ertrunken und ließ sich nicht wieder anfachen. Der einzige Rauch, der aufstieg, kam von ihrem Zigarillo.
So stelle ich mir die Erschaffung der Welt vor, flüsterte sie.
Und der liebe Gott zündete sich eine Pfeife an.
Du bist so unromantisch, Conny! Aus dir wird ein richtiger Mediziner, der nur in Fleisch und Blut wühlen kann und nicht weiß, dass es noch Größeres, Erhabeneres gibt, zum Beispiel Wetterleuchten über dem Grand Canyon. Morgen werden die ersten Blumen blühen, ein einziger Regenschauer erweckt die Wüste zum Leben.
Die Hand war immer noch eiskalt. Sie ist nicht von dieser Welt, dachte er. Die Außerirdischen haben sie in Jerome ausgesetzt, um junge Männer wie Conny Eisbrenner einzufangen.
Hast du noch Kontakt zu den Studenten, mit denen du frühere Reisen unternommen hast?

Sie schüttelte den Kopf. Aus den Augen, aus dem Sinn.
Verschollen in Amerika, dachte er. So wird es dir auch ergehen, Konrad Eisbrenner. Diese Frau ist nicht normal, sie wird von einem Dämon getrieben. Nie zuvor hatte er sich so nach Eva gesehnt wie an diesem Abend, vor allem nach ihren warmen Händen. Morgen wird er ihr eine Karte schreiben, damit sie erfährt, wo Konrad Eisbrenner zuletzt gesehen worden ist.
Amanda arrangierte es so, dass sie die Nacht gemeinsam in einem Zimmer der Dead Horse Ranch verbringen sollten. Während sie ihre nasse Kleidung wechselte, spazierte er durch die Dunkelheit. In der Geisterstadt brannten Lichter, im Norden über dem Grand Canyon immer noch Wetterleuchten.
Sie sah aus wie eine Elfe. Das weiße Kleid reichte bis zu den Fußspitzen, die noch immer nassen Haare fielen auf die Schultern. Gleich wird sie tanzen, dachte er. Damenwahl, wird sie sagen und sich an ihn schmiegen.
In der abziehenden Gewitterwand sichtete sie ein UFO. Es flog in gemächlichem Kutschentempo, von Phoenix kommend, Richtung Monument Valley, umkreiste einen rot leuchtenden Felsen, schien dort für ein paar Minuten auf der Stelle zu stehen, bis es in wildem Zickzackkurs hinter Jerome verschwand. Amanda vermutete einen Lagerplatz der Außerirdischen in der Geisterstadt. Dort deckten sie sich mit den nötigen Kleinigkeiten wie Zigaretten und Whiskey ein, die sie für ihr irdisches Treiben brauchten.
Er fand einen Heißluftventilator, den er anstellte, damit sie sich wärmen und trocknen konnte. Als er ihr sagte, er werde

diese Nacht im Auto schlafen, war sie traurig. Ich werde mich schrecklich ängstigen, sagte sie.
Er kurbelte die Scheibe runter, um den Sternenhimmel Arizonas zu sehen, den Streifen verschütteter Milch. Gelegentlich fiel eine Sternschnuppe in die Geisterstadt. Keine UFOs weit und breit, nur ein Satellit umkreiste gemächlich den Erdball von Ost nach West.
Mitten in der Nacht sah er eine Gestalt, die den Aschehaufen umschritt, immer schneller wurde, sich zu drehen begann wie ein Porzellanpüppchen auf der Spieluhr. Im Traum hörte er ihre Stimme. Wie ein Schauspieler, der seine Rolle lernt, erzählte sie von den Wölfen ihrer Kindheit, dem brennenden Horizont im Osten und dem Leben mit einem Schwarzmarkthändler im Bunker am Heiligengeistfeld.

***

> Tugendhaft sein ist edel, aber andere auf
> den Pfad der Tugend weisen ist edler …
> und nicht so beschwerlich.
> *Mark Twain*

WARUM BIST DU TRAURIG, Conny? Es gibt keinen traurigeren Anblick als einen jugendlichen Pessimisten. Das hat Mark Twain gesagt und der wusste alles. Wenn du weiter so traurig bist, werde ich dich zu den Calypsomädchen schicken müssen.

Auf der Fahrt nach Phoenix hielt er auf freier Strecke und sagte, ihm sei danach zumute, jenen Hügel aus schwarzem Basaltgestein zu besteigen. Den Autoschlüssel nahm er vorsorglich mit, damit sie nicht in die nächste Stadt fuhr, während er auf seinem Basalthügel die Aussicht genoss. Konnte sie überhaupt Auto fahren? Natürlich nicht. Amanda war es gewohnt, mit der Kutsche gefahren und auf Händen getragen zu werden. Dafür brauchte sie keinen Führerschein.

Du willst mich nur ärgern, sagte sie und fügte sich ins Unvermeidliche.

Als er zurückkehrte und die schöne Aussicht bis zu den Türmen von Phoenix lobte, sagte sie: In fünfzig Jahren wirst du auch an Krücken gehen.

Ein Wegweiser zeigte nach Sun City.

Auf keinen Fall in diese furchtbare Stadt!, beschwor sie ihn. Da leben nur alte Leute, die genug haben von den Schneestürmen der Plains und nur noch ein sonniges Leben führen wollen. Keine Kinderspielplätze, keine Schulen, keine Kindergärten, aber jeden Tag eine Beerdigung; die meisten sterben im Pool.

Sie fuhren der Hitze entgegen Richtung Mexiko. Ungehindert, von keiner Borderpolizei kontrolliert, wehten die heißen Winde über die Grenze und trockneten das Land aus.

Liebst du mich?, fragte Amanda, als sie bei Gila Bend im Schatten eines Kakteenwaldes vor der Sonorawüste rasteten.

Wie meine Großmutter.

Du hast aber keine Großmutter.

Ebendarum.

Arizona. Welch ein schöner Name für ein so ausgetrocknetes Land. Die Kakteen waren längst verblüht, der amerika-

nische Frühling hatte im März stattgefunden, jetzt herrschte die unerbittliche Sonne.
Mit einem Biologiestudenten hatte sie vor drei Jahren die Riesenkakteen bei Tucson besucht. Der Junge geriet außer sich vor Aufregung, er rief nach einer Leiter, um die fünfzehn Meter hohen Saguarotürme zu besteigen.
Wir werden uns die Kakteen schenken und dahin fahren, wo Amerika mexikanisch wird, entschied Amanda. Auch die Black Mountains sollten warten, das Tal des Todes sowieso; dahin kommen wir noch früh genug, Conny.
An einer Tankstelle in Bull Head City brannte die Sonne so gnadenlos aufs Autoblech, dass Conny fürchtete, das Benzin werde sich entzünden.
Hier werden regelmäßig die höchsten Hitzegrade Amerikas gemessen, wusste sie. Noch heißer ist es nur hinter den stahlgrauen Bergen Mexikos.
Die Mexikaner sind freundlich, vor allem die Frauen, erklärte sie. Wenn Eva dich nicht will, solltest du eine Mexikanerin heiraten und mit ihr viele braunhäutige Kinder bekommen.
Wie fürsorglich von ihr.
Noch einmal begegneten sie dem Colorado. Er war zu einem Rinnsal verkommen, mehr Sumpf als plätscherndes Wasser. Von der wilden Majestät auf dem Grund des Grand Canyons war nichts übrig geblieben. Da trat eine Gestalt aus den Büschen, stellte sich auf den Highway und winkte. Amanda befahl anzuhalten.
Es war ein Junge – später wird Amanda ihn auf dreizehn Jahre schätzen –, der mit nackten Füßen und einem schmuddeligen Hemd, auf dem, stark verblichen, »Viva Mexico« stand, neben der Straße wartete. Der schwarze Hut auf dem Kopf

war das Größte an ihm. Damit die nackten Füße auf dem heißen Asphalt nicht schmerzten, sprang er abwechselnd vom rechten auf das linke Bein. Kaum hielt das Auto, kuschelte er sich an die Schattenseite, blickte ängstlich voraus und zurück, und als Amanda das Fenster öffnete, überfiel er sie mit einem spanischen Wortschwall.
Wir sollen ihn mitnehmen nach Brawley, sagte sie. Dort lebt seine Großmutter, die will er besuchen.
Schon wieder eine Großmutter, dachte Conny.
Sie öffnete die Tür, der Junge sprang ins Auto wie ein Hund, der nach Hause kommt. Er kroch zu Amandas Füßen, die rümpfte die Nase.
Wer eine Nacht lang durch die Coloradosümpfe gewatet ist, kann nicht angenehm riechen.
Sie gab ihm eine Dose Coca-Cola und sah zu, wie er das braune Zeug in sich hineinschüttete.
Coca-Cola kann Leben retten!, bemerkte Amanda und bewilligte eine zweite Dose.
Wenn ein Kind zu seiner Großmutter will, muss man ihm helfen, erklärte sie kategorisch. Sie befahl dem Jungen, keinen Laut von sich zu geben und sich nicht zu rühren, wenn Männer kämen und nach ihm fragten. Sie warf eine Decke über seinen Körper und sagte: Am besten, du schläfst bis Brawley.
Amanda kannte sich aus mit dieser Grenze, die von Hubschraubern und Satelliten aus dem Weltraum überwacht wurde.
Wir müssen mit Kontrollen rechnen, Conny.
Fünf Meilen weiter stand ein Polizeiwagen quer auf der Fahrbahn. Amanda griff alles Gepäck, dessen sie habhaft

werden konnte, und warf es auf den Jungen: Seesäcke, Koffer und Taschen.
Ein Polizist kam gemächlich auf sie zu, die Hand an der Revolvertasche, wie er es von John Wayne gelernt hatte. Ein zweiter lehnte am Polizeiauto.
Habt ihr einen verdammten Mexikaner gesehen?
Amanda schüttelte den Kopf.
Der Polizist hielt einen Vortrag über das elende Leben an der Grenze. Jeden Tag versuchten Hunderte von Süd nach Nord zu kommen. Die Borderpolizei müsse die Burschen einfangen und nach Mexiko zurückbringen. Übermorgen versuchen sie es wieder und so weiter, bis sie es schaffen oder in den Coloradosümpfen untergehen.
Conny glaubte, tief unter den Gepäckstücken eine Kinderstimme wimmern zu hören.
Von der anderen Seite näherte sich der zweite Polizist und betrachtete die Gepäckberge, die sich neben Amanda türmten. Er öffnete die Heckklappe, stocherte in ihren Schuhen herum und fragte:
Wohin geht die Reise?
San Diego, sagte Conny.
Und wo kommt ihr her?
Als er Germany hörte, ließ er von dem Gepäck ab. Das Oktoberfest hatte er in guter Erinnerung, in Heidelberg war ihm bei der Army sein Herz verloren gegangen.
Hey, diese Leute kommen aus Germany!, rief er dem anderen zu.
Er bot ihnen eine Zigarette an. Obwohl Conny das Zeug nicht mochte, tat er ihm den Gefallen und rauchte. Auch Amanda nahm ein paar Züge, bevor sie das glimmende Pa-

pier ausgehen ließ. Er wollte wissen, ob in Wiesbaden noch die alten Kasernen stünden und wo er Reste der Berliner Mauer kaufen könnte. Im TV habe er die Mauer umfallen sehen, eine ungeheuer beeindruckende Inszenierung.
Amanda öffnete ihre Tasche und holte ein Zementstück hervor, etwa zehn mal zehn Zentimeter.
Das ist ein Stück der Mauer.
Sie tippte auf einen roten Fleck und erklärte, er sei der Teil eines Sowjetsterns oder Blut von einem Menschen, der an der Mauer sterben musste.
Der Polizist war beeindruckt. Er wog das Stück in seiner Hand und als sie erklärte, er könne es als Souvenir behalten, umarmte er sie. Er wunderte sich, warum sie sich in dieser trostlosen Gegend herumtrieben, während in Old Germany die aufregendsten Dinge geschahen, zum Beispiel Mauern umfielen.
Die beiden hätten wohl doch noch Amandas Schuhe und Hutschachteln durchsucht, wäre nicht ein Truck angebraust gekommen, der auch auf dem Weg nach San Diego war. Vor dem quer stehenden Polizeiwagen musste er halten. Einer der Polizisten ging hinüber, um sich mit dem Truckdriver zu beschäftigen, der andere schlug die Hecktür des Ford-Pick-ups zu und schrie: Good Luck Germany!
Lebst du noch?, fragte Amanda den Gepäckberg, als sie die Polizeisperre hinter sich hatten.
Aus der Tiefe kam ein klägliches Winseln. Sie warf die Gepäckstücke zur Seite. Als der Kopf des Jungen zum Vorschein kam, spendierte sie eine weitere Coca-Cola.
Was hältst du von einer solchen Grenze, Conny? In Berlin haben sie die Mauer niedergerissen, damit die Menschen gehen

können, wohin sie wollen, an der mexikanischen Grenze werden sie neue Mauern bauen.
Die Berliner Mauer ließ niemand raus, die Mauer an der mexikanischen Grenze soll niemand reinlassen, antwortete er. Für den einen ist es rein, für den anderen raus, ich mag überhaupt keine Mauern.
War das Zementstück wirklich von der Berliner Mauer?
Natürlich nicht. Ich habe den Stein eingesteckt, um einen Menschen glücklich zu machen. Er wird den Stein auf sein Fernsehgerät stellen, er wird Kindern und Enkeln erzählen: Das war die Berliner Mauer. Wichtig ist nur, es zu glauben.
In vier Wochen bekommen die Ostdeutschen die D-Mark, sagte Conny.
Da werden sie sich aber freuen, antwortete Amanda lächelnd.
Und in vier Monaten wird Deutschland vereinigt.
Was du alles weißt, Conny.
Es schien ihr nichts zu bedeuten. Die D-Mark im Osten, Wiedervereinigung hin, Wiedervereinigung her, ob Deutschland groß ist oder klein, es war ihr einerlei.
Bist du keine Deutsche?
Jawohl, sie besaß einen Pass, der sie als Deutsche auswies. Amerikanerin war sie auch und Russin, weil der Ort, an dem sie auf die Welt gekommen war, heute in Russland lag. Natürlich war sie auch eine polnische Gräfin, denn das Gut, auf dem Amanda bis 45 geherrscht hatte, lag jetzt in Polen. Ein bisschen tschechisch war sie wegen der Besuche in Karlsbad und toskanisch, französisch und spanisch sowieso. Ihr Leon hatte ihr einen israelischen Pass besorgen wollen, sein Tod kam dazwischen. Leon war es auch, der sie, wenn er gute

Laune hatte, eine Zigeunerin nannte, an hohen Feiertagen wurde sie zu einer Tochter Dschingis Khans befördert. Amanda war alles und nichts, eine Weltbürgerin und vaterlandslose Gesellin, ein bunter Luftballon, der von den Passatwinden um den Globus gepustet wurde.
Wie hast du den 9. November erlebt?
Meine Mutter kam abends an mein Bett mit Tränen in den Augen: Kind, Kind, sagte sie, wir haben keinen Kaiser mehr!
Ich meine den anderen 9. November.
Mit Siegberg saß ich in einem Restaurant in Königsberg und trank Rotwein, als draußen eine Stimme Feuer! Feuer! schrie. Wir gingen hinaus und sahen Flammen hinter der Dominsel. Hab keine Angst, Kleines, sagte Siegberg, es ist nur die Synagoge.
Sie ist wirklich von gestern, dachte er. An den November 18 erinnerte sie sich genau, an November 38 auch, aber sie hatte keine Ahnung vom deutschen November.
Wo warst du am Abend des 9. November 1989?
Amanda überlegte.
Ich glaube, ich saß mit Mister Fisher im »Waldorf Astoria« und habe Cuba Libre getrunken.

***

Hört auf zu schenken, lasst euch lieber bestehlen!

MIT DIESEM SPRUCH stellte Amanda das Verschwinden von fünfeinhalb Dollar und einem Paar Socken fest. In Brawley

hatten sie den Jungen aus dem Auto gelassen, er war, ohne sich umzuschauen, eine staubige Straße hinabgerannt, verfolgt von kläffenden Straßenkötern.
Glaubst du die Geschichte von der Großmutter?
Sie ist so schön erfunden wie mein Stein von der Berliner Mauer. Ein Junge hat Sehnsucht nach seiner Großmutter und watet zu ihr durch die Coloradosümpfe. Das erweicht jedes Herz.
Ihr Wagen hatte zu viel heißen Staub geschluckt und streikte dreißig Meilen vor San Diego. Dampf quoll aus allen Ritzen, als Conny die Motorhaube öffnete, standen sie in einer Waschküche.
Das kann vorkommen, kommentierte Amanda den Schaden. Einmal quer durch Amerika hält kein Auto aus.
Sie stellte sich auf den Highway und schwenkte die Krücke. Nach zwei Minuten hielt ein Truck, der haushoch mit Apfelsinenkisten beladen war. Sie verhandelte mit dem Fahrer. Ich fahre mit den Apfelsinenkisten in die Stadt, um Hilfe zu holen, du hütest so lange das Wrack, sagte sie.
Wieder verschwand sie im Führerhaus eines Lieferwagens, wieder trank sie mit dem Fahrer Coca-Cola, fixierte Conny im Rückspiegel und konnte gerade noch sehen, wie er samt havariertem Auto in der flimmernden Hitze unterging.
Er kauerte sich in den Schatten des Autos. Um ihn Berge wie auf dem Mond. Hier konnte es keine Waldbrände mehr geben, weil schon alles niedergebrannt war. Der Wind wehte von Mexiko herüber, die Luft schmeckte nach Sand, es sangen keine Vögel, es raschelten keine Gräser. Fern im Westen, wo eine Dunstglocke den Himmel verhüllte, musste das Meer liegen. Dreißig Meilen vor dem größten

aller Ozeane wirst du in der Wüste vertrocknen, dachte er.
Er zählte sein Geld. Sieben Dollar und achtzig Cent betrug sein Reichtum; ein kaputtes Auto und drei Dosen Coca-Cola hatte Amanda ihm hinterlassen, die Hutschachteln und diverse Schuhe nicht gerechnet.
Ein Sheriff weckte ihn und fragte, ob er okay sei.
Meine Amanda holt gerade einen Mechaniker.
Er bestand darauf, einen Blick unter die Motorhaube zu werfen.
Wasserpumpe, brummte er, setzte sich auf sein Motorrad und brauste davon.
Nach anderthalb Stunden – er trank die letzte Coca-Cola –, kam sie in einem knallroten Chrysler angebraust, der zwei Nummern größer ausgefallen war als der havarierte Pick-up. Sie brachte einen Fahrer mit, einen hübschen Latino, viel zu adrett für diese öde Mondlandschaft.
Nun bist du endlich entlassen, dachte Conny. Sie zahlt dich aus, sie fährt im roten Chrysler mit einem hübschen Latino durch Amerika und erzählt alles noch einmal, die Geschichte ihrer Männer, der Coca-Cola-Aktien und das traurige Ende ihres Sohnes in den Blue Mountains.
Doch es kam anders. Conny musste das Gepäck umladen. Danach überreichte ihm der Latino den Schlüssel für den roten Chrysler. Während Conny und Amanda im klimatisierten Auto davonbrausten, stand der Chauffeur am Straßenrand und telefonierte nach einem Abschleppwagen.
Wir hätten ihn mitnehmen können, bemerkte Conny.
Man darf diese Autovermieter nicht zu sehr verwöhnen.

Si, si, Señor

Über San Diego wusste sie nur Gutes zu sagen. Es sei die schönste Stadt Amerikas und so mexikanisch. Sie wollte zu dem Hotel am Meer, in dem sie mit Leon und der Filmbagage gewohnt hatte zu einer Zeit, als Marlon Brando noch ein kleiner Junge war. Für die schönste Stadt putzte sie sich gehörig heraus, wählte einen bunten mexikanischen Rock, dazu einen Halsschmuck, den sie im Urwald von Yucatán erstanden hatte. Ihre Füße versanken in etwas groß geratenen Indianermokassins. Das Umkleiden geschah auf dem Rücksitz des roten Chrysler, während er die Serpentinen hinabfuhr zu einer Stadt, die im milchigen Dunst des Meeres unterzugehen drohte. Unten brach die Nebelwand auf, San Diego empfing sie mit Sonnenschein und blühenden Oleanderbüschen. Sie bewilligte ihm ein eigenes Zimmer, danach schickte sie Conny in die Old Town zur Besichtigung der mexikanischen Vergangenheit. Sie blieb im Hotel. Vom Balkon wollte sie übers Meer schauen und die Helden des Films vorüberziehen lassen, die damals am Strand gelegen hatten.

Sie steckte ihm ein paar Scheine zu für die Kleinigkeiten von Old Town San Diego. An Eva sollte er schreiben, einen Blumenstrauß mitbringen – in der Blumenstadt San Diego seien sie besonders billig. Sollte noch Geld übrig bleiben, könnte er zu den Calypsomädchen gehen.

Sie sind billiger als in Memphis, weil Mexiko so nahe liegt.

Ich wusste gar nicht, dass es im Pazifik Alligatoren gibt, sagte er.
Diese Bestien beherrschen alle Meere und Kontinente!, rief sie ihm lachend nach.
Ein Taxi brachte ihn zur Old Town San Diego. Der Fahrer schwärmte von Sea World, wo es genug Alligatoren zu besichtigen gebe und einen Killerwal, der bei seinen Wasserkunststücken die Besucher nass spritze.
Hibiskus in Weiß, Rosa und Blau. Süße Düfte strömten aus üppig wuchernden Gärten. In der Museumsstadt fand er Wagen aus der Pionierzeit und Kutschen, in denen die mexikanischen Granden zur Kirche gefahren waren. Blumenkübel mit Hortensien säumten den Weg. Im Turm der Missionskirche San Diego de Alcala schlug eine Glocke, sehr einsam, sehr verloren; die Palmen erreichten fast das Kreuz der Turmspitze. Der Kühlung wegen setzte er sich in die Kirche und beobachtete das Flackern der Kerzen im Atem der Betenden. Um ihn ein Murmeln wie das Plätschern eines Baches. Er wäre eingeschlafen, wenn sich nicht eine Bettlerin zu ihm auf die Bank gesetzt hätte, ein hübsches Mädchen, das nicht mit seiner Armut, sondern mit seiner Schönheit bettelte.
Si, si, Señor, sagte es und lächelte.
Amanda hätte dem Mädchen fünf Dollar geschenkt, Conny hatte nur eine Quartermünze übrig. Wer arm ist, kann nur arm schenken.
Sie lächelte und bedankte sich für fünfundzwanzig Cent, danach ging sie zur Mutter Gottes und betete.
In einem Restaurant, dessen Hauptattraktion ein unter der Decke hängender Propeller von vier Metern Durchmesser

war, aß er mexikanisch und trank, nein, nicht Coca-Cola, sondern Tequila.
Si, si, Señor, sagte die Bedienung und lächelte wie die Bettlerin in der Kirchenbank.
Conny schrieb eine Karte an Eva. San Diego sei die schönste Stadt Amerikas, schrieb er. In den Straßen blühten Hibiskus und Oleander. Es gebe weit und breit keine Alligatoren.
Beim Verlassen des Restaurants kam ihm ein Junge nachgelaufen und drückte ihm drei dunkelrote Callablüten in die Hand, vermutlich gestohlen in den Gärten der Missionskirche. Wieder hatte er nur eine Quartermünze übrig. Reich müsste man sein wie Amanda. Wie viel Freude könnte er mit tausend Quartermünzen stiften? Wie viele hübsche Mexikanerinnen würden ihn anlächeln und si, si, Señor sagen?
Er musste die Blumen schnell ins Hotel bringen, damit sie in der Hitze nicht verdorrten. Amanda war glücklich.
Dass ich das noch erleben darf! Mein Conny bringt mir Blumen!
Dass sie ihn nur 25 Cent gekostet hatten, sagte er nicht. Er hätte auch im Vorübergehen einige Zweige der Oleanderbüsche abbrechen können, um ihr eine Freude zu bereiten. San Diego besaß alles im Überfluss, vor allem Blumen.
Am Nachmittag schickte sie ihn zum Strand, um den Staub der Wüste abzuwaschen. Sie wollte nachkommen, um die rote Sonne versinken zu sehen wie damals bei Capri.
Rudi Schuricke kennst du doch, Conny? Rote Rosen, rote Lippen, roter Wein …, sang Amanda. Sie fragte, ob er Sehnsucht nach Calypsomädchen habe.
Conny entschuldigte sich mit der Missionskirche de Alcala

und einer Ansichtskarte, die er an Eva geschrieben hatte. Da blieb kein Gedanke an Calypsomädchen.
Er allein mit dem Rauschen der Brandung. Und es gab doch Alligatoren. Sie sahen mexikanisch aus, spazierten am Strand auf und ab und vergeudeten ihr Lächeln an die brechenden Wellen.
Noch vor dem Sonnenuntergang erschien Amanda. Ohne Krücke mühte sie sich durch den Sand, er ging ihr entgegen, trug sie über die Düne und setzte sie so an den Hang, dass die auslaufende Brandung ihre Füße erreichte. Ein weißer Hut, groß wie ein Wagenrad, beschützte Amanda.
Bei San Diego ist der Ozean warm, wusste sie. Nördlich von San Francisco gehen nur Eisbären ins Wasser.
Sie wollte zuschauen, wie er durch die Brandung tauchte. Als er in einem Wellental verschwand, rief sie um Hilfe. Danach geschah das, was immer am Meer geschieht: Eine Welle nahm einen so weiten Auslauf, dass sie die im Sand sitzende Amanda zur Hälfte überflutete. Er hörte sie rufen und sah den Hut auf einer Schaumkrone dem Ozean zutreiben. Als er bei ihr war, saß sie schon wieder auf dem Trockenen und befahl ihm, den Hut zu retten, bevor er in Hawaii ankäme. Es gelang ihm nicht. Die Haie werden ihn fressen oder die Albatrosse ein Nest darin bauen.
Er wollte die zur Hälfte durchnässte Amanda ins Hotel tragen, aber sie zeigte in die andere Richtung.
Bring mich ins Meer, Conny. Meerwasser ist gut für die Beine. Wenn ich nur oft genug in den Ozean gehe, werde ich eines Tages wieder tanzen.
Er trug sie der untergehenden Sonne entgegen und kam

sich vor wie ein gläubiger Hindu, der die Alten in den heiligen Ganges taucht.
Ich werde noch viele Male ins Meer gehen müssen.
Ein Hotelboy kam mit einem Bademantel angelaufen und geleitete sie auf ihr Zimmer. Zehn Minuten später sah er sie unter einem Sonnenschirm auf dem Balkon sitzen. Dort wird sie das Lied von den »Caprifischern« singen und »Florentinische Nächte« und so weiter und so weiter. Kein Mensch in dieser Gegend kannte Rudi Schuricke, Konrad Eisbrenner auch nicht.
Albatrosse flogen den Strand ab von Süd nach Nord. Auf dem Rücken schwimmend, sah er die Ausläufer der Santa-Ana-Berge, rot wie das Licht des Abends. Amanda wird mit einem Feldstecher in der Hand auf dem Balkon sitzen und meinem Treiben im Ozean zuschauen, dachte er. Wenn ich in Seenot gerate, wird sie die Rettungswacht rufen.
Am Abend, die Sonne war längst untergegangen, tauchte neben ihm ein Kopf auf. Ein Gesicht lachte ihn an. War es das Mädchen aus der Missionskirche? Es musste schwimmend die Grenze überquert haben, von Tijuana her, dessen Lichter im Süden über dem Meer hingen.
Plötzlich tauchte der Kopf weg, der Spuk war verschwunden. Kurz darauf hörte er ein Kichern am Strand, eine Gestalt räkelte sich im Licht, das aus den Hotelfenstern fiel. Konnte es sein, dass das Mädchen nackt war? Sie saß auf dem Platz, auf dem Amanda gesessen hatte, bevor die Welle sie überspülte. Das schwarze Haar hing über ihre Schultern. Sie wrang es zu Zöpfen und legte das Haar zwischen die Brüste, dann berieselte sie sich mit dem noch warmen Sand. Si, si, Señor, sagte sie und lachte ihn an.

In Amandas Zimmer ging das Licht aus. Albatrosse kamen von Tijuana her im Tiefflug über das Wasser.
Germany fand sie exotisch. Sie komme aus Acapulco, das liege ein paar Hundert Meilen südlich von Tijuana.
Er erzählte die Geschichte von dem kleinen Mexikaner, den sie auf der Straße bei Yuma aufgesammelt hatten.
Nein, sie sei legal in San Diego, sie studiere Medizin. Alle Achtung! Zwei Medizinstudenten treffen sich nackt am Stillen Ozean. Das hast du gut arrangiert, Amanda. Und wieder geschah das, was immer am Meer geschieht. Eine größere Welle schwappte herauf und riss den Sand fort, mit dem sie ihren Körper bedeckt hatte. Mit dem Sand spülte die ganze medizinische Wissenschaft ins Meer, zurück blieben zwei Menschen. Außer ihnen und den Albatrossen befand sich niemand am Strand. Mag sein, dass schon Sterne funkelten. Er stellte sich Amanda im achten Stock auf dem Balkon vor. Schenkst du mir Blumen, Conny, schenke ich dir ein Mädchen. Es gibt nichts Schöneres an einem Sommerabend am Meer.
Wenn sie keine Kleidung hat, muss sie zurück ins Meer und nach Tijuana schwimmen, dachte er. Aber sie hatte ihre Sachen in den Dünen versteckt. Dort zog sie sich an. Als sie ging, drehte sie sich nach ihm um, winkte und sagte: Si, si, Señor. Sie verschwand in dem achtstöckigen Hotel mit den erleuchteten Fenstern, kurz darauf stieg sie in ein Taxi und ließ sich zur Old Town San Diego fahren.
Amanda empfing ihn mit einem Lächeln und jenen wissenden Augen, die alles gesehen hatten.
Ich hatte dir extra ein Einzelzimmer gemietet, sagte sie vorwurfsvoll. Wir werden Eva kein Wort davon erzählen.

Sie standen auf dem Balkon. Linker Hand die Lichter von Tijuana, rechts, sehr fern, der Himmel über Los Angeles, in der Mitte der weiße Streifen der Brandung. Amanda streckte den Arm aus und zeigte zu der Stelle, wo sie im Sand gelegen hatten.
Dort hinter dem roten Streifen liegt Hawaii, Conny. Es sind nur fünf Flugstunden, aber ich fürchte, sie lassen alte Frauen mit Krücken nicht auf die Inseln.
Im nächsten Jahr wollte sie in die Südsee reisen. Tahiti, Samoa, Tonga … Namen voller Musik. Dort werde ich wieder tanzen, Conny. In der Südsee tanzen Frauen, Männer, Kinder und alte Leute. Auch die Palmen tanzen im Wind und die Bewegungen des Ozeans sind ein ewiger Tanz.

***

Lärm mordet Gedanken.
Nietzsche

SIE HIELT LOS ANGELES für einen Moloch, dessen Straßen im Meer oder in der Wüste endeten. Disneyland und die Filmindustrie seien die einzigen Sehenswürdigkeiten. Er wunderte sich, warum sie das Hilton Airport Hotel aufsuchte, wo der Lärm der landenden und startenden Flugzeuge auch durch doppelverglaste Fenster zu hören war. Der Sound der Flughäfen weckt das Fernweh, sagte sie.
Ein gewisser Bert, den Amanda gut zu kennen schien, gab ih-

nen das Zimmer im obersten Stockwerk, in dem sie mit Leon gewohnt hatte, als der Film »Giganten« gedreht wurde. Sie setzte sich ans Fenster und beobachtete Flugzeuge. Ihm drückte sie Geldscheine in die Hand und sagte, er solle sich in Disneyland amüsieren.

Ich habe Micky Maus genug gehabt und muss dringend zum Friseur, Conny.

Während Micky Maus durch die Straßen von Disneyland tanzte, Mississippidampfer eine Insel umkreisten und ausgestopfte Bären auf einer Bühne sangen, dachte er an Amanda. Welche Verrücktheit wird sie sich für den Abend ausdenken? Sonnenuntergang in Santa Monica? Ein Besuch auf der Ranch von Ronald Reagan? Sie hielt den lieben Ronald für einen mäßigen Schauspieler, einen großen Präsidenten und einen guten Kerl. Wir kommen aus Germany und bringen dir einen Stein mit, der aus der Mauer gefallen ist, wird sie sagen. Vielleicht telefonierte sie wieder mit Eva oder ihrem Kapitalisten an der Wall Street.

Conny kam durchnässt von einer Dschungelfahrt zurück, besichtigte Neuschwanstein in Amerika, aß eine Tüte Popcorn und trank gewöhnlichen Orangensaft. Er verspürte Sehnsucht nach Amanda.

Ein Taxi brachte ihn zum Hotel am Airport. Dort konnte er Amanda nicht finden. Er fragte jenen Bert. Der wusste nichts von ihr. Er besuchte den Friseursalon im Hotel. Keine Amanda. Hinunter in die Tiefgarage. Das Auto stand da, in ihm lag das Gepäck, aber niemand schlief in der Kuschelecke. War sie zu Ronald Reagan gefahren? Hatte sie ein Date mit Fred Astaire?

Er besaß nicht mal Geld, um ein Abendessen zu bezahlen,

konnte auch das Auto nicht aus der Tiefgarage fahren, weil er das Parkticket hätte einlösen müssen.
Konrad Eisbrenner fühlte sich wie ein ausgesetztes Kind. Ohne Amanda war er ein Nichts. Er sah sich zur Heilsarmee gehen und um einen Teller Suppe betteln.
Er warf sich aufs Bett und starrte zum Fenster, hinter dem die Maschinen mit aufgeblendeten Scheinwerfern einflogen. Ein Fußweg von zehn Minuten und er stünde am Eincheckschalter. Zehn Stunden bis Frankfurt am Main. Die Tasche, in der Amanda ihre Schätze aufbewahrte, lag auf ihrem Bett. Er war dreist genug, sie zu öffnen. Kreditkarten, Travellerschecks, der Schlüssel zu einem Safe und eine beträchtliche Summe Bargeld starrten ihn an. Das müsste reichen für ein Ticket nach Europa. Er würde einen Zettel aufs Bett legen: I'm sorry, Amanda, aber ich konnte es nicht mehr aushalten. Sie wird traurig sein. Wie konntest du mich verlassen, Conny?, wird sie sagen. Ich habe dir jeden Wunsch erfüllt, und du lässt mich im Stich!
Rasch schloss er die Tasche und warf sich aufs Bett. Was tun ohne Amanda? Der Hotelfahrstuhl kostete kein Geld. Conny fuhr zur Dachterrasse, wo er sich keineswegs in die Tiefe stürzen, sondern die Stadt aus der Höhe, die Santa-Ana-Berge am östlichen Horizont und das Meer im Westen sehen wollte. Er war dem Lärm der einfliegenden Maschinen sehr nahe, auch verspürte er Fernweh.
Unter einem blau karierten Sonnenschirm entdeckte er die schlafende Amanda. Auf dem Tischchen vor ihr stand ein Tom Collins, zur Hälfte ausgetrunken, daneben lag eine Tüte Salzstangen. Auf einen Zettel hatte sie viele kleine Striche gemalt, bis ihr der Stift aus der Hand geglitten war.

Er setzte sich zu ihr und betrachtete die schlafende Amanda, ein grauer Engel, der aus den Wolken gefallen war. Die Bedienung brachte ihm unaufgefordert einen Tom Collins.
Ach, Conny, ich habe die Zeit verschlafen!, murmelte sie mit geschlossenen Augen. Dann tippte sie auf den Zettel. Jeder Strich ein Flugzeug. Vierhundertzwanzig Maschinen im Landeanflug auf L. A. Airport, bis sie eingeschlafen war.
Hilton Airport Hotel war immer eine besondere Herausforderung für meine Begleiter, erklärte sie. Der Departure-Schalter vor der Tür, mein Geld greifbar auf der Bettdecke, da kann man leicht in Versuchung geraten, aber du, mein lieber Conny, hast die Probe bestanden.
Haben die anderen es nicht geschafft?
Zwei sind gescheitert, aber es ist ihnen nicht gut bekommen. Die Maschine des einen musste auf dem Rückflug in Shannon notlanden, er war der Einzige, der bei dem Zwischenfall ums Leben kam. Amanda betrügt man nicht! Der andere lebt in Stuttgart. Die Leute, die ihn für mich beobachten, haben mir geschrieben, dass er mit fünfunddreißig Jahren einen Schlaganfall bekommen hat. Das schlechte Gewissen wird dafür sorgen, dass er bald einen zweiten Schlaganfall erleiden wird. Amanda betrügt man nicht!
Sie tranken Tom Collins.
Amanda gestand ihm, dass sie zeitweise übersinnliche Kräfte habe. Allein durch angestrengtes Denken könne sie Güterzüge zum Entgleisen bringen. Das zeigte sich schon in jungen Jahren. Sie wünschte, dass eine Kutsche in den Graben fahren sollte, und sie fuhr tatsächlich in den Graben. In Berlin rettete sie einem Kind, das über eine belebte Straße

laufen wollte, das Leben. Sie dachte so angestrengt an das Kind, bis es vor der Ampel stehen blieb.
Und als du deinen vierten Mann loswerden wolltest, hast du ihn durch Denken vom Turm fallen lassen, bemerkte Conny.
Nur an der Wall Street hilft Denken überhaupt nicht, sagte Amanda. Die macht, was sie will.
Sie notierte noch ein paar Striche auf ihrem Zettel, bevor sie sagte, dass es an der Zeit sei, sich einen schönen Abend zu machen.

Fußabdrücke für die Ewigkeit

IN WELCHER VERKLEIDUNG würde sie im Frühstücksraum erscheinen? Amanda, die Traurige? Amanda, die Tänzerin? Amanda, die Strenge? Amanda, die Verführerische? Sie bringt es fertig, sich in ein junges Mädchen zu verwandeln und zu behaupten, sie sei Eva.

Sie trug einen hellgrauen Hosenanzug, dazu eine weiße Bluse. Ihre Krücke hatte sie vergessen, sie passte nicht zu dem Ort, den sie besuchen wollte.

Zur Belohnung für seine Standhaftigkeit bestellte sie ein Taxi, um Conny etwas Großes zu zeigen, den einzigen Ort, wo die so flatterhafte Filmindustrie der Ewigkeit nahe kommt.

Besuchen wir die Stars von Beverly Hills?

Ach, Conny, die Stars von Beverly Hills sind tot, der Sunset Boulevard gleicht einem Friedhof, überall weht dich der Geruch von Beerdigungsblumen an. Nein, die Fahrt ging zum Chinese Theatre, nicht weil Amanda eine Kinovorstellung besuchen wollte, sie wollte denen Reverenz erweisen, die auf dem Boulevard vor dem Theater ihre Füße und Hände verewigt hatten. »Love to you all« versprach Shirley Temple (kannte Conny nicht). Gene Kelly (war ihm auch fremd) lüftete seinen gelben Hut, Liz Taylor rollte mit ihren dunklen Augen.

Sie humpelte hin und her, an einer Ecke blieb sie stehen und zeigte auf eine Einkerbung.

Die Spitze meines Ballettschuhs!, rief sie triumphierend. Leon hat mir den Abdruck zu meinem fünfundvierzigsten Geburtstag geschenkt.
Er konnte nichts entdecken, so tief er sich auch über die Platten beugte, aber sie fand ihren Namen, natürlich unleserlich und verwaschen von Millionen Füßen, die über sie hinweggelatscht waren.
Conny schüttelte den Kopf.
Wenn du nichts siehst, musst du es glauben, Conny.
Beim nächsten Erdbeben geht sowieso alles in die Brüche, auch die Abdrücke vor dem Chinese Theatre, sagte er.
Du hast keinen Sinn für ewige Werte, du bist so nüchtern, als wärst du schon ein Doktor der Medizin.
Erschöpft nahm sie auf einer Bank Platz und klärte ihn über die sexuellen Gewohnheiten der alten Stars auf. Der war schwul, die war lesbisch, der trieb es so, die wieder anders. Wenn es um Sexualität geht, können Künstler alles und auch das Gegenteil von allem. Das ist das Wesen eines Künstlers, er vermag alles zu spielen. Und Sexualität ist auch ein großes Spiel, Conny. Wenn du Künstler wärst, könntest du sogar Sexualität mit einer alten Frau spielen. Aber du bist nur Mediziner, dazu noch ein Chirurg, der den Menschen den Bauch aufschneidet.
Findest du es nicht komisch, über die Sexualität von Menschen zu sprechen, die schon lange tot sind?, fragte er.
Das kann nur komisch finden, wer Sexualität für etwas Unanständiges hält.
Damit war der Abstecher in die Welt des Unterleibs beendet, sie besuchten endlich ein Kino. Nicht irgendeinen Film, sondern das Kino aller Kinos, sie fuhren zu den Universal

Studios vor den Toren der Stadt. Unterwegs fand sie Zeit, von ihrem Auftritt im Moulin Rouge zu berichten.
Er hatte es sich abgewöhnt, an ihren Geschichten zu zweifeln, weil die meisten ein Körnchen Wahrheit enthielten. Also gut, die kleine Tänzerin aus der preußischen Provinz durfte beim Can Can auftreten. Einmal als Dritte von links, dann als Zweite von rechts. Erst waren es deutsche Soldaten, dann Amerikaner, irgendwann werden es Russen oder Chinesen sein oder die Außerirdischen. Amanda tanzt für alle.
Für wen tanzen die Moulin-Rouge-Mädchen heute?, fragte er, nur um etwas zu sagen.
Ich weiß nicht, ob es die alte Mühle überhaupt noch gibt. Vermutlich ist sie abgebrannt.
Vor den Universal Studios musste sie noch einmal ins Hotel, um sich passend anzuziehen und ihre Krücke zu holen. Letztere brauchte sie, um nicht in der Schlange am Eingang warten zu müssen.
Sie wählte ein langes Seidenkleid, puderte ihr Gesicht weiß und ließ sich von ihrem Freund Bert einen Fächer beschaffen. Auf dem Programm stand »The Teahouse in the August Moon«. Amanda verwandelte sich in eine Geisha, »Sayonara« wäre auch möglich. Auf jeden Fall sollte Marlon Brando dabei sein, der letzte der großen Hollywoodstars, den sie erlebt hatte.
Zieh mal den Reißverschluss zu, Conny … Den Schnürsenkel rechts bitte … Ist es nicht komisch? Den linken Schuh kann ich mit meinen Armen erreichen, den rechten nicht.
Können Geishas überhaupt tanzen?, fragte er.
Sie tanzen anders als wir, ihre Bewegungen sind wie Schilfrohr im Wind. Wenn meine Beine gesund sind, werde ich es dir zeigen.

Ab ging es zur Filmstadt. Sie saßen schweigend nebeneinander, Amanda träumte vom Moulin Rouge, Conny dachte, es wäre besser gewesen, zur Bundeswehr zu gehen oder Blinddärme aus fremden Körpern zu schneiden, als einer alten Frau die Schuhe zuzubinden.
Eine Tänzerin sollte niemals alt werden, Conny. Wenn sie nicht mehr tanzen kann, ist ihr Leben Murks. Du musst ein großer Chirurg werden, der alten Tänzerinnen ein neues Leben schenkt.
Sie erzählte – zum wievielten Mal eigentlich? –, wie Sauerbruch sie operiert hatte. Natürlich kannte er Sauerbruch, er hatte ein Buch über ihn gelesen. Als er ihr sagte, er kenne auch Bücher von Sigmund Freud und eines über Alois Alzheimer, schlug sie die Hände vors Gesicht.
Die arme Rita, seufzte sie und riet ihm, die Finger von der Psychoanalyse zu lassen. Wer seine Seele kennt, kann nicht mehr unbeschwert leben. Werde du nur ein guter Chirurg, der alten Tänzerinnen helfen kann.
Mit ihrer Krücke pochend, kam sie bevorzugt an der Schlange der Wartenden vorbei auf das Gelände der Filmkulissen und nachgestellten Liebesszenen, Conny als Begleiter einer disabled person natürlich auch. An jeder Ecke tauchte ein neuer Star auf. Mit Richard Widmark war sie in einer Postkutsche gefahren, Richard Burton hatte ihr auf dem Flugplatz von Denver die Wange geküsst, Greta Garbo war ihr auf einer Hoteltoilette in San Francisco begegnet, Maureen O'Hara saß neben ihr im Flugzeug und musste sich beim Landeanflug auf Boston übergeben.
In zwanzig Jahren gibt es keine Filme mehr, sagte sie traurig. Die »Muppet Show« war die letzte Produktion, die ihr gefallen hatte.

Nach einer halben Stunde wurde sie müde und zog sich in einen Restroom zurück, um Kreuzworträtsel zu lösen. Conny schickte sie zu den filmischen Weltuntergängen: »Ben Hur«, »Moby Dick« und »Quo Vadis«. Auch trug sie ihm auf, nach einem Film zu suchen, in dem eine gewisse Amanda mit Fred Astaire auf einer düsteren Bühne in Harlem getanzt hatte. Conny konnte nichts finden.

***

> Früher zogen die Männer in den Krieg, heute zu einer jüngeren Frau. Zurück bleiben die Witwen.

AM 6. JUNI UM HALB SIEBEN saß sie am Fenster und weinte. Unter ihr der Strand von Malibu, von dem sie gestern gesagt hatte, er habe, auf den Meter Beachfront gerechnet, die meisten Stars von Amerika. An diesem Morgen schliefen die Stars oder sie waren auf Tournee oder tot. Nur Jogger mühten sich im kalten Sand.

Hier habe ich sie zuletzt gesehen, sagte sie und zeigte auf eine strohgedeckte Hütte am Wasser. Sie erkannte mich nicht, sie hielt mich für ihre Mutter, an deren Hand sie in den Zwanzigerjahren durch den Central Park spaziert war. Ich fragte, ob sie sich an »Salome« erinnere. Sie wusste es nicht. Der Name John Ford bedeutete ihr nichts, ihren Partner in »Herz in Flammen« hatte sie vergessen. Bei der Verabschiedung sagte sie, ich solle Präsident Roosevelt grüßen. Als Rita Hayworth vor

drei Jahren starb, nahm es niemand wahr. Weißt du, Conny, im Filmgeschäft grassiert eine furchtbare Krankheit, es zählen nur die jugendlichen Helden und die strahlenden Glamourgirls, die Alten lässt Hollywood in Alzheimer versinken.
Sie schickte ihn zum Strand, weil sie allein sein wollte mit ihrer Erinnerung an Rita. Conny warf Steinchen ins Wasser und fragte sich, warum es sie so bewegte. War es die Furcht, auch zu versinken wie Rita Hayworth?
Im Westen fiel der Mond ins Meer, im Osten stand die Sonne über den Villen von Malibu. Die Fenster geschlossen, hohe Mauern und Eisengitter umgaben die Häuser, eine Ruinenstadt am Meer. Ihm kamen Zweifel, ob dahinter überhaupt Menschen lebten. Vielleicht schliefen sie noch oder sie waren wirklich tot.
Amanda winkte, das Frühstück war angerichtet. Sie hatte den Tisch auf dem Balkon decken lassen, in der Mitte brannte eine Kerze, dahinter lag ein Bild aus »Life«: die strahlende Rita Hayworth.
Hast du einen ihrer Filme gesehen?
Er schüttelte den Kopf.
Sie war nicht nur Schauspielerin, sondern auch Tänzerin. In Las Vegas haben wir vor dem Tross der Filmleute getanzt. Als du auf die Welt kamst, Conny, fing es an mit ihrer Krankheit, danach dämmerte sie noch zwanzig Jahre vor sich hin.
Sie nippte an der Kaffeetasse, ihr Blick schweifte zum Meer. Wir müssen alle um unser Gedächtnis kämpfen, sagte sie. Es immer wieder befragen, damit es nicht einschläft, wir müssen erzählen und erzählen. Weißt du, in London joggte Leon jeden Abend über die Tower Bridge hin und her, hin und her.

Are you crazy?, fragte ihn ein Bobby …
Ja, das kannte er schon.
Damals hielt man Leute, die über Brücken rannten, für Verrückte, heute giltst du als verrückt, wenn du gemütlich über eine Brücke spazierst. Eines Tages werden sie wie Kängurus über die Straße hüpfen und ein Wunderdoktor wird sagen, das gebe glückliche Gefühle und sei gut für die Kniegelenke. Jedenfalls ist die Tower Bridge viel zu kurz für einen richtigen Jogger.
Du solltest wieder tanzen, sagte er.
Ach, Conny. Alter, diese furchtbare Krankheit zerstört auch die Kunst.
Die Kunst kennt kein Alter, sagt man.
Das ist eine Redensart, um uns zu trösten. Wir Alten denken Tag und Nacht daran, ob es nicht unanständig ist, im Alter noch Künstler sein zu wollen.
Sie ging mit der Kerze an die Brüstung und hielt das Coverbild der Rita Hayworth über die Flamme. Das schöne Gesicht wurde schwarz, Ascheflocken taumelten über die Brüstung und flogen zum Meer.
Nichts ist tragischer als ein kranker Arzt, hat der große G.B. Shaw gesagt. Aber eine Tänzerin mit kranken Beinen ist noch viel tragischer.
Bist du nie krank gewesen?, fragte er.
Eine Krankheit hält die anderen von uns fern. Ich habe nur diese Krankheit, das sind die Beine.
Woran ist Rita Hayworth gestorben?
Sie hörte auf zu denken, da war sie tot. Wenn ich nicht pausenlos denken, reden und Kreuzworträtsel lösen würde, wäre ich auch schon tot.

Straße der Ölsardinen

DIESE STRASSE IST EIN MUSS, wer sie nicht erlebt hat, ist umsonst nach Amerika gefahren. Amanda hatte ihm die Number One mit einer solchen Begeisterung geschildert, dass die Realität nur noch Enttäuschung sein konnte. Hinter Malibu verschwand die Wunderstraße im Nebel. Die glühenden Augen der entgegenkommenden Trucks versuchten, den weißen Brei zu durchdringen, was ihren Signalhörnern viel besser gelang.

Weil es über die im Nebel untergegangene Number One nichts zu sagen gab, zog sie sich in ihre Abseite zurück, löste Kreuzworträtsel und suchte Memorykarten, um ihren Kopf anzustrengen und nicht immer an Rita Hayworth denken zu müssen.

Wie heißt der japanische Kaiser?

Gegen Mittag lichtete sich der Nebel. Linker Hand tauchte das Meer auf, Amanda krabbelte auf den Beifahrersitz und sagte: Komm ja nicht auf den Gedanken, im Ozean zu baden. Das Meer ist hier lausig kalt, du könntest dich erkälten und Alligatoren gibt es in dieser Gegend auch keine.

Als sie sich Monterey näherten, fragte sie, ob er John Steinbeck in der Cannery Row besuchen wolle. Dass sie »Die Straße der Ölsardinen«, das literarische Denkmal Kaliforniens, kannte, überraschte ihn.

Es war die letzte Uraufführung, zu der Hollywood mich einlud. Leon war tot, aber ich stand immer noch auf ihrer

Liste. Aber ich konnte nicht nach L. A. fliegen, weil meine Beine schmerzten. Seitdem schicken sie mir keine Einladung mehr.
Ohne zu fragen, unternahm er einen Abstecher zur Missionskirche Carmel.
Ich wusste gar nicht, dass du für Kirchen bist, kommentierte sie seine religiösen Anwandlungen. Ich bin für Clint Eastwood, der war hier zwei Jahre lang Bürgermeister. Soll aber nicht erfolgreich gewesen sein.
Dafür wollte sie einen Professor Dutchinson, einen Freund Leons aus alten Tagen, in Carmel zu besuchen. Während sie sich in Telefon- und Adressbücher vertiefte, lag Conny im weißen Sand unter Monterey-Zypressen. Schließlich stürzte er sich doch in den immer kälter werdenden Ozean.
Der Professor lebte nicht mehr, was Amanda zu einem Monolog über die Vergänglichkeit anregte.
Alle guten Menschen sind gestorben, nur ich lebe noch. Bald werde ich keinen mehr haben, mit dem ich über die alten Zeiten sprechen kann. Ich werde auch bald sterben. Warum nur wurde ihre Fahrt auf der Wunderstraße eine so traurige Angelegenheit? Rita Hayworth, ein toter Professor, John Steinbeck auch schon tot, ganz in der Nähe ist Leon Goldenberg gestorben. Da soll man wohl traurig werden.
Er bibberte im weißen Sand. Amanda hatte vorsorglich eine Decke mitgebracht, die sie über ihn warf. Wenn du krank wirst, habe ich keinen Chauffeur mehr.
Sollte ich unterwegs sterben, musst du mich auf der Stelle nach Deutschland bringen, Conny. Ruf Mister Fisher an, er hat das Geld für die Reise.
Es folgte eine Trauerfeier auf dem Waldfriedhof in der Nähe

der Ruhestätte von Hans Albers. Ich brauche Schatten, Conny! Der Gedanke, die Sonne brennt auf mein Grab, ist mir unerträglich.
Sofort nach der Rückkehr wollte sie einen Stein in Auftrag geben, der nur den Namen Amanda tragen sollte. Außerdem das Bild einer Tänzerin, einer kleinen Person, die sich mit erhobenen Armen im Kreise dreht. Über allem würde eine Taube zum Himmel der Terpsichore fliegen.
Zu meiner Trauerfeier musst du unbedingt kommen, Conny. Sie erwartete tausend Gäste. Warren Buffett wird auch dabei sein, nicht weil er ihr nahestand, sondern weil er sich für die verwaisten Coca-Cola-Aktien interessierte.
Sollte es für den erwarteten Menschenandrang keine geräumige Friedhofskapelle geben, wollte sie in ein Fußballstadion ausweichen. Ein Hubschrauber wird den Sarg im Anstoßkreis absetzen, die Fischer-Chöre werden »Glory, Glory Halleluja« singen. Eine fröhliche Feier soll es werden, keine Tränen bitte.
Vielleicht mit Freibier?
Nein, nur Coca-Cola. Ob die Fischer-Chöre es wohl fertigbringen, »Summertime« zu singen?
Vor San Francisco änderte sie die Planung der letzten Dinge. Ein Fischkutter wird von Helgoland aus in See stechen und ihre Asche zum Meer bringen. Freddy wird »Junge, komm bald wieder« singen und Hans Albers versucht es noch einmal mit »La Paloma«. Wo sich Nullmeridian und vierundfünfzigster Breitengrad treffen, soll die Urne versinken. Und nichts wird zu hören sein außer dem Geschrei der Möwen, dem Stampfen der Dieselmotoren und dem Klatschen der Wellen an die Bordwand.

Habe ich dir schon gesagt, dass Leon in San Francisco gestorben ist? Ich hätte mitfliegen sollen zu seinem Kongress, dann wäre es nicht geschehen. Ich hätte ihm vorgetanzt und er wäre nicht über die Brücke gelaufen. Mein Leon ist jenen Medizingurus zum Opfer gefallen, die predigen, der Mensch müsse laufen, joggen, walken und Purzelbäume schlagen. Es ist aber gesünder, zu tanzen und sich anschließend zu lieben. Leon joggte über die Golden Gate und erlitt einen Schwächeanfall. Als er im Krankenhaus eintraf, war er tot.
Sie blieben in einem Motel östlich der Stadt mit guter Aussicht auf San Francisco. In die Stadt können wir nicht reinpoltern wie ein Holztruck, wir müssen vorher den Atem anhalten, sagte sie. Auf einem Hügel stehend, zeigte sie ihm die Brücke und die Frisco Bay, bis wieder Nebel vom Meer hereinwaberte und nur noch Türme aus dem weißen Brei ragten.

***

> Die Erde trägt zu viele Menschen.
> Wir sollten froh sein über jeden,
> der freiwillig geht.

MIT DIESEM AUSSPRUCH begrüßte Amanda die Brücke der Selbstmörder, deren Hauptattraktion darin bestand, dass jede Woche mindestens ein Mensch von dem rostroten Eisen in die Fluten der Frisco Bay stürzte. Sie wollen noch im Sterben auffallen, sagte Amanda. Gibt es für den Exhibitio-

nismus der Selbstmörder etwas Schöneres als die viel besungene Golden Gate?
Auf der Aussichtsplattform der Nordseite stehend, versuchte sie, mit dem Zeigefinger die Nebelbänke über dem Ozean zu durchdringen.
Dort liegt die sinnlichste aller Inseln, hauchte sie. Gemeint war, Conny ahnte es, Hawaii.
Leon lief am liebsten über berühmte Brücken: Golden Gate, Lions Gate in Vancouver, die Missouribrücke in St. Louis, die Brooklyn Bridge in New York. Er versuchte es auch mit der Tower Bridge in London, aber die Europäer bauen so schrecklich kurze Brücken, er musste zehnmal hin- und herlaufen, um in Schweiß zu geraten …
Und ein Bobby fragte ihn, ob er crazy sei.
Woher weißt du das, Conny?
Du hast es mir vor ein paar Tagen erzählt.
So fängt es an, ich vergesse, was ich dir vorgestern erzählt habe. Arme Rita.
Sie behauptete, in der Nacht leichte Erdstöße gespürt zu haben. Kein Wunder in einer Stadt, die schon einmal durch ein Erdbeben in Schutt und Asche gefallen ist. Das Erdbeben von San Francisco war im April, im Mai kam ich auf die Welt.
Dann bist du vierundachtzig Jahre alt.
Sie staunte, weil er das Erdbeben von San Francisco im Jahre 1906 hatte stattfinden lassen.
Du bist gar nicht so dumm, Conny. Findest du es nicht schrecklich, mit einer vierundachtzigjährigen Frau durch die Welt zu reisen? Wenn du es nicht mehr ertragen kannst, musst du es sagen. Dann bringe ich dich zum Flughafen und schicke dich zu deiner Eva, die ist sechzig Jahre jünger.

Also hatte sie auch Evas Alter ausfindig gemacht; vermutlich wusste sie ihre Schuhgröße und den Namen ihres Parfums. Gegen sechzig Jahre Altersunterschied ist kein Kraut gewachsen, seufzte sie. Auch die Coca-Cola-Millionen können da nichts ausrichten.
Bei der Rückfahrt in die Stadt ging für eine halbe Stunde die Welt unter. Über der Bay hing ein Gewitter, Alcatraz versank in Regenschwaden. Am Fuß der Brücke blieben sie im Auto sitzen, bis das Licht, vom Meer kommend, wiederkehrte. Die Gewitterfront zog Richtung Silicon Valley, wo sie nach Amandas Meinung auch hingehörte. Alcatraz erhob sich aus der Finsternis, letzte Wolkenfetzen klammerten sich an die Türme der Stadt, zwischen den Halteseilen der roten Brücke verfing sich die rein gewaschene Sonne. Weit und breit keine Selbstmörder.
Sollten sie mit dem Cable Car fahren oder mit einem Boot nach Alcatraz übersetzen, um die schaurigen Gefängniszellen zu besichtigen? Amanda kaufte ihm in der Cannery ein T-Shirt. »I left my heart in S. F.« musste er spazieren tragen. Wer ein solches Hemd trägt, kommt immer wieder nach San Francisco, behauptete sie. Vielleicht mit Eva.
Ein Schwarzer spielte einen Automatenmenschen. Unbeweglich auf einem Podest stehend, glich er jenen Holzfiguren, die vor den Restaurants im amerikanischen Süden die Gäste begrüßen. Das Atmen hatte er vergessen, jedenfalls bewegte sich der Brustkorb nicht. Nur die Augen rollten gelegentlich und zeigten an, dass in dem Automatenmenschen Leben steckte. Als er vom Podest sprang, um seine Glieder auszuschütteln, klatschte Amanda Beifall.
Ein älterer Mann kam auf sie zu.

Ich habe dich tanzen sehen!, rief er und machte Anstalten, Amanda zu umarmen. War es in Reno oder in Sun Valley, Idaho, als du mit Johnny Cash unterwegs warst?
Er zückte ein Blatt Papier und bat um ein Autogramm.
Über ihre Krücke konnte er nur lachen. Ich habe zwei Bypass-Operationen hinter mir und das rechte Bein schmerzt jeden dritten Tag, aber den Tanzabend in Sun Valley werde ich nie vergessen.
Sie lud ihn zu einem Drink ein, aber er hatte es eilig und verschwand Richtung Cable-Car-Station.
Ja, sie hatte mit Johnny Cash am Lagerfeuer gesessen. Er sang »Ring of Fire«, Amanda tanzte. Danach fuhr sie mit ihm drei Wochen über Land von einem Country-Festival zum anderen. Aber in Sun Valley habe ich nie getanzt.
Eine korpulente Frau – Amanda schätzte zweihundert Pfund – steppte auf einer Holzbrücke. Ich habe den pummeligen Mädchen immer geraten, nicht zum Ballett zu gehen. Heute weiß ich, dass auch die Dicken erotisch tanzen können, kommentierte sie den Auftritt.
Krachend stürzte die Holzbrücke ein, die Tänzerin rettete sich mit einem Sprung auf das Pflaster, was ihr so vollendet gelang, dass die Zuschauer klatschten. Das ist ihr Trick, sagte Amanda. Durch übermäßiges Gewicht eine Holzbrücke zum Einsturz bringen und dann elegant abspringen. Das hat sie lange geübt.
Sie ließ sich von einem Chinesen überreden, mit einer Rikscha durch die Stadt zu fahren. Sie saß vorn und zeigte den Weg, der Chinese trat in die Pedale. Eine Weile begleitete Conny das sonderbare Gefährt, bis sie und der Rikschafahrer im Straßengewühl verschwanden. Er wartete auf ihre

Rückkehr, hörte den Sängern der Heilsarmee zu, sah den Automatenmenschen wieder zur Salzsäule erstarren, die Stepptänzerin einen Krug Bier trinken und die neu gerichtete Holzbrücke besteigen.
Amanda bezahlte den Rikschafahrer, gab auch den Sängern der Heilsarmee etwas in den Teller, der Dicken aber nicht, weil sie die Tanzkunst in Misskredit gebracht hatte.
Dem Automatenmenschen warf sie fünf Dollar in den Hut, worauf der vom Podest fiel, ihr nachgelaufen kam und sich mit tiefen Verbeugungen bedankte.
Sie gerieten in ein Fotostudio, in dem eine Gefängniszelle von Alcatraz nachgebildet war. Beide wurden in Sträflingskleidung gesteckt und mit Ketten an die Gitter gebunden. So entstand das Bild: Amanda und Conny im Gefängnis.
Sehen wir nicht aus wie das Gangsterpaar Bonnie und Clyde?
Soviel ich weiß, war das ein Liebespaar.
Sie überhörte den Einwand und kaufte ein Dutzend Abzüge in Postkartenformat. Beim Essen in Chinatown wollte sie die Karten ausfüllen, um sie in alle Welt zu verschicken.
Hast du niemanden, dem du eine Alcatraz-Karte schicken könntest, Conny?
Er sagte nicht, dass es ihm peinlich wäre, seinen Freunden eine Postkarte zu schreiben, die ihn neben einer Vierundachtzigjährigen in Sträflingskleidung zeigte.
Armer Junge, flüsterte sie und strich ihm übers Haar. Wenigstens an Eva könntest du schreiben.
Auch das wäre ihm peinlich.
In Chinatown tranken sie Reiswein. Amanda füllte die Alcatraz-Fotokarten aus, die meisten Adressen notierte sie aus

dem Kopf, ohne im Notizbuch nachschlagen zu müssen. Sie war stolz auf diese Gedächtnisleistung.

Ob es am Reiswein lag? Jedenfalls ging es wieder um ihre Hochzeiten. Die Gutsleute standen Spalier und zogen ihre Mützen, Frauen und Kinder winkten verlegen. Der Pfarrer sprach davon, dass sie ein Fleisch seien … Als Hochzeitsessen gab es Wildschweinbraten, das Borstenvieh hatte der Bräutigam eigenhändig in seinen Wäldern erlegt. Musikalisch das Übliche: »So nimm denn meine Hände«. Der Herr auf der Kanzel las den Bibelspruch: Ein Mann wird Vater und Mutter verlassen, um einem Weibe anzuhangen …

Das stimmt auch nicht mehr, widersprach sie. Heute geht es so: Ein Mann wird Frau und Kinder verlassen, um einem jüngeren Weibe anzuhangen … Die Welt ändert sich zum Schlechten hin, das kannst du glauben oder nicht, Conny. Wie die Leute im Dorf tuschelten. Sie soll eine Tänzerin sein … Wie mager sie ist! ... Na, die werden wir tüchtig füttern müssen.

Oh Conny, das Leben ist lang und schön. Wer ein schlechtes Gedächtnis hat, kann die schönen Dinge öfter zum ersten Mal erleben, zum Beispiel Hochzeiten. Wenn du heiratest, muss es auf Hawaii geschehen. Sie haben dort hübsche Hochzeitskirchen in blühenden Hainen. Hawaiimädchen begleiten das Brautpaar und tanzen ihm vor, die Lautsprecher in den Bäumen übertragen süße Melodien. Überall Wärme, Nacktheit und fröhliche Menschen. Leider habe ich keine meiner Hochzeiten auf Hawaii gefeiert.

Das kann ja noch kommen, bemerkte er.

Willst du mich heiraten, Conny? Das ist lieb von dir, geht aber nicht. Die Götter des Kilauea würden Feuer spucken,

wenn ich mit dir vor den Altar träte, es gäbe einen mittelschweren Vulkanausbruch. Also lassen wir das.
Sie tranken Reiswein, Amanda lächelte verführerisch.
Ich könnte dich in Versuchung führen, Conny: Heirate mich, dann erbst du sechseinhalb Prozent von Coca-Cola. In Dollar gerechnet, wäre es eine Zahl mit neun Nullen. Auf Hawaii läuten Hochzeitsglocken, Eva streut Blumen, Amanda ist verrückt geworden. Also lassen wir das. Reiswein hat eine kolossale Wirkung.
Fürchte dich nicht, Conny. Du bekommst deine Eva und ich zahle euch die Hochzeitsreise.

Das Meer wird niemals müde

Er glaubte, San Francisco sei der westlichste Punkt ihrer Reise, ab hier ginge es nach Hause. Aber bei Amanda wusste man nie, sie war immer für Überraschungen gut. Am Morgen erschreckte sie ihn mit der Nachricht: Zieh dich an, wir fliegen nach Hawaii!
Sie hatte schon alles arrangiert. Die Maschine startet mittags, vor Sonnenuntergang landen wir in Honolulu. Wir nehmen nur das Nötigste mit, Auto und Gepäck bleiben in der Hotelgarage. Meine Tanzschuhe sind auf Hawaii sowieso nicht zu gebrauchen, dort laufen die Menschen barfuß. Die Krücke bleibt auch im Hotel, weil es unschicklich ist, die Trauminseln am Stock abzuhumpeln.
Conny wünschte sich, John Wayne zu sein, der im Morgengrauen einfach davonreiten konnte.
Freust du dich nicht, Conny?
Sie wollte ihm zeigen, wie die Hochzeiten in den kleinen Blumenkirchen ablaufen, denn sie hatte beschlossen: Eva wird auf Hawaii heiraten, Amanda wird als Trauzeuge und Finanzier des Unternehmens auftreten und die Götter des Kilauea werden zufrieden sein.
Um zwei Uhr nachmittags saßen sie in der Maschine, die sie zum Sonnenuntergang nach Waikiki bringen sollte. Der Bordlautsprecher verbreitete Hawaiimusik. Bevor Amanda nach einer schlesischen Stadt mit sieben Buchstaben fragen konnte, schlief sie ein. Conny schrieb einen längeren Brief an

Eva, in dem er versprach, die Absurditäten dieser Reise später zu erklären, auch die Frage zu beantworten, ob es Bier auf Hawaii gebe. Über Hochzeitskirchen verlor er kein Wort.
Es sollte ein farbiger Sonnenuntergang werden, aber der Strand von Waikiki lag unter Wolken, ein tropischer Regenguss hatte die Rollbahn in ein Planschbecken verwandelt.
Es ist warmer Regen, tröstete sie ihn. Auf Hawaii kannst du in der Badehose durch den Regen spazieren, es gibt keine Erkältungen.
Seine Badehose trocknete auf einer Wäscheleine in San Francisco.
Also werden wir eine neue kaufen, Conny. Ohne Badehose geht Hawaii überhaupt nicht.
Blumenmädchen unter gelben Regenschirmen empfingen sie auf der Rollbahn. Amanda bekam einen Kranz umgehängt, so üppig und schwer, Conny fürchtete um ihren Hals. Die Mädchen tanzten zu einer Melodie, die aus den Wolken zu fallen schien.
Noch bevor sie ins Taxi stiegen, kaufte Amanda eine Badehose, die so bunt aussah, als hätte man einem Papagei die Federn gerupft. Auf der Stelle anzuprobieren brauchte er sie nicht.
Das Taxi sollte sie ins »Crown« bringen. Der Fahrer zuckte die Schultern, ein »Crown« gäbe es nicht.
Mein Gott, nun ist das alte »Crown« schon vor mir gestorben, seufzte sie.
Das »Crown« hieß »Plaza«, stand immer noch am Strand von Waikiki und als sie Zimmer 007 verlangte – James Bond hatte darin nach dem Abenteuer mit einer Blondine vierundzwanzig Stunden ausgeruht –, bekamen sie es sofort, als

hätte 007 nur auf ihre Ankunft gewartet. Sie zeigte ihm die Stelle, wo sie vom Balkon aus vor dreißig Jahren auf den Ozean geschaut und die heimkehrenden Fischerboote begrüßt hatte.
Dort liegt San Diego ... Si, si, Señor ... Da ungefähr müsste unser Auto in der Hotelgarage stehen ... In nordöstlicher Richtung immer geradeaus kämst du nach Vancouver ... Und noch weiter nördlich wartet Alaska ...
Rechter Hand Pearl Harbor, im Meer begraben der Flugzeugträger »Arizona«. Sie beschrieb die Einflugschneise der japanischen Bomber, als wäre sie dabei gewesen. In Wahrheit saß sie damals in einem Kölner Luftschutzbunker und wartete auf Entwarnung.
Die Regenwand hing über Diamond Head, im Westen, wo sie Pearl Harbor vermutete, leuchtete ein goldener Abendhimmel. Keine Fischerboote auf dem Meer, keine feindlichen Bomber im Anflug, der Ozean war eingeschlafen. Der Aloha Tower stand als Leuchtturm im Hafen, daneben lag ein Kreuzfahrtschiff, beflaggt über alle Toppen.
Sie wollte in den Stillen Ozean, heute noch.
Es ist vielleicht das letzte Mal, Conny. Wenn einer so alt ist wie ich, muss er bei allem, was er tut, immer daran denken: Es könnte das letzte Mal sein.
Die Japaner, die Honolulu fünfzig Jahre nach dem Angriff endlich in Besitz genommen hatten, waren vor dem Regen in ihre Hotelsuiten geflüchtet, der Strand empfing sie menschenleer. Amanda ließ sich in einen Rollstuhl setzen und von einem Hotelboy durch den Sand schieben. Conny schickte sie voraus, um die neue Badehose ins Meer zu tragen.
Auf dem Rücken liegend, sah er, wie der Boy den Rollstuhl

langsam ins Meer schob, auslaufende Wellen klatschten gegen die Räder. Amanda tauchte die Hände ins Wasser und benetzte ihre Stirn. Der Boy hob sie aus dem Rollstuhl, trug sie in die auslaufende Dünung. Bis zu den Knien stand Amanda im Pazifischen Ozean. Sie watete, als hätte sie nie ein krankes Bein gehabt, durchs flache Wasser, beugte sich, kniete nieder, schöpfte aus dem Meer, wusch Gesicht und Arme. Ob sie diesen Ausflug in den Ozean überleben wird?, fragte er sich. Den Boy, der sie wieder in den Rollstuhl heben wollte, schickte sie zum Hotel zurück. Sie wollte den Weg allein finden. Mit einer Hand auf den Stuhl gestützt, schlurfte sie durch den Sand.
Als Conny sah, dass sie das Hotel erreicht hatte, schwamm er hinaus, bis er nur noch die erleuchteten Hochhäuser und die Flugzeuge im Landeanflug wahrnehmen konnte. Er dachte Sonderbares. Eva als Blumenmädchen. Eva vor einer kleinen Hochzeitskirche. Eva nackt in der Brandung am Sunset Beach.
Es war wunderbar, flüsterte die kleine Meerjungfrau, als er heimkehrte. Das Meer wird niemals müde.

Surf comes first

Er lag im Sand auf der gegenüberliegenden Seite der Erde. Eva ging schlafen, Oahu erwachte, die ersten Japaner sprangen ins Wasser. Amanda hatte sich mit dem Satz verabschiedet: Morgen werden wir die Insel umfahren, das ist an einem Tag zu schaffen.

Nun schlief sie und ließ ihn warten. Er dachte, dass der nächste Weg nach Hause wohl über den Nordpol ginge. Tokio wäre auch eine Möglichkeit. Aber sie mussten zurück nach San Francisco, weil Amanda dort in einer Tiefgarage Hutschachteln und Schuhkartons deponiert hatte. Es war ihr auch zur Gewohnheit geworden: Der Abschied von Amerika erfolgte immer in New York.

Um halb neun Hawaiizeit öffnete sie das Fenster und rief: Wir wollen frühstücken! Die Bedienung führte ihn zum gedeckten Tisch unter Palmen. Amanda berichtete aufgeregt, sie habe von einem Country-Festival in Wyoming geträumt. Jemand schlug seinem Nebenmann das Cello auf den Kopf; der Kopf blieb heil, das Cello hatte ein Loch. Die Menge skandierte: »The show isn't over until the fat lady sings«. Da trat Johnny Cash mit einer Zweizentnerfrau auf die Bühne, die das Lied von Old MacDonald's Farm bis zur Erschöpfung sang. Amanda tanzte im Traum, Johnny Cash zupfte die Gitarre, das Zeltdach trug den Begeisterungstaumel in alle Winde. Und nun kommt das Schönste, Conny: Johnny Cash machte mir einen Heiratsantrag. Ich musste mich ver-

weigern, weil ich noch mit dem Diplomaten verheiratet war.
Ja, im Träumen bist du wirklich gut, sagte Conny.
Ein milder Wind wehte von Diamond Head herüber, in den Bergen regnete es.
Warum kommen so viele Japaner nach Hawaii?, fragte er.
Es war ihr letzter Sieg. Die »Arizona« auf dem Grund des Ozeans ist ihre Kriegsbeute. So etwas besucht man gern.
Er hätte diese belanglose Frage nicht stellen sollen, denn Amanda versank wieder in der Vergangenheit. Sie erzählte von den Matrosen, die in einem stählernen Sarg auf dem Grund des Ozeans liegen. Während Pearl Harbor geschah, weilte ihr Siegberg gerade auf Urlaub im verschneiten Masuren. Als er hörte, Deutschland habe den USA den Krieg erklärt, äußerte er sich zum ersten und letzten Mal abfällig über den »größten Feldherrn aller Zeiten«: Ich glaube, der Adolf ist größenwahnsinnig geworden! Da hatte er schon vier Gläser Pillkaller getrunken.
Der Hotelboy meldete, das bestellte Auto stehe vor der Tür.
Auf Hawaii muss alles schnell gehen!, rief sie und zeigte auf ein knallrotes Cabrio vor dem Hoteleingang. An der Seite lehnte ein Chauffeur in weißem Anzug.
Du sollst hier nicht am Steuer sitzen, Conny, du sollst die Schönheit der Insel genießen.
Die auffallendste Schönheit saß neben ihm. Sie hatte den Blumenkranz um den Hals gehängt, den die Mädchen ihr am Flughafen überreicht hatten.
So sehen Prinzessinnen aus, die zum Heiraten nach Hawaii kommen, sagte er.
Dabei fühle ich mich wie ein Gebrauchtwagen mit dem

Charme eines rostenden Kanonenofens. Alte Menschen sollten nicht nach Hawaii fahren, der Kontrast ist zu groß.
Das erste Ziel war Pearl Harbor. Dort warf Amanda ihren Blumenkranz ins Meer und gedachte der toten Seeleute. Danach kaufte sie neue Kränze, einen für sich, einen zweiten für Conny. So geschmückt traten sie vor die Statue des Königs Kamehameha.
Wusstest du, dass Hawaii ein Königreich ist?
Er dachte, die schönste Prinzessin sei Amanda, und der König glich Clark Gable, bevor er vom Winde verweht wurde.
Mit Blumen im Haar fuhren sie durch die eintönigen Ananasfelder des Mister Dole. In Connys Vorstellung wuchsen die Früchte auf zwanzig Meter hohen Bäumen und nicht auf einem endlosen Rübenacker. Wenn eine Ananas auf deinen Kopf fällt, bist du tot, hatte er mal gehört.
Das verwechselst du mit Kokosnüssen, Conny. Von Kokosnüssen erschlagen zu werden ist eine der verbreitetsten Todesarten auf Hawaii. Beware of Coconuts!
Vor Mrs. Dole und der Doleschen Sippe hatte sie in einer privaten Vorstellung getanzt, als ihr die Beine noch gehorchten. Auch dem König Kamehameha hatte sie vorgetanzt und im Casino der »Arizona« trat sie auf, als das Schiff noch der Stolz der Pazifikflotte war. Letzteres nahm sie zurück.
Du siehst, wie mein Gedächtnis schwächer wird, ich habe die »Arizona« mit der »Bismarck« verwechselt. In drei Jahren werde ich nur noch Whiskey trinken wie Rita und nach dem dritten Glas nicht mehr wissen, wie das erste geschmeckt hat.
In den Doleschen Ananasfeldern überraschte sie ein Regen-

schauer. Der Fahrer kurbelte das Verdeck hoch. Kaum schien die Sonne, kurbelte er es wieder runter.
So ist Hawaii, murmelte sie. Es geht immer rauf und runter.
An einer Meeresbucht ließ sie halten und schickte ihn ins Wasser.
Du kannst stundenlang im Meer bleiben, ohne zu frieren. Nach dem Bad brauchst du dich nicht umzuziehen, das Abtrocknen besorgt der warme Wind. Am Sunset Beach verbot sie ihm das Baden.
Die Wellen könnten dich erschlagen, Conny. Wer hier untergeht, kommt erst in Alaska an Land.
Sie saßen in einem Café und sahen den Surfern zu, die mit den Wellen hereinkamen wie die Sturmmöwen. Mürrisch erklärte der Inhaber, er müsse die ganze Arbeit allein verrichten, das Personal sei ihm weggelaufen. Als die Leute am Morgen die Dünung erblickten, nahmen sie ihre Surfbretter und stürzten sich ins Meer. Surf comes first!, heißt es auf Hawaii.
Ist das nicht großartig, Conny! Alle Räder stehen still, die Taxifahrer stellen ihren Dienst ein, die Kaffeemaschinen hören auf zu blubbern, nur weil der Ozean diese herrlichen Wellen an die Küste spült!
Mit einem Taschenmesser schlachtete er eine Frucht von den Doleschen Feldern. Amanda legte die Stücke auf ein Handtuch, sie lutschten sie aus und ließen den Saft in den Sand tropfen. Amanda erinnerte sich, die erste Ananas am Königsberger Nordbahnhof gegessen zu haben. Damals hatte auch sie geglaubt, die Früchte fielen von zwanzig Meter hohen Bäumen.
In einer aufziehenden schwarzen Wolkenwand verbanden

sich die Blitze mit den Wellenbergen von Sunset Beach. Die Surfer flüchteten aufs Trockene, um den Weltuntergang abzuwarten. Das Wasser prasselte aufs Dach des Autos. Es dauerte nur zehn Minuten, dann dampften die Pfützen unter der heißen Hawaiisonne und die Surfer tanzten wieder auf den Wellen.
An der Ostküste von Oahu schickte Amanda ihn wieder ins Wasser. Von Möwen umkreist, lehnte sie am Auto, schaute aufs Meer wie Lale Andersen im Hamburger Hafen. Vermutlich sang sie Lieder.
Es folgte ein Besuch im Polynesischen Kulturzentrum, in dem sich die Inseln des Pazifischen Ozeans zur Schau stellten. Amanda hängte sich an den Arm eines schwergewichtigen Samoaners, der, den Unterleib mit einem Tuch umwickelt, als Ausstellungsstück umherwanderte.
Die Tanzdarbietungen im Pavillon der Jungferninseln brachten sie aus der Fassung, sie vibrierte am ganzen Körper.
Wenn du mich auf die Bühne trägst, tanze ich mit, flüsterte sie.
Er trug sie drei Stufen hinauf. Oben stand sie eine Weile reglos, bis die Tänzer sie umringten und in ihren Kreis zogen. Sie warf Conny Kusshände zu, sie tanzte, sie schwebte über den Brettern, gehalten von schokoladenbraunen Männerarmen. Die Zuschauer klatschten, die Tänzer klatschten, Amanda stand hilflos am Bühnenrand und Conny musste sie in den Arm nehmen.
War ich gut, Conny?
Großartig.
Ich sollte auf Hawaii leben, nur auf den Inseln im Meer kann ich noch tanzen.

Eine Weile sahen sie den Frauen zu, die sich zu einer fernen Melodie wie Schilfrohr hoben und senkten.
Das sind keine Calypsomädchen, hauchte Amanda. Die kommen von den Virgin Islands.
Die Rundreise endete an der Hanauma Bay, einer schmalen Bucht, abgeriegelt vom Meer durch ein Korallenriff. Sie hatte ihm die Geschichte von den Flundern, die auf dem Wasser lagen und durch eine Schnorchelbrille bunte Fische beobachteten, schon in Oklahoma erzählt. Hier wurde sie Realität. Die Fische waren so klein geblieben, wie Amanda sie vor zwanzig Jahren gesehen hatte, nur die Flundern waren um einiges in die Breite gegangen.
Der Chauffeur durfte sich Sandwiches holen und danach im Auto schlafen, Conny mühte sich mit Amanda hinunter zum Wasser. Eine Schnorchelbrille musste her. Sie hängte sich an seinen Arm und ließ sich ins Wasser führen. Bald schwebte sie, auf dem Bauch liegend, durch die Hanauma Bay, natürlich nicht wie eine Flunder, sondern schlank und grazil wie eine Unterwassertänzerin.
Später erzählte sie von Trumpet Fishes, Black Triggerfishes und Long Nose Butterflies. Sie hätten ein Ballett unter Wasser aufgeführt, nur die Musik habe gefehlt.
Am späten Abend, als in den Bars von Waikiki die Lichter zuckten, die japanischen Gäste beim Abendessen saßen und das Meer sich selbst überlassen hatten, ging er noch einmal ins Wasser. Der Mond stand über dem Krater von Diamond Head und Amanda auf dem Balkon ihrer Suite. Bunte Fahnen hingen schlaff an den Masten weißer Segelschiffe. Hawaiimusik klimperte über den Sand und verlor sich jenseits des Äquators. Er stellte sich vor, mit Eva auf Oahu zu leben.

… aber die Liebe ist die größte
unter ihnen.
1. Korinther 13, Vers 13

WIR WERDEN NICHT ALLE INSELN besuchen können, aber Big Island ist ein Muss, erklärte sie am nächsten Morgen.
Am Keahole Airport von Big Island begann der merkwürdigste Tag ihrer Reise. Conny wagte es lange nicht, über diesen 10. Juni ein Wort zu sprechen oder gar zu schreiben, die Geschichte war so unwirklich, so von einem anderen Stern. Sie begann damit, dass sie am Airport von einem jener braunhäutigen Mädchen empfangen wurden, die wie Blütenblätter über die Strände Hawaiis fliegen. Es war in ein buntes Tuch gewickelt, trug Blumen im Haar und nackte Füße in Bastsandalen.
Das ist Neele, erklärte Amanda.
Die Angesprochene hob die Hand und winkte. Sie verneigte sich vor Amanda, Conny lächelte sie an.
Neele wird uns begleiten.
Das Mädchen führte sie zu einem Taxi. Conny ging zwischen den beiden Frauen und wunderte sich über den betörenden Duft. Kam er von den Blumen oder von Neeles brauner Haut? Sie lächelte.
Wir werden uns ein Quartier suchen, danach wird Neele dir Big Island zeigen.
Sie beorderte ihn auf den Beifahrersitz des Taxis, die beiden Frauen saßen hinten. Im Rückspiegel sah er Neeles Gesicht, sie lächelte. Das Taxi brachte sie zu einem Resort nördlich

von Kona. Sie wurden von Booten empfangen, die die Hotelgäste auf künstlichen Kanälen zur Empfangshalle fuhren. Die Halle glich einem Kirchenschiff, die Rezeption einem Altar.
Ich habe es so arrangiert, dass Neele in meinem Zimmer schläft, erklärte Amanda. Du bekommst ein Einzelzimmer gleich nebenan.
Wie fürsorglich! Sie war besorgt, die Sinnlichkeit Hawaiis könnte ihren Conny überfordern.
Boote brachten sie zu den Appartements. Sie spazierten, Amanda an seinem Arm, Neele drei Schritte hinter ihnen, durch einen Park. Papageien krächzten, ein Wasserfall stürzte in die Tiefe, im Swimmingpool mit Palmenstränden und Inseln badeten die ersten Gäste. In dem Becken nebenan übten Delphine ihre Kunststücke für die Show am Nachmittag. Ab und zu schlug weiße Gischt über die Felsen, die das Resort vom Ozean trennten. Kandelaber leuchteten die Wege aus, Buddhafiguren und Pagodentürmchen aus Siam säumten die Pfade, Steinelefanten und eine grüne Kutsche mit lebensgroßen Holzpferden begleiteten die Spaziergänger.
Was hatte Amanda vor? Sie hatte Neele für einen Tag und eine Nacht gemietet, ein Zimmermädchen im wahrsten Sinne des Wortes. Wie er hörte, hatte sie Conny als ihren Sohn ausgegeben, dem Neele Hawaii zeigen sollte.
Wieder stand ein Mietauto vor der Tür, diesmal ohne Chauffeur.
Das Fahren musst du selbst besorgen. Neele wird neben dir sitzen und dir die Wunder von Hawaii erklären. Ich werde einen Tag ausruhen, am Swimmingpool liegen und meine kranken Beine ins Wasser halten.

Neele lächelte.
Sie begannen die Reise in der Lavawüste nördlich von Kona, wo den Triathlonkämpfern der Verstand auszutrocknen beginnt. Neele zeigte hinauf zum Hualalai, der diese schwarze Steinwüste angerichtet hatte.
Warst du bei seinem Ausbruch dabei?
Neele schüttelte den Kopf, sie sei viel später auf die Welt gekommen. Conny schätzte sie auf neunzehn Jahre.
Das erkaltete Lavagestein stank immer noch nach Feuer und Hölle. Der Fahrtwind riss an Neeles Haaren. Als er das bunte Tuch zur Seite wehte, sah er, dass sie Brüste hatte wie reife Orangen.
In Kona hielten sie an der Stelle, an der sich die Triathlonkämpfer in die Fluten stürzen und als Ironmen wieder herauskommen. Baptisten zelebrierten dort eine Taufe.
Hat Amanda dir Geld gegeben?
Auf Hawaii braucht man kein Geld, antwortete Neele und lachte.
Sie verschwand in einer Imbissstube und kam mit zwei Bechern Kaffee zurück. Danach sahen sie zu, wie die Baptisten ins Wasser getaucht wurden. Ein Gitarrenspieler und drei Sängerinnen begleiteten die Zeremonie. Neele und Conny tranken den berühmten Konakaffee.
Deine Taufe hast du hinter dir, dachte er. Die Hochzeit steht dir noch bevor; sie sollte nach Amandas Willen auf Hawaii stattfinden. Offenbar wusste Neele von dieser Planung, denn sie dirigierte das Auto zur kleinen Hochzeitskirche von Kona, einem weißen Holzbau mit zierlichem Turm, von einer Hecke umgeben und überragt von Palmen.
Wenn hier eine Kokosnuss runterfällt, ist die Braut tot,

dachte er. Im Innenraum ein schlichter Altar, bedeckt mit Blumen. Das Altarkreuz war ein Glasfenster an der Rückwand, durch das das Paar während der Zeremonie auf den Ozean blicken konnte. Blütenduft hing im Raum, Conny glaubte, fernes Orgelspiel zu hören. Oder war es die Brandung, die unterhalb der Kirche gegen die Felsen schlug?
Hier zu heiraten ist das Größte, flüsterte Neele.
Sie veranstalteten eine Art Probehochzeit. Er berührte ihren Arm und wunderte sich, wie weich er war. Neele schmiegte sich an ihn. Unten tobte die Brandung, die Orgel spielte »So nimm denn meine Hände«.
An dieser Stelle begann das Wunder, das Conny nicht erklären konnte. Neele kam ihm vor wie ein Kind, das auf Armen getragen werden wollte. Kleine Kinder berührt man nicht, kleine Kinder küsst man auf die Wange. Er küsste Neele überhaupt nicht.
Nach der Probehochzeit fuhren sie zu den riesenhaften Banyanbäumen, deren Saft ein Zaubertrank sein soll. So behauptete es Neele, die auch den Macadamia Nuts eine betörende Wirkung zuschrieb. Angeblich sind sie gut für die Fruchtbarkeit.
Bist du auf Big Island geboren?, fragte er.
Sie nickte.
Und immer auf dieser Insel geblieben?
Es gibt keinen schöneren Ort.
Neele wollte wissen, wie die Hochzeitskirchen in Deutschland beschaffen sind.
Ach, Neele, die sind fünfzig Meter hoch, ihr Inneres ist kühl und duster. Eine fröhliche Sinnlichkeit kommt darin nicht vor.

Das Mittagessen nahmen sie in einem Restaurant südlich von Kona ein, wo Neele ihn in die Essensgewohnheiten Hawaiis einführte. Zum Schluss gab es Macadamia Nuts, wegen der Fruchtbarkeit.
Conny verlangte die Rechnung, der Wirt verstand ihn nicht. Niemand zahlte, Neele lächelte und beim Rausgehen flüsterte sie: Auf Hawaii brauchst du kein Geld.
Es wäre an Baden zu denken. Sandstrände waren rar auf Big Island, aber Neele fand eine abgeschiedene Bucht nördlich von Kona mit weißem Strand, umgeben von Lavagestein. Außer dem Donnern der Brandung drang kein Laut in die Bucht. Die Wellen brachen, liefen aus, gingen zurück und sammelten neue Kraft. Neele rannte in die Brandung und winkte ihm, ihr zu folgen. Abwechselnd tauchten sie durch die Brecher, bis eine Riesenwelle sie an den Strand spülte. Da lagen sie erschöpft und lachten sich an. Er streute Sand auf ihre Füße, die nächste Welle nahm den Sand wieder mit. Um zu trocknen, rannten sie die Düne hinauf und legten sich nebeneinander in den Sand. Die Wassertropfen auf der Haut nahm der Wind mit.
Frierst du?, fragte er und tippte auf die Gänsehaut an ihren Beinen.
Wer auf Hawaii friert, ist krank.
Er schloss die Augen, dachte an die Hochzeitskirche von Kona und an Eva, die Paragraphen büffelte. Danach entstand eine Zeitlücke von ungefähr einer Stunde. Als er erwachte, kam Neele gerade aus der Brandung, schüttelte wie ein Pudel die Tropfen aus dem Haar und warf mit Muscheln nach ihm. Sie begann zu tanzen; es wäre auch ein Wunder gewesen, wenn Amanda ihm nicht eine Tänzerin mitgegeben

hätte. Pirouetten in Zeitlupe. Der nasse Haarwulst fiel nach vorn, dann klatschte er auf den Rücken. Die Arme lagen eng am Körper, die Finger spielten an den Hüften. Er hörte sie singen. Wenn eine Welle brach, verstummte der Gesang, um danach stärker anzuschwellen.
Er saß wie gelähmt im heißen Sand und sah ihren Schatten näher kommen. Selbst wenn sie ihren Badeanzug vom Körper gestreift hätte, Conny hätte sie nicht berühren können. Dieses Naturgesetz galt nicht auf Hawaii, der Zaubersaft der Banyanbäume zeigte Wirkung.
Als die Sonne sich dem Meer zuneigte, fuhren sie, trocken von den Zehen bis zu den Haarspitzen, zurück ins Hotel und fanden Amanda unten am Pool.
Ruht euch aus, Kinder, wir werden ein fürstliches Abendessen einnehmen.
Neele ging aufs Zimmer, um sich hübsch zu machen für das fürstliche Abendessen. Als Conny sie begleiten wollte, griff Amanda seine Hand.
Erzähl mir, was ihr erlebt habt.
Er kletterte auf die Felsen, die das Resort vom Meer abgrenzten. Eine Meile vor der Küste tummelten sich Wale, zeigten ihre Schwanzflossen und bliesen Fontänen in den Himmel. Die Sonne ging schneller unter als irgendwo sonst auf der Welt.
Amanda kam zu ihm und lächelte ihn vielsagend an.
Weißt du nun, wie Liebe auf Hawaii geht?
Conny schüttelte den Kopf.
Ich hätte es dir sagen sollen, es ist eine sonderbare Insel. Die Menschen, die Palmen, die Blumen, die Wellen, der Wind, alles steckt voller Sinnlichkeit, aber es fehlt die Sexualität. Als

James Cook vor zweihundertfünfzig Jahren hier landete, wollte er die Sexualität einführen. Die Hawaiianer haben ihn erschlagen.

Und wie vermehren sie sich?

Sie blickte ihn treuherzig an. Ich glaube, sie fahren auf andere Inseln. Hier geht es nicht, Hawaii ist Erotik ohne Sexualität.

Das war wieder eine ihrer herzergreifenden Weisheiten, für die man Amanda lieben musste.

Um das Geheimnis zu verstehen, musst du vierundachtzig Jahre alt werden, Conny.

Begegnung mit Außerirdischen

Am nächsten Morgen war Neele verschwunden, aufgestiegen zu den Geistern des Mauna Kea. Amanda verlor kein Wort darüber und ihm kamen Zweifel, ob es Neele überhaupt gegeben hatte.
Sie charterte einen Hubschrauber für einen Rundflug. Erst eine Kehre um den Mauna Kea, von dort zum Mauna Loa und schließlich zur Küste, wo sich ein glühender Lavastrom ins Meer ergoss.
Die Erde blutet, sagte sie.
Eine Dampfwolke umhüllte die Klippen und der Pilot behauptete, am Absturzfelsen des Lavastroms könne man gar gekochte Fische fangen.
Auf dem höchsten Gipfel lag Schnee. Dort befand sich eine Sternwarte, von der Amanda annahm, sie werde nicht von Menschen betrieben, vielmehr hätten Außerirdische einen Stützpunkt errichtet, von dem aus sie den Weltraum erforschten. Die Wesen, die an den Fernrohren sitzen, sähen nur aus wie Menschen, in Wahrheit seien sie verkleidete grüne Männchen.
Sie überredete den Piloten, im Kessel des erkalteten Kilauea-Kraters zu landen. Als der Motor schwieg, empfing sie eine Stille, als wäre die Welt stehen geblieben. Umgeben von Kraterwänden aus dunkelrotem Gestein mit vereinzelten Grasbüscheln, die sich in die Felsen gekrallt hatten, standen sie schweigend und starrten in das bisschen Him-

mel über ihnen. Keine Maus huschte durchs Geröll, kein Vogel gab Laut.
Sie berührte den warmen Boden.
Ein paar Meter unter uns kocht die Unterwelt Lava.
Nicht nur die Außerirdischen, auch die Unterwelt ist auf dieser Insel zu Hause, dachte Conny. Konnte es sein, dass Neele eine Außerirdische war, die sich nach der Mission in Amandas Auftrag in die Sternwarte zurückgezogen hatte?
Wenn der Kilauea ausbricht, fliegen wir einen Kilometer in den Himmel, erklärte der Pilot und zündete eine Zigarette an.
Oder in die Hölle, antwortete Amanda.
Sie postierte sich neben dem Schild »Eruption Danger«. Conny musste sich neben sie stellen, der Pilot fotografierte. Später wird sie beim Anblick des Bildes sagen, dass sie auch im hohen Alter immer noch zu Eruptionen fähig und ihre Nähe sometimes gefährlich sei.
Er erwartete einen Rückblick auf ihre Vulkanerlebnisse. Mit Siegberg am Fuße des Ätna, die Erde zitterte, der Wein schwappte aus den Gläsern, später fiel Asche vom Himmel ins rote Getränk. Beim Untergang von Pompeji wird sie sicherlich dabei gewesen sein als Tempeltänzerin in einem früheren Leben. Über den Mount St. Helens wäre auch ein Wort zu verlieren, doch sie schwieg, voller Ergriffenheit, wie sie später sagte.
Der Pilot wärmte sich auf einem roten Felsbrocken.
Wenn der Motor nicht startet, werden wir im Krater übernachten müssen, sagte Conny zu ihm.
Jedenfalls werden wir in diesem Schlafzimmer nicht frieren, antwortete er lachend.

Am Kraterrand standen Wanderer und winkten ihnen zu.
Könnte man am Rande eines Vulkans tanzen?, fragte er Amanda.
Alle Selbstmörder tanzen am Rande eines Vulkans, antwortete sie.
»Weekly World News« wird schreiben, Außerirdische seien in einem Krater auf Hawaii gelandet, hätten dort eine Nacht geschlafen und am Kraterrand getanzt. Eine Außerirdische hieß Amanda, ihr Tanzpartner Conny, als dritte Person sei ein Raumschiffpilot gesichtet worden, der dem Außenminister von Tonga ähnelte. Eine weibliche Person namens Neele kam nicht vor.
Sie offenbarte ihm ein Geheimnis: Die Außerirdischen seien vom Aussterben bedroht, ihre Männer von einer sonderbaren Krankheit befallen. Also suchten sie junge Männer auf der Erde, die das Volk der Außerirdischen vermehren sollten. Es müssten Studenten sein, weil sie auf keinen Fall die irdische Dummheit in ihr Reich einschleppen wollen.
Welche Ehre für die irdischen Studenten!, dachte er. Sie wird die Vermittlungsagentin sein, die die jungen Männer für höhere Aufgaben aussucht.
Du brauchst keine Angst zu haben, Conny. So lange du bei mir bist, können dich die Außerirdischen nicht holen.
War Neele eine Außerirdische?
Amanda lachte.
Als sie nackt aus dem Ozean kam, hast du gesehen, dass alles Irdische an ihr dran war.
Der Pilot schnippte die Zigarettenkippe ins Lavageröll – beim nächsten Ausbruch wird auch eine von Menschen weg-

geworfene Kippe kilometerweit in den Himmel fliegen –, ging zur Maschine und drückte auf den Anlasser. Wie Phoenix aus der Asche stiegen sie aus dem Krater, umkurvten die berühmte Sternwarte, in der das Dunkel des Weltalls ausgemessen wurde und nahmen Kurs auf die Stadt Hilo, von der Amanda wusste, dass sie vor vierzig Jahren von einer Springflut heimgesucht worden war. Als sie mit Leon Hawaii besuchte, räumten sie Hilo gerade auf. Jetzt standen wieder Hotelhochhäuser am Strand und warteten auf die nächste Springflut.
Am Nachmittag endete der Rundflug am Keahole Airport. Amanda steuerte auf eine Maschine der Aloha Airlines zu, die sie nach Honolulu zurückbringen sollte.
Wenn einer so alt ist wie ich, muss alles schnell gehen, Conny.

***

Jugend ist ein Nachteil,
der mit den Jahren vergeht.
Armenisches Sprichwort

IN HONOLULU GING SIE, ohne ein Wort zu verlieren, zu einer Maschine der Alaska Airline, die mit den Huskies auf der Schwanzflosse.
Wir fliegen nach San Francisco, Conny, aber mit einem kleinen Umweg. Bevor ich sterbe, möchte ich den Mount McKinley sehen.

Von Honolulu nach Anchorage ist es ein Katzensprung, sagte der »Tiger von Eschnapur«. In Alaska schmilzt der Schnee, die Wiesen blühen; Frühling in Alaska ist das Größte, was einem Menschen widerfahren kann.
Gestern noch war Hawaii das Größte und davor Golden Gate und vor einer Woche der Grand Canyon und davor Monument Valley. Sie ließ keinen Superlativ aus.
Ade, du sinnliches Hawaii, Amanda und Conny fliegen in den Norden, wo die Sinnlichkeit unter Gletschereis und Schneewehen begraben liegt.
Sie überflogen Big Island. Er meinte, Neele auf dem Weg zur weißen Hochzeitskirche zu sehen, die blutrote Lava floss immer noch zum Meer.
Du kommst wieder, flüsterte sie, aber ich werde diese Inseln nie mehr sehen.
Um ihn einzustimmen auf das Abenteuer Alaska, las sie ihm aus »Weekly World News« vor. Ein Reporter des Blattes hatte eine Herde Schneemenschen auf einem Gletscher beobachtet. Nachdem die sonderbaren Wesen ein Feuer entzündet hatten, um das sie nach Art der Indianer tanzten, sei der Gletscher in tausend Stücke geborsten. Ein Rieseneisberg sei ins Meer gefallen, habe eine Flutwelle ausgelöst, die bis Anchorage spülte. Die Schneemenschen, aufgeschreckt von dem berstenden Eis, stiegen in die Lüfte und ließen sich auf einem anderen Gletscher nieder. Wissenschaftler der Universität Anchorage vermuten, die Gletscherabbrüche der letzten Jahre seien das Werk der legendären Schneemenschen und ihrer Tanzwut.
Man wird sie einfangen und in einen Zoo geben müssen, entschied Amanda. Da wird ihnen das Tanzen vergehen.

Das Treiben der Schneemenschen brachte sie zurück in ihre Welt. Berühmte russische Tänzerin mit sieben Buchstaben?, fragte das Kreuzworträtsel.
Liebe Amanda, ich bin vierundzwanzig Jahre alt und habe anderes im Kopf als sterbende Schwäne. Von deiner Pawlowa habe ich keine Ahnung.
Dass er den Namen Rudolf Nurejew schon mal an einer Litfaßsäule gesehen hatte, imponierte ihr.
Hast du eine Ballettaufführung besucht?
Schneewittchen als Weihnachtsmärchen, getanzt von zehnjährigen Schulmädchen in der Turnhalle.
Natürlich hatte sie mit Nurejew auf der Bühne gestanden, irgendwo zwischen Moskau und Honolulu. Nach der Vorstellung küsste er sie auf die Stirn, in der Garderobe zeigte er ihr, wie Kasatschok geht.
Ich schätze, er ist dreißig Jahre jünger als du, wagte Conny einzuwenden.
Sie warf ihm einen strafenden Blick zu.
Im Jahre 64 weilte sie mit Leon in London. Das Royal Ballet spielte »Romeo und Julia«. Margot Fonteyn war ein paar Tage unpässlich, und sie fragten Amanda, ob sie einspringen könne.
Du hast mit Nurejew die Julia getanzt!?
Sie lachte ihn diebisch an.
Nicht nur die Julia, auch den Pas de deux in der »Bayadère«.
Conny nahm sich vor, diesen Auftritt zu überprüfen, sobald er zu Hause war. Wann trat Nurejew in London auf? Wurde Margot Fonteyn krank? Wer tanzte für sie die Julia?
Der Paso Doble sei ein Tanz, bei dem ein Torero den weiblichen Stier reitet! Mit diesem Ausspruch hatte sich Nurejew

in Amandas Gedächtnis verewigt. In seinen Adern floss Tatarenblut.
Lebt er noch?
Ich fürchte, nicht mehr lange. Wer so exzessiv lebt, kann nicht alt werden.
Schließlich dieses Unglück: Amanda hatte den Namen eines berühmten New Yorker Choreografen vergessen, der in den Dreißiger- und Vierzigerjahren die Tanzwelt entzückte … So fing es bei Rita auch an.
Du hast nur den Namen vergessen, ich kenne überhaupt keinen New Yorker Choreografen, tröstete er sie.
Die Pawlowa traf Amanda in der Eisenbahn zwischen Leningrad und Moskau, angeblich sprachen sie nur über Bären und Wölfe, kein Wort über die Tanzkunst.
Margot Fonteyn war für sie die Größte. Du musst erst etwas lernen, dann etwas leisten, danach kannst Du das Leben genießen!, lautete ihr Wahlspruch. Die meisten gehen den umgekehrten Weg, sie genießen das Leben, vergessen das Leisten und können nichts mehr lernen. Die Fonteyn hat getanzt, bis ihr Körper den Dienst versagte. Als sie nicht mehr tanzen konnte, war sie ohne Liebe.
Die Ankunft in Anchorage war für wärmeverwöhnte Hawaii-Urlauber einigermaßen deprimierend. Ein nasser Wind fiel von den Bergen in die Straßen, der letzte Schnee des Winters schmolz im Nieselregen und gab ordinären Straßenschmutz frei. Von Blumenwiesen keine Spur. Amandas Krücke, die in Hawaii nicht gebraucht worden war, bekam nun wieder Arbeit. Mit ihr winkte sie ein Taxi heran und befahl dem Fahrer, sie ins beste Hotel der Stadt zu bringen. So kamen sie in die 8th Avenue und ein Etablissement, das mit

dem größten Indoor-Pool Amerikas warb. Gefragt war wieder ein Doppelzimmer. Während Conny den Indoor-Pool ausmaß, schloss sich Amanda mit einem Stapel von Alaska-Prospekten auf dem Zimmer ein, um weitere Unternehmungen zu planen. Als sie sich im Restaurant zum Essen trafen, stand es fest: Amanda wird in einem Iglu schlafen, sich Arm in Arm mit einem Grizzlybären fotografieren lassen und zum Matanuskagletscher fliegen. Gestrichen wurde die Huskyfahrt nach Fairbanks. Die Jahreszeit ließ Schlittenrennen nicht zu und die Polarnächte entpuppten sich als einziger Sonnenaufgang.
Coca-Cola war gefallen, das trübte ihre Stimmung. Aus Sorge um das Geld holte sie Mister Fisher aus dem Bett.
Was zum Teufel ist in Atlanta los!, rief sie ins Telefon. Ist Pepsi gestiegen? Und was macht der Kerl in Seattle?
Nachdem sie ihren Zorn versprüht hatte, ergriff sie Connys Hand und streichelte sie.
Ach, Conny, meine Aktien sind fast eine Milliarde Dollar wert. Aber wenn es weiter bergab geht, werde ich nie mehr Milliardärin. Alt werden heißt bedeutungslos werden, seufzte Amanda. Nur mit Geld lässt sich dieser Zustand ertragen.
Sechseinhalb Prozent Coca-Cola sollten wohl reichen, um sich Bedeutung zu kaufen, dachte Conny.
Um Mitternacht vertraute sie ihm an, dass Bill Gates ihr Sorgen bereite. Der wollte sein Unternehmen zum weltgrößten Börsenwert machen, es gab auch Gerüchte, Gates habe den verwüsteten Mount St. Helens gekauft, um ihn von Waisenkindern aus Bangladesch mit jungen Weimut-Kiefern bepflanzen zu lassen.
Nachts schreckte er aus dem Schlaf, weil er Schritte hörte wie

raschelndes Pergament. Im Bad brannte Licht, ein spärlicher Streifen fiel auf den Teppich und kletterte die Wände hoch. Im Lichtstreifen ein Schatten: Amanda tanzte. Er hörte das Tapsen ihrer kleinen Füße auf den Fliesen, aber keine Musik. Ihr Umhang bewegte sich wie in Zeitlupe, eine Schneeflocke taumelte im Wind.
Du darfst sie jetzt nicht ansprechen, dachte er. Das Bild würde augenblicklich zerspringen, ihr gebrechlicher Körper wie ein Kartenhaus zusammenfallen. War ihr krankes Bein nur eine Attrappe? Die Krücke ein überflüssiges Accessoire, das entschuldigen sollte, warum sie nicht mehr auf der Bühne stand? Schließlich hörte er sie leise singen, ein ihm unbekanntes Lied, in dem Fischer vorkamen und haushohe Wellen.

***

Die Schweigenden werden
niemals für dumm gehalten.

CONNY IN ALASKA, Conny im größten Indoor-Pool Amerikas. Um halb zwei ging die Sonne auf, um vier Uhr morgens telefonierte Amanda mit der »Anchorage Daily News«. Die Rede war von der ältesten Frau Europas, die je Alaska besucht hatte. Anderthalb Stunden später erschien ein Reporter, der Amanda interviewte und sie vor dem Kaminfeuer der Hotellobby fotografierte. In der Zeitung wird später stehen, eine neunundneunzig Jahre alte Gräfin konnte nicht sterben,

ohne Alaska gesehen zu haben. Ihr jugendlicher Begleiter kam nicht vor.
Wer wenig Zeit hat, muss gleich mit dem Größten beginnen. Nicht dass sie den Mount McKinley besteigen wollte, sie wollte ihm nur nahe kommen, auf einem seiner verschneiten Hänge stehen, um seine Majestät zu bewundern. Seine Autofahrkünste waren nicht gefragt, Amanda bestellte ein Kleinflugzeug, das sie nach Talkeetna brachte. Dort wartete ein Airtaxi auf sie. Es sollte über den Denali-Park fliegen und den Mount McKinley umkreisen. Der Pilot hatte Bedenken, auf dem Aussichtsplatz zu landen, es sei zu viel Neuschnee gefallen. Auf Amandas Bitten ging er auf einem Eisfeld oberhalb des Aussichtspunktes nieder.
Als der Motor schwieg, das Knirschen der Kufen im Schnee verstummt war, überfiel sie die Bergwelt. The last frontier, flüsterte Amanda.
Blaugrün leuchtender Schnee und uraltes Eis. Über ihnen ein tiefblauer Himmel, unter ihnen die Schneise des Denali-Highways und ein gelber Zug, der von Süd nach Nord kroch, ohne einen Laut von sich zu geben.
Wir sollten einen Block Alaskaeis mit nach Europa nehmen, ihn in Stücke schlagen und damit Whiskeygläser füllen, schlug Conny vor.
Wie kannst du in dieser Bergwelt an Whiskey denken!, empörte sie sich.
Der Pilot wollte erklären, wo ungefähr Anchorage liege und Fairbanks, wo es zum Ozean gehe und nach Russland, aber Amanda legte den Finger auf den Mund.
Hier muss der Mensch schweigen, flüsterte sie.
Als das Schweigen nicht mehr zu ertragen war, sprach sie über

den Gott, der den Mount McKinley erschaffen habe, und seine vielen Religionen. Ihr isländischer Tennisspieler sei katholisch gewesen, vor jedem Match habe er sich bekreuzigt. Der kleine Pianist war zu jung, um eine Religion zu haben, er lebte nur der Kunst. Siegberg zelebrierte ein stolzes Protestantentum, verabscheute den Marienkult und die Jungfräulichkeit, liebte die nüchterne Größe nordischer Backsteinkirchen und war entschlossen, sollte er jemals an die Macht kommen, alles Gold und Silber aus den katholischen Kathedralen an die zurückzugeben, denen es geraubt worden war, die Inkas, Azteken und überhaupt die armen Leute. Sein Lieblingsgott hieß Mars.
Clyde, der vom Wolkenkratzer fiel, gehörte verschiedenen Religionen an, im Mittelpunkt stand Mammon. Der Diplomat, der Amanda einen adeligen Namen gegeben hatte, wechselte Gott wie sein Hemd. An der Botschaft in Oslo bekannte er sich zum Protestantismus, im Vatikan beichtete er jeden Sonntag in der heiligen Basilika, in Nepal entschied er sich für die ewige Wiedergeburt und als sein diplomatischer Dienst ihn nach Amerika verschlug, betete er vorübergehend den dort herrschenden Gott namens Dollar an. Was ihn in der Mongolei religiös erbaut hatte, wusste Amanda nicht. Der Beinaheehemann Evers war selbstverständlich gottlos, was mit seinem Beruf zusammenhing. Du kannst diese Geschäfte nur im Dunkeln betreiben, Conny. Dieser Evers brachte es fertig, auf der Großen Freiheit ein Bordell namens »Auferstehung« zu etablieren. Ich bitte dich, Conny, so ein heiliges Wort für eine so profane Sache!
Auch mit der jüdischen Religion hatte sie leidvolle Erfahrungen gemacht. Am Sabbat wollte Leon nicht mit ihr schlafen;

sie musste ihn überreden, es wenigstens nach Sonnenuntergang zu versuchen.
War er gläubig?
Leon liebte Gott wie seine Großmutter, achtete aber darauf, dass Gott sich nicht zu sehr in seine Geschäfte einmischte. In Hollywood kannst du nur arbeiten, wenn du großes Gottvertrauen hast, sagte er immer. Anfangs bereitete ihm sein Reichtum Unbehagen. Wenn Coca-Cola stieg, entschuldigte er sich bei Gott. Später beruhigte er sein Gewissen mit dem Satz: Gott will es so.
Der Wind trieb Schneekrümel die Hänge hinab, irgendwohin. Ein Weißkopfadler kreiste unter ihnen, über ihnen hatten die Raubvögel das Kreisen aufgegeben.
Sie begann zu frieren. Weißt du, Conny, die Natur rückt alles zurecht, sagte sie, als sie im Hubschrauber saßen. Sie zeigt uns, wie klein und bedeutungslos wir sind. Die Größenwahnsinnigen, die so viel Unheil angerichtet haben, kannten die Natur nicht. Hätte man sie einen Tag auf diesem Berg ausgesetzt, wären sie demütig geworden.
Eine Bootsfahrt auf dem Wasilla Lake kam nicht zustande, Amanda hatte Theodore Dreisers »Eine amerikanische Tragödie« gelesen und war nicht mehr zu bewegen, mit einem Mann in ein Ruderboot zu steigen.
Vor der Lodge am Matanuskagletscher fanden sie einen überlebensgroßen Grizzly, aber Amanda wollte nicht mit ihm auf einem Bild erscheinen. Das Tier sollte echt sein und nicht aus Kunststoff.
Ein echter Grizzly würde vor dir ausreißen, gab Conny zu bedenken, worauf sie ihm mit der Krücke drohte.
Das Erinnerungsfoto mit dem echten Grizzly konnte er ihr

ausreden, weil die Tiere angeblich noch im Winterschlaf lagen. Sie begnügte sich mit einem Plastikgrizzly, der Gletscher im Hintergrund war echt.
Die Rundreise per Auto endete in einer Bucht südlich von Anchorage, wo Dutzende von Frauen vor ihren Wohnmobilen saßen, Wollstrümpfe strickten und auf ihre Männer warteten, die zum Fischen hinausgefahren waren. Wann geht die Sonne unter? Im Juni überhaupt nicht. Sie fiel als goldener Ball auf einen Gletscher, rollte von Spitze zu Spitze, bis sie endlich in einer Gletscherspalte versank und eine halbe Stunde später aus einer anderen Gletscherspalte auftauchte. In der halben Stunde, in der sich eine leichte Dämmerung ausbreitete, brachte Amanda es über sich, ihre Füße bis zu den Waden in den eiskalten Ozean zu stecken. Zu Beweiszwecken musste Conny den heroischen Akt fotografieren. Zeugen waren die erkalteten Vulkane jenseits des Wassers. Hinter ihnen heulte die Lokomotive des Abendzuges. Eisenbahnfahren sei das Zweitgrößte in Alaska, behauptete sie. Schade, dass sie den tiefen Sound, der sich an den Bergen brach, durch die Täler zog, der den Schnee von den Zweigen schüttelte und das Eis auf den Flüssen krachen ließ, nur aus der Ferne hörten.
Als die Fischerboote heimkehrten, legten die Frauen das Strickzeug beiseite und griffen zu den Messern. Amanda wollte dem Blutbad nicht zuschauen, sie hängte sich an seinen Arm: I want to go home.

Im Schlachthaus

WIE LANGE HÄLT SIE DAS DURCH? Jeden Tag eine Sensation, immer ging es zum Größten, zum Schönsten, zum Höchsten.

Zum Little Lake Louis könnten sie fahren oder mit dem Flugzeug in ein Eskimodorf fliegen. Die Nacht im Iglu musste sie streichen, sie hätte weit jenseits des Polarkreises stattfinden müssen. Außerdem war der Fortschritt auch bei den Eskimos angekommen, sie hausten nicht mehr in Schneehäusern, sondern in Holzhütten mit angebauter Sauna.

In Asien hat ein Monster-Tornado zehntausend Chinesen umgebracht, meldete »Weekly World News«.

Denke ja nicht, die Chinesen haben Menschen genug, die können zehntausend leicht entbehren. Jeder kleine Chinese ist auch ein Wunder und verdient es, am Leben zu bleiben. Studiere du nur Medizin, Conny, damit du den kleinen Chinesen und den alten Tänzerinnen helfen kannst.

Der Hoteldirektor überreichte ihr die Morgenausgabe der »Anchorage Daily News«. Darin stand, eine neunzigjährige Herzogin sei aus Europa gekommen, um den Marathon Mountain bei Seward zu besteigen.

So ist die Presse, seufzte Amanda. Sie bringt es fertig, eine lahme, alte Frau auf einen schneebedeckten Berg zu jagen. Homer, der alte Grieche, war bis nach Alaska gekommen, um einer kleinen Stadt am Meer seinen Namen zu geben. Phi-

losophisch war der Flecken unbedeutend, das wahre Leben hatte ihn in ein Schlachthaus verwandelt. Der Hoteldirektor empfahl ihnen, mit einem Motorboot ins Schlachthaus Homer zu fahren. Was sie dort erwartete, wusste Amanda von früheren Besuchen, Conny hatte keine Ahnung. Schon als Gutsherrin war ihr das Schweineschlachten ein Gräuel gewesen. Wenn die Tiere in ihrer Todesangst quiekten, war sie ins Bett gekrochen und hatte die Decke über den Kopf gezogen. Die Halibuts, die in Homer geschlachtet wurden, konnten in ihrer Todesangst nicht quieken, sie waren stumm. Das Ganze war ein Schlachtfest für die Touristen. Sie durften per Motorboot hinausfahren und mit einer Harpune in die Halibutschwärme schießen. Da jeder Schuss ein Treffer war, brachten sie unzählige Tiere – für Oma, für Opa und Tante Lissy – im Schlepptau an den Pier, wo große Winden sie aus dem Wasser zogen. Stumm hingen sie am Haken wie geschlachtete Schweine, die stolzen Hobbyfischer posierten vor ihrer Beute, Fotoapparate klickten. Danach ließen sie ihre Beute in Stücke schneiden, die brauchbaren Teile in Kühlbehälter packen, um sie nach Texas zu schicken.
So geht es in der Chirurgie zu, sagte Amanda, als sie den Halibutschlächtern zuschaute.
Auf die Ausfahrt mit Harpune verzichtete sie, spielte aber mit dem Gedanken, einen Halibut, in Stücke geschnitten, nach Deutschland zu versenden. Du könntest eine Bratküche aufmachen und deine chirurgischen Fähigkeiten an einem Fischleib üben.
Schon war sie wieder bei ihrem Lieblingsthema. Warum muss es Chirurgie sein? Die Chirurgen können schneiden und schneiden, nur die Seele finden sie nicht. In der Anato-

mie ist noch niemals eine Seele gefunden worden, in den Kirchen übrigens auch nicht. Du solltest Seelendoktor werden. Wir werden immer einsamer, unsere Seelen leiden wie die Halibuts am Haken, aber niemand kümmert sich um sie.
Am nächsten Morgen stand sie schon wieder in der Zeitung. Die »Anchorage Daily News« zeigte einen Halibut von drei Metern Länge am Haken und daneben die zierliche Amanda, »von der wir gestern anlässlich der Besteigung des Marathon Mountain berichtet hatten«. Eine gelungene Fotomontage: Großer Fisch, kleine Tänzerin, uralte Frau aus europäischem Adel, im Hintergrund der schneebedeckte Marathon Mountain. So schreibt das Leben.
Dann lieber »Weekly World News«, dachte Conny.

***

Ein Pastor soll das Vaterunser beten, aber man soll ihm nicht das Vaterunser von den Backen ablesen können.
Jürnjakob Swehn der Amerikafahrer

Über das Zeitungsbild vom großen Fisch und der kleinen Amanda hatte sie sich geärgert. In einer Gegend, wo solche Fotomontagen möglich sind, mochte sie nicht mehr sein. Was wird sie tun?
Fliegt sie zum Nordpol, um auf dem Nullpunkt einen Balletschuh zu deponieren zur Erinnerung an die Tänzerin

Amanda? Oder wird sie auf einer Eisscholle in der Hudson Bay landen? Mit dem Treibeis den Mackenzie River hinabzufahren wäre auch eine Möglichkeit.
Vier Wochen waren sie bereits unterwegs. Amanda besuchte mit ihm die größten Sehenswürdigkeiten des Kontinents, trotzdem wurde er ihrer überdrüssig. Lag es an den rückwärtsgewandten Reden, an den immer wiederkehrenden Geschichten ihrer Männer, der Filmleute und ihrer Auftritte als Tänzerin? Oder einfach daran, dass sie keine begehrenswerte Frau mehr war? Mit Eva wäre ihm eine solche Reise nie langweilig geworden.
Er sehnte sich danach, einmal allein auf einen schneebedeckten Berg zu steigen und dort den Atem anzuhalten. Junger Mann auf dem Marathon Mountain bei Seward wäre aber keine Schlagzeile für die »Anchorage Daily News«.
Von Alaska nach Europa geht es schneller als von San Francisco nach Europa, dachte er. Er stellte sich die Ankunft an einem Sommerabend vor, Eva mit einem roten Luftballon an der Barriere, sie wird ihm Kusshände zuwerfen.
Du solltest ihr schreiben, schlug Amanda vor.
Ich möchte ihr schreiben, wann wir in Deutschland ankommen.
Amanda wusste es nicht.
Wir haben noch ein großes Programm, Conny. Erst wenn wir den Niagara gesehen haben, können wir an die Heimreise denken.
Auf einer Schrotthalde an der Ausfallstraße von Anchorage fand Conny das silberne Emblem eines sehr alten Chrysler. Es war ihm die größte Freude an diesem letzten Tag in Alaska.

Ihr waren alle Verbindungen nach Süden recht, nur eine Zwischenlandung in Seattle sollte es nicht geben. Dort herrschte ein gewisser Bill Gates, der es sich in den Kopf gesetzt hatte, Coca-Cola vom Thron zu stürzen. Siegberg hätte sich mit dem Kerl duelliert, wäre er nicht in der Panzerschlacht von Kursk gefallen. Microsoft stieg, Pepsi auch, nur Coca-Cola fiel. Ein trauriger Tag.

Als Ersatz für die Zwischenlandung in Seattle bot sie ihm einen weiteren Superlativ: die schönste Stadt des amerikanischen Kontinents. Dass Vancouver nur bei Sonnenschein eine schöne Stadt ist, wenn die schneebedeckten Berge in den Hafen blicken und weiße Schiffe über die Strait of Georgia gleiten, verschwieg sie. Sie hatte auch nicht vor, in Vancouver zu landen, sie wollte nur, während die Maschine über die Strait of Georgia südwärts flog, von Vancouver erzählen. Rechter Hand der Stanley Park mit der Lions Gate Bridge, die keineswegs ein Anziehungspunkt für Selbstmörder war. Den Fraserfluss vermutete sie weiter südlich. Da siehst du den schneebedeckten Mount Seymour. Weiter nördlich liegt Whistler und das Skigebiet im Garibaldi Park.

Wer war Garibaldi?

Irgendein Freiheitskämpfer.

Sie behauptete, Garibaldi sei der Vater des Banditen Giuliano gewesen, mit dessen Mutter sie in Little Italy zu Abend gegessen hatte. Eine Mutter musste das schließlich wissen.

Seit ihrem letzten Besuch war Vancouver dreißig Jahre älter geworden. Er versuchte, sich Amanda vor dreißig Jahren vorzustellen, eine zierliche Schönheit, die auf einer Freilichtbühne im Stanley Park tanzte. Sie erinnerte sich der Granville als einer Straße mit viel rotem Licht, einem Dutzend Kinos und zweifelhaften Herbergen. In einem Waschsalon rumorte es laut in einer Waschtrommel. Die Tür sprang auf, ein Turnschuh wirbelte durch die Luft und landete vor Amandas Füßen. Das geschah im Sommer 1960. Danach besuchte sie eine Bekehrungsveranstaltung des Billy Graham in der Exhibition Hall. Der Evangelist ließ die Zehn Gebote hersagen. Als er beim vierten Gebot angekommen war, sprang ein Holzfäller auf die Bühne und schrie: Er wolle ja gern das vierte Gebot achten, aber seinen Vater kenne er nicht und die Mutter sei auf und davon. Der Evangelist ermahnte ihn, Gott als Vater zu ehren und die Jungfrau Maria als Mutter.

Im Stanley Park lernte sie einen Häuptling kennen, der sich White Crow nannte und dem Stamm der Küstenindianer angehörte. Ihn hatte es im späten November, als die Schneestürme die Wälder zuschütteten, in die Stadt verschlagen, weil das Holzfällercamp, in dem White Crow als Kletterer an den Haltebäumen arbeitete, wegen des Wetters schließen und die Arbeiter, auch die Häuptlinge, in die Stadt ziehen mussten, um von fünfundzwanzig Dollar Arbeitslosenunterstützung wöchentlich den Winter zu überleben. Dieser White Crow legte es nicht darauf an, sein im Sommer verdientes Geld in den Spelunken der Granville auszugeben, er fand auch unter den Huren keine reinrassige Indianerin, also zog er es vor, den Winter in den Kinos zu verbringen. Für fünfzig Cent saß er vom späten Nachmittag bis Mitternacht, wenn die Königin von England auf der Leinwand erschien, in den Lichtspielhäusern. Mit Vorliebe sah er Kriegsfilme, aber keine Western, weil die Indianer immer verloren. Meistens schlief er ein und musste von den Reinemachefrauen, die nach der Königin erschienen, geweckt und an die Luft befördert werden. Dieser White Crow saß an einem Donnerstag bei der Vorstellung des Films »The Battle of the River Plate« hinter Amanda. Beim Donnern der Schiffsgeschütze schnarchte er. Es kam zu einem Disput, weniger der Schlacht wegen als des Schnarchens, und nach der Vorstellung musste Amanda mit ihm in die Bar des Martin Hotels, um die Friedenspfeife zu rauchen. White Crow wies sie in das Leben der Küstenindianer ein, erzählte von den Göttern, die Tabak und Whiskey hießen, und schlug vor, mit Amanda in sein Dorf auf den Queen-Charlotte-Inseln zu fahren. Zum Glück machte meterhoher Schnee diese Reise unmöglich.

Nach dieser Begegnung hielt Amanda sich für eine Expertin in Indianerfragen. Sie studierte die Ausdrucksformen des Indianertanzes, besuchte die Karl-May-Spiele in Bad Segeberg und trat in einem Film als Winnetous Schwester auf. Alles, was Conny über Vancouver erfuhr, war dreißig Jahre alt. Die Gegenwart glitt unter ihnen im Abendsonnenschein vorüber. Zum Gedenken an den alten Philosophen und das Schlachthaus von Homer servierte die Airline Halibut.

No Pool, no Pets, no View, no Vacancy

MIT EINLADENDEN SCHILDERN dieser Art brauchten sie sich nicht mehr abzugeben, Amanda und Conny besaßen ein Motorhome. Ein Kursrutsch an der Wall Street ließ Amanda in eine Sparwut fallen. Sie wollte nicht mehr die teuren Hotelzimmer bezahlen. Die Rückreise durch Amerika also per Motorhome. Conny sollte das Ungetüm steuern und sie wollte in der Küche den Abwasch erledigen. Abends sitzen wir am Lagerfeuer und singen traurige Lieder, Conny.

Das Gefährt war zweiundzwanzig Fuß lang und zehn Fuß hoch; es sah aus wie eine Zigarrenkiste in Rosa. Sie ging wie selbstverständlich davon aus, dass er damit umzugehen verstehe; eines Tages wird sie einen Düsenjäger mieten und Conny auffordern, mit ihr über die Wüste Nevada zu fliegen.

Der Vermieter wanderte mit Conny um die Zigarrenkiste, tippte auf Verschlüsse und Tanköffnungen, schaltete das Licht ein und aus, startete den Motor. Ein Zittern lief durch den Wagen.

Amanda saß auf ihren Gepäckbergen und freute sich auf ein neues Abenteuer. Sie beschlagnahmte den hinteren Schlafraum, Conny wies sie die Koje über dem Führerhaus zu, die mit einer Hühnerleiter erreichbar war.

Um zehn Uhr morgens – im Autoradio sang Satchmo – fuhren sie über die Oaklandbrücke nach Osten, hinter ihnen versank Golden Gate im Nebel.

Amanda brachte ihm Kaffee, den sie in der kleinen Küche zubereitet hatte.
Bist du traurig, weil du Eva nicht erreicht hast?
Woher wusste sie, dass er versucht hatte, Eva anzurufen?
Sie servierte ihm aufgewärmten Apple Pie.
Du wirst deine Eva noch früh genug bekommen, tröstete sie ihn. Bis es so weit ist, hast du mich und wenn es gar nicht mehr auszuhalten ist, gehst du zu den Calypsomädchen.
Sie zog sich in ihre Kammer zurück und ließ ihn allein mit dem staubigen Highway. Der Motor brummte, das Autoradio dudelte und Konrad Eisbrenner überkam das Gefühl, allein zu sein auf dem Weg in die Wüste. Später hörte er sie singen. Das Lied von der Tänzerin Dolores und von der kleinen Möwe, die nach Helgoland fliegen sollte, und schließlich den Kriegsschlager »Es geht alles vorüber«, der mit der Zeile endete » … nur zwei, die sich lieben, die bleiben sich treu«.
Ach, wenn es doch bald vorüberginge!
Vom ersten Tag im Motorhome blieb nur der Abend in Erinnerung, den sie auf einem Campground unter kirchturmhohen Kiefern mit roten Stämmen erlebten. Er ging zum Holzsammeln in den Wald, sie holte eine Salamipizza aus dem Backofen und schenkte ihm Coca-Cola ein. Weißer Rauch kräuselte sich zu den Baumspitzen. Einen Steinwurf entfernt saßen Jugendliche am Feuer, ein Mädchen spielte Gitarre, die anderen sangen »Peace in the Valley«.
Als es dunkelte, kam ein Ranger.
Wo kommt ihr her?, fragte er.
Von Germany hatte er nur aus der Ferne gehört. Seine einzige Auslandsreise hatte ihn nach Canada geführt.
Der junge Mann musterte Amanda, als käme sie ihm bekannt

vor. Er behauptete, sie schon einmal an einem Lagerfeuer am Mono Lake getroffen zu haben.
Du siehst aus wie meine Großmutter.
Lebt sie noch?
Sie starb mit fünfundsiebzig Jahren.
Amanda lächelte zufrieden. Der romantische Lagerfeuerabend endete damit, dass sie roten Wein trank und Connys Kopf streichelte.

***

> Wenn der Teufel am Ertrinken ist, bittet er den lieben Gott um Hilfe.

»Drei Monate Lagerleben am Lake Tahoe würden sogar einer ägyptischen Mumie die einstige Frische wiederbringen und ihr einen Appetit verschaffen wie einem Krokodil.«

Dieser Satz, von Mark Twain vor hundert Jahren geschrieben, führte sie zu einem von Schneebergen umgebenen See. Natürlich war sie keine ägyptische Mumie, aber Conny brauchte nach der langen Reise ein Erfrischungsbad. Appetit wie ein Krokodil hatte er ohnehin.
Sie lag am Ufer des Sees in einem Liegestuhl, beschützt von einem weißen Schirm, weil eine Tänzerin sich nicht dem Sonnenlicht aussetzen darf.

Das kalte Wasser eines Bergsees ist gut für kranke Beine, versuchte er sie zu überreden.
Nein, es war ihr peinlich, in den Lake Tahoe zu humpeln, womöglich noch mit Krücke. Und so viele Zuschauer. Als Amanda auf der Bühne stand, konnte es nicht genug Zuschauer geben, aber jetzt waren sie ihr peinlich. Sie waren so jung. Sie spielten mit Bällen, spritzten sich nass und lachten. Und mittendrin eine ägyptische Mumie!
Begleitet von Segelbooten, schwamm er hinaus in den See, auf dem vor drei Wochen noch eine Eisschicht gelegen hatte. Er schwamm den weißen Bergen der Sierra entgegen, am Ufer begleiteten ihn die Stämme hochgeschossener Nevadakiefern, in der Ferne ein weißer Punkt: Amandas Sonnenschirm.
Der Lärm eines Motorbootes zerriss die Stille. Das Boot jagte auf ihn zu, jemand schrie durch einen Trichter Worte, die er nicht verstand. Nun drehte es bei, die Bugwelle schwappte über seinen Kopf, er fühlte sich von vier Händen umklammert. Ein Ruck und die Männer zogen Konrad Eisbrenner aus dem Wasser, legten ihn flach ins Boot, machten Überlebungsversuche, einer fragte, ob er okay sei. Der andere passte auf, dass er nicht über Bord sprang. Mit Vollgas suchten sie ihren Weg zwischen Schwimmern und Segelbooten zum Strand.
Sie hatte den schützenden Sonnenschirm verlassen und war nun doch ins Wasser gegangen. Bis zu den Knien stand sie im See, die Krücke schwingend wie einen Neptunstab, sie sah aus wie Mary Queen of Scots kurz vor der Hinrichtung. Eine Menschenmenge hatte sich um sie versammelt und sah zu, wie Conny ausgeladen wurde.

Ich dachte, du wärest ertrunken, empfing sie ihn.
Benommen wankte er zu dem Sonnenschirm.
Deine Großmutter war ein wenig aufgeregt, sagte einer der Lebensretter.
Hast du ihnen gesagt, ich sei deine Großmutter?
Ich kam überhaupt nicht dazu, etwas zu sagen.
Jag mir nie wieder solche Angst ein, Conny!
Sie holte ein Handtuch aus dem Motorhome, warf es ihm über den Kopf und bot ihm zum Ausruhen ihren Liegestuhl an. Sie saß neben ihm und erzählte von ihren Schiffsuntergängen und Beinahe-Untergängen.
Wenn du mich liebst, Conny, schwimm bitte nie wieder so weit hinaus.

***

> Die erste Generation schafft Vermögen, die zweite verwaltet Vermögen, die dritte studiert Kunstgeschichte und die vierte verkommt vollends.
> *Bismarck*

AMANDA DROHTE ZU VERARMEN, weil Coca-Cola schon wieder gefallen war. Da traf es sich gut, dass sie abends in Reno eintrafen und sie Gelegenheit bekam, das an der Börse verlorene Geld im Spielcasino zurückzugewinnen.
Wer mit der Wall Street zu tun hat, braucht eigentlich keine

Spielhallen, ich gehe da nur hin, um dir zu zeigen, wie es läuft, Conny.
Sie kehrten im MGM-Hotel ein, einer Erinnerungsstätte an die große Zeit des Films, die mit dem Transparent warb: Von 7 bis 10 Uhr Frühstücksbuffet – all you can eat – für 1 Dollar!
Im Motorhome schlafen, Frühstück für einen Dollar, so können wir reich werden, Conny.
Der Metro-Goldwyn-Mayer-Löwe empfing sie am Portal, knurrte gelangweilt, ließ sie aber passieren. Amanda erklärte den Zusammenhang von billigem Frühstück und Spielhalle so: Mit dem Frühstück locken sie die Leute an. Danach werfen sie das am Frühstück gesparte Geld den einarmigen Banditen in den Rachen.
An den Wänden des All-you-can-eat-Raumes empfingen sie die MGM-Stars. Sie saßen zwischen Audrey Hepburn – »Frühstück bei Tiffany« – und Natalie Wood – »Denn sie wissen nicht, was sie tun«. Marlon Brando starrte böse auf ihre Teller, Gary Cooper übte mit Ingrid Bergman »Wem die Stunde schlägt«.
Die Leute vom Film kamen oft hierher. Wenn sie einander überdrüssig waren, fuhren sie zur Scheidung nach Reno. Weißt du, Conny, für die Hollywoodstars ist die Ehe auch eine Art Glücksspiel, deshalb Reno.
Sie humpelte mit einem Glas Orangensaft von einem Bild zum anderen.
Die ist tot, die ist tot, die ist tot.
Bei Rita Hayworth blieb sie lange stehen und streichelte ihr Haar.
Während Conny aß, erzählte sie von Robert Mitchum, mit

dem sie eine Nacht an einem Präriefluss verbracht hatte. Burt Lancaster sei gar nicht so brutal, wie er aussehe, harte Menschen haben oft weiche Herzen.
Mit einem Popen hatte sie Black Jack gespielt und dabei zehn Rubelchen gewonnen, als die Transsibirische Eisenbahn vor dem Uralgebirge in einem Schneesturm stecken blieb.
Evers, der Schwarzmarkthändler, spielte nie unter einem Einsatz von hundert Reichsmark. Das Zeug war nichts wert, nur schmutziges Papier, das durch den Krieg gegangen war. Amanda saß neben ihm im verräucherten Bunker, rauchte eine Chesterfield nach der anderen, sah Evers beim Spielen über die Schulter und brachte ihm so viel Glück, dass er sie »mein Glücksschwein« nannte und beschloss, sie zu heiraten. Wie es ausgegangen ist, wissen wir.
Ihre größten Niederlagen erlebte sie mit Leon. Wenn sie abends eine Runde pokerten, verlor sie regelmäßig, Amanda musste ihren Körper einsetzen, um sich auszulösen. Damals konnte ich noch tanzen, Conny.
Nach dem Frühstück verkündete sie Folgendes: Jeder betritt mit fünfhundert Dollar die Spielhalle, nach drei Stunden zählen wir, wer am meisten gewonnen hat. Sie steckte ihm fünfhundert Dollar zu mit dem Auftrag, daraus tausend zu machen. Er hätte das Geld lieber behalten und wäre damit durch die Stadt gebummelt, aber Amanda suchte den Zweikampf mit Automaten, Karten und Roulettekugeln.
Wenn du gewinnst, kannst du alles behalten.
Als Erstes musste er lernen, wie ein Siegertyp die Spielhalle zu betreten. Mutig und optimistisch. Der Held erscheint im Saloon und schießt die Lichter aus.
Kommt raus, ihr einarmigen Banditen!, musst du rufen.

Sie trumpfte so heftig mit der Krücke auf, dass die Bedienung angelaufen kam und nach ihren Wünschen fragte.
Coca-Cola für mich und den jungen Mann.
Sie nahm ihn beiseite und flüsterte: Die verdammten Banditen beobachten dich. Wenn du mit hängenden Ohren zu ihnen gehst, hast du schon verloren.
Mit fünfhundert Dollar in der Tasche, davon hundert in Quartermünzen, begab er sich auf das Schlachtfeld, während sie am Pokertisch Platz nahm. Nach einer Stunde kam sie vorbei, um sich nach seinem Glück zu erkundigen. Er besaß noch dreihundertfünfzig Dollar.
Ich werde verlieren und sie wird gewinnen, dachte er. Sie ist der Siegertyp, der alle Lichter ausschießt. Die Glocke eines Miniatur-Big-Ben, den sie mitten in der Halle aufgestellt hatten, wird ihren Sieg verkünden. Eine Lautsprecherstimme wird erklären, eine Lady aus Old Germany habe soeben eine Million gewonnen. Damit wäre der Kursverlust an der Börse ausgeglichen.
Nichts geschah. Die Banditen flimmerten gelangweilt vor sich hin, lautlos huschte die Bedienung durch die Gänge, wechselte Scheine in Quartermünzen, fragte nach Getränken. Ab und zu rasselten die Maschinen; sie hatten sich herabgelassen, jemanden zwanzig Dollar gewinnen zu lassen.
Was hätte er mit fünfhundert Dollar anfangen können? Zwei Wochen Amerika gratis. Aber er musste das Zeug verspielen, weil Amanda es so wollte. Einmal gewann er. Der Bandit spuckte, um ihn bei Laune zu halten, dreiunddreißig Dollar aus, was in seinem Kopf eine Euphorie auslöste. Sie verflog rasch, als er nach zwei Stunden seinen Barbestand mit einhundertsiebenunddreißig Dollar errechnete. Amanda

schickte ihm per Boten einen Zettel: Brauchst du Geld, Conny?

Ich gewinne gerade, schrieb er auf die Rückseite.

Um am Ende nicht völlig mittellos dazustehen, verlangsamte er das Spiel, zögerte den Münzeinwurf hinaus, lief zur Toilette, ließ sich diverse Drinks bringen und hielt sich an Strohhalmen fest. Das brachte die Banditen zur Weißglut, sie murrten und verweigerten jede Auszahlung, sodass seine Barbestände sich mehr und mehr verflüchtigten. Die dreistündige Spielzeit beendete er mit zweiundzwanzig Dollar.

Betreten schlich er zu Amanda, um seine Niederlage einzugestehen. Er fand sie am Pokertisch, die Krücke vor sich auf dem Holz. Auch sie zählte Geld.

Dreihundertachtundfünfzig Dollar Gewinn!, jubelte sie. Die Kerle dachten, sie könnten eine alte Frau über den Tisch ziehen, aber ich habe es ihnen gezeigt.

Er legte seinen schäbigen Rest dazu. Amanda errechnete, dass sie mit tausend Dollar hineingegangen und mit achthundertachtzig herausgekommen waren, also doch ein teures Frühstück.

Du hast Glück in der Liebe, flüsterte sie und klopfte ihm auf die Schulter. Denk mal an Neele, an die kleine Mexikanerin und die Calypsomädchen in Memphis, das wird dich trösten. Sie riet ihm, die Finger von der Börse zu lassen, er sei kein Siegertyp.

Als ich so jung war wie du, habe ich ständig verloren, jetzt gewinne ich. Das nennen sie ausgleichende Gerechtigkeit. Uns Alten fehlt die Gesundheit, die Schönheit, die Liebe, aber wir gewinnen das Geld.

Hast du ein Konto in der Schweiz?, fragte er.

Sie blickte ihn verwundert an.
Du interessierst dich für mein Geld, Conny? Pass nur auf, dass du nicht auch von einem Wolkenkratzer fällst.
Natürlich besaß sie ein Konto in der Schweiz. Leon hatte es vor fünfundzwanzig Jahren eingerichtet, als er zu einem Kongress nach Davos fuhr. Als er starb, erbte sie das Konto, vergaß aber die Chiffre.
Wenn ich tot bin, werden die Gnome von Zürich das Konto plündern, mit dem Geld auf die Berge steigen und das Alphorn blasen. Leon hätte das Geld lieber unter dem Kopfkissen aufbewahren sollen statt in der Schweiz.

***

> A specialist is a man who knows
> more and more about less and less
> until finally he knows everything
> about nothing.
> *Leon Goldenberg*

CONNY WAR KRANK, Conny hatte zu kalt gebadet. Erst die sinnliche Wärme Hawaiis, dann ohne Schal und Mütze auf einem Alaskagletscher, von dort ins sommerliche Kalifornien und schließlich in den eiskalten Lake Tahoe. Er hustete und hatte gerötete Augen.
In diesem Zustand kannst du nicht Auto fahren, entschied sie auf einem Campground in der Wüste. Weit und breit kein Baum, nur graues Felsgestein, unterbrochen von noch graue-

ren Salbeibüschen. Am Tage Hitze, nachts befroren die Scheiben. Staubwolken tauchten den Himmel in gelbliches Licht, in der Nacht heulten die Kojoten, am Tage übten die Düsenjäger.
Da sie im Krieg eine Woche lang Krankenschwester in einem Lazarett gewesen war, kannte sie sich aus. Conny musste in ihren Schlafraum im hinteren Teil des Motorhomes umziehen, sie machte sich in der Küche zu schaffen, braute einen Tee aus diversen Kräutern, der schon den alten Germanen geholfen hatte. Auf ihrem Gut wurden damit Pferde kuriert. Neben seinem Bett sitzend, flößte sie ihm das Germanengebräu ein, legte die Hand auf seine Stirn, um die Temperatur zu prüfen. Sie fühlte den Puls, ließ sich die Zunge zeigen und brachte Eisbeutel für die heiße Stirn.
Es war ihr eine Genugtuung, dass auch Doktoren und Medizinstudenten krank werden können. Was sagt der angehende Doktor zu einer solchen Krankheit?
Er krächzte wie ein Rabe.
New Orleans lag zu weit entfernt. Dort kannte sie schwarze Frauen, die mehr von Medizin verstanden als Professoren. Wie wäre es, wenn wir zu den Pueblo-Indianern fahren? Die besitzen allerlei Wundermittel. Amanda hielt es mit Molière: Die meisten Menschen sterben an ihren Arzneien und nicht an ihren Krankheiten. Molière ist auch gestorben. Bis New York wird alles besser, versprach sie. Auf dem Wege dorthin sollte er im Großen Salzsee baden, Salzwasser sei gut gegen Erkältungen.
Sie besuchte das Office des Campgrounds, angeblich um nach einem Arzt zu fragen. Er vermutete, sie wollte mit Eva

telefonieren. Die beiden Frauen werden beratschlagen, was mit dem kranken Conny anzustellen ist.
Es erschien aber doch ein Arzt, der die Temperatur maß und sich weigerte, das Ergebnis Fieber zu nennen. Nach kurzem Handauflegen verstieg er sich zu der Bemerkung: Ihr Enkelsohn muss sofort nach Hause, er hat Heimweh.
Da siehst du mal, welche Scharlatane in Amerika herumlaufen, Conny. Sie blieb bei Aspirin und ihrem Germanentee. Du solltest mit Eva telefonieren, empfahl sie. Wenn du ihre Stimme hörst, wird es dir besser gehen. Das wäre auch eine Medizin.
Schließlich fragte die Krankenschwester Amanda, wann er zuletzt mit Eva geschlafen hatte. Das sei wichtig wegen der Inkubationszeit. Glaub mir, Conny, ohne Sexualität gäbe es halb so viele Erkrankungen auf der Welt. Die sexuell Enthaltsamen bekommen keine Erkältung und auf Hawaii gibt es keinen Schnupfen.
Sie hielt es für ihre Pflicht, an seinem Krankenbett zu sitzen und ihn zu unterhalten. Im Führerhaus des Motorhomes fand sie einen Kassettenrecorder, den sie an sein Bett schleppte. Tschaikowsky sei das Richtige für erhöhte Temperatur. Die Musik führte den Patienten weit nach Osten über die Gegend hinaus, in der Amanda auf die Welt gekommen war. In »Schwanensee« hatte sie getanzt. In einem Zarenschloss hatte sie das Bernsteinzimmer gesehen, bevor es der Teufel holte. Den Großen Peter – beim Anblick seiner Schönheit fielen die Frauen reihenweise in Ohnmacht – traf sie beim Spaziergang vor der Eremitage. Was sie ihm sagte, blieb ihr Geheimnis. Amanda fiel jedenfalls nicht, geblendet von so viel Schönheit, in Ohnmacht.

Ach, wir Alten haben viel zu erzählen, aber niemand will zuhören.
Um die Mittagszeit verordnete sie ein Rezept aus jener Gegend, in der sie das Licht der Welt erblickt hatte. Die Medizin hieß Grog, halb Wasser, halb Rum, dazu zwei Löffel Honig. Mit diesem Zeug kannst du jede Krankheit umbringen. Conny versetzte die Medizin in Tiefschlaf.
Als er zu sich kam, hörte er Geräusche. Das Motorhome fuhr, Amanda saß am Steuer und kutschierte die zweiundzwanzig Fuß durch die Wüste Nevada. Er dachte Schreckliches. Das Motorhome wird in eine Schlucht fallen, eine Runaway-Line hinauffahren oder in einem Feuerball enden. Die Außerirdischen werden Amanda retten und ein verwirrter Conny wird tagelang durch die Wüste irren, sich von Salbeiblättern ernähren und mit den Kojoten heulen.
Er tastete sich nach vorn und sah Amanda bei der Arbeit. Eine Hand am Lenkrad, die andere hielt einen Zigarillo. Das kranke Bein hatte keine Mühe, das Gaspedal zu drücken, es fand auch die Bremse. Plötzlich knirschte der Schotter, eine Staubwolke umhüllte den Wagen, das Motorhome hielt am Straßenrand.
Conny!, rief sie. Es ist etwas Furchtbares passiert, wir haben kein Benzin mehr.
Er ging nach vorn und legte den Hebel für den zweiten Tank um.
Was du alles weißt!, rief sie. Wie gut, dass ich dich habe.
Er wollte das Steuer übernehmen, aber Amanda ließ es nicht zu, sie hatte Spaß daran gefunden, Motorhome zu fahren.
Hast du überhaupt einen Führerschein?
Zuletzt bin ich 1938 auf der Berliner AVUS gefahren.

Er hörte sie mit einem Tankwart verhandeln. Sie ließ beide Tanks bis zum Rand füllen, das sollte reichen bis Salt Lake City.
Da er Durst hatte, verfiel sie auf die Idee, Cola mit Rum zu mischen.
Darauf hätten die in Atlanta auch kommen können, das Getränk als Medizin zu verkaufen! Ein Schlafmittel war es allemal.
Als Conny erwachte, begann es zu dunkeln. Amanda fuhr auf einen Campground, der, umgeben von künstlichen Büschen und Palmen, in der Wüste dahindämmerte. Ihr Motorhome warf lange Schatten.
Dieses Nevada sieht aus wie die Rückseite des Mondes, klagte sie und erzählte noch einmal die Geschichte des Weltkrieg-II-Bombers, dessen Überreste im Mare Imrium gefunden worden waren, einer Gegend so ähnlich wie die Wüste Nevada. »Weekly World News« hatte das Bild des Heinkelbombers, der zur Hälfte im Mondstaub versunken war, veröffentlicht. Aus der Entfernung von mehr als 300 000 Kilometern war deutlich ein Hakenkreuz an der Heckflosse zu erkennen. Amanda wusste auch, wer zum Mond geflogen war. Ein gewisser Bormann verschwand bei Kriegsende spurlos aus Berlin; er wird sich den Bomber geschnappt haben und zum Mond geflogen sein.
Und wenn er nicht gestorben ist, hütet er heute Mondschafe.
Ihr jungen Leute neigt dazu, euch über Dinge, die ihr nicht versteht, lustig zu machen. Es gab Martin Bormann, es gab Heinkelbomber und es gibt den Mond. Also warum zweifelst du, Conny?

Er musste Fieber messen. Das Ergebnis – unter 38 Grad – stellte sie zufrieden. Trotzdem gab es noch einmal Cola mit Rum. Als Vorbeugung gegen eine mögliche Ansteckung trank sie auch von dem Zeug. Nach dem zweiten Glas fragte sie ihn, ob er Kommunist sei.

Er wusste es nicht.

Solange du ein armer Student bist, musst du Kommunist sein, Conny. Wenn du es zu etwas gebracht hast, darfst du es nicht mehr sein.

Es folgte die Geschichte, die Leon ihr erzählt hatte: Ein reicher Jude traf einen Kommunisten und fragte: Du redest mir immer von Gleichheit und Güterteilen. Gesetzt den Fall, wir teilen, was wir haben. Ich spare meinen Teil und du verschwendest den deinigen. Was machen wir dann? Nichts einfacher als das, antwortete der Kommunist: Wir teilen noch einmal.

Hörst du mir zu, Conny? Ich hatte eine Freundin, die war Kommunistin. Sie nannte sich Jo Mihaly und kam aus Schneidemühl. Jo war eine begnadete Tänzerin und Pantomimin, bis sie sich in die Politik verirrte, im antifaschistischen Widerstand kämpfte und für den Sieg des Proletariats tanzte. Im April 1933 trat sie in Berlin in einer Pantomime gegen den Krieg auf. Danach emigrierte sie in die Schweiz und kam nicht mehr zurück. Ihre ganze Kunst war vergeblich.

Hast du damals nie daran gedacht, Deutschland zu verlassen?

Ach, Conny, ich mochte diese ungehobelten braunen Kerle nicht. Aber ihretwegen Deutschland den Rücken kehren? Wo hätte ich tanzen sollen? Ich musste bleiben, um zu tanzen. Weißt du, wir Künstler haben die Pflicht, uns von politischen Strömungen fernzuhalten, sonst geht die Kunst verloren.

Stell dir vor, Nurejew wäre ein Kommunist gewesen. Was wäre aus seiner Kunst geworden?
Da half nur Cola mit Rum.
Amanda hatte in der braunen Zeit einen Preis gewonnen und neben einem Scheck das Buch »Mein Kampf« erhalten. Das dämmerte ungelesen im Herrenzimmer ihres östlichen Gutshauses vor sich hin, bis es 45 in Flammen aufging. Sogar Leon besaß das sonderbare Buch in seiner Breslauer Bibliothek, als er es las, war es schon zu spät.

Eine Epistel an die Mormonen

»Aber da sah ich die Mormonenfrauen und war gerührt. Mein Herz war klüger als mein Hirn. Es erwärmte sich für diese armseligen, hilflosen Haustiere, und ehe ich es mich versah, standen Tränen der Großmut in meinen Augen und ich musste mir gestehen: Ein Mann, der eine solche Frau heiratet, begeht einen Akt wahrhaft christlicher Barmherzigkeit, der ihm den Beifall der Menschheit und nicht ihre strenge Kritik eintragen muss. Der Mann aber, der ihrer sechzig heiratet, begeht eine Tat so erhabenen Edelmutes, dass die Völker vor ihm den Hut ziehen und ihn in feierlicher Stille anbeten sollten.

Mit diesem Text des Mark Twain, den Amanda nicht für das stärkste Stück ihres Lieblingsdichters hielt, fuhren sie in Salt Lake City ein und parkten ihr Motorhome neben dem sechstürmigen Mormonentempel.
Hab keine Angst, Conny, die Vielweiberei ist verboten und wird nur noch heimlich praktiziert wie bei uns.
Amanda hielt die Vielweiberei für eine Demütigung der Frau. Die meisten Männer hätten Mühe mit einer Frau, Vielweiberei überfordere sie bei Weitem. Wenn schon viel, dann Vielmännerei.
Das Wappen des Mormonenstaates zeigt einen goldenen Bienenkorb, dazu fleißige Bienen bei der Arbeit.

Die Mormonen sind fleißig wie die Amish, das muss man ihnen lassen, erklärte sie. Es ist ihnen keine Schande, Reichtümer aufzuhäufen. Die Vielweiberei haben sie vor hundert Jahren eingeführt, weil die Herren Mormonen die Frauen als fleißige Arbeitsbienen brauchten. Nur deshalb.
Mark Twain beschrieb die Not der Männer mit der Vielweiberei so: Kauft der Mann einer Frau ein Kleid, wollen zwanzig andere auch eines haben. Schenkt er einer einen Ring, sind die anderen beleidigt, wenn sie keinen bekommen. Sie zanken sich, wer dem Herrn das Essen servieren darf und wer ihm das Bett macht. Bekommt eine ein Kind, wollen die anderen auch eines haben.
Amanda hielt die Einehe für eine große Kulturleistung, das sechste Gebot sei das wichtigste aller Gesetze. Einer ihrer Reisebegleiter, ein Theologiestudent, wollte sie in Salt Lake City zum Glauben der Mormonen bekehren. Sie gab ihm zweihundert Dollar und schickte ihn zu den Calypsomädchen, danach war er geheilt.
Conny wunderte sich, dass in einer so frommen Stadt Calypsomädchen vorkamen.
Die treiben sich überall herum, sogar im Vatikan, behauptete sie.

***

Mit dreißig sprechen wir über das Universum, mit sechzig über den Rheumatismus.

Zwei Tage war der Frosch so krank, jetzt raucht er wieder, Gott sei Dank.

Diesen Spruch legte sie ihm auf den Frühstückstisch. Doch der Frosch rauchte nicht, er begnügte sich mit Apple Pie und heißer Milch, während sie die weiteren Reisepläne erläuterte. Den Besuch des verwüsteten Mount St. Helens mussten sie streichen. Amanda vermutete, die Außerirdischen hätten bei dem Unglück ihre Hand im Spiel gehabt.

Auch den Mount Rainier, einen schönen Berg, der seinen Namen einem monegassischen Fürsten verdankte, verschob Amanda auf kommende Reisen. Außerdem lag er zu nahe an Seattle, jener Hochburg des Bill Gates.

Im Süden fiel die Besichtigung der Zuckerbäckertürmchen des Bryce Canyon seiner Krankheit zum Opfer, auch das heilende Wasser des Virgin River im Zions Park musste warten. Was blieb, war der Yellowstone Park. Es war der einzige Winkel Amerikas, von dem Amanda nicht sagen konnte: Hier habe ich mit Clark Gable an der Bar gesessen, dort mit Elizabeth Taylor Kaffee getrunken. Auf ihren Streifzügen durch die Staaten war sie nur einmal in den Yellowstone Park gekommen, hatte eine Nacht im »Old Faithful Inn« zugebracht, mit wem, wusste sie nicht mehr.

Sie hatte es sich in den Kopf gesetzt, im »Old Faithful Inn« nicht nur zu Abend zu essen, sondern auch die Nacht zu ver-

bringen. Also bestellte sie ein Zimmer mit Blick auf den größten aller Geysire.
Diese Riesenholzhütte steht bald hundert Jahre, Conny. Eines Tages wird sie abbrennen, weil alles, was aus Holz ist, einmal brennen muss.
Noch vor dem Essen humpelte sie trotz des ihr entgegenkommenden Schwefelgestanks zum größten aller Geysire und verharrte dort andächtig bis zum nächsten Ausbruch. Sie hielt die Wasserspiele für eine besondere Form des Ausdruckstanzes: die kochende Erde sendet Signale aus an die, die auf ihr rumtrampeln. Sie stellte sich ein Ballett vor, das um den Old Faithful tanzte, »Tanz der Geysire« wäre ein schöner Filmtitel. Auch Vulkanausbrüche rechnete sie der Tanzkunst zu, wie sonst wäre die Redensart vom Tanz auf dem Vulkan entstanden. Die Unterirdischen tanzten und verbreiteten die Botschaft: Die alte Erde lebt noch, sie rumort, sie tanzt und will etwas sagen.

***

> Wir haben nur Raum für eine
> Leidenschaft. Solange sie uns
> beherrscht, hält sie andere fern.

ALS SIE DIE SCHWEFELHÖLLE von Yellowstone verließen, sang Johnny Cash im Radio den »Lonesome Whistle Blues«. Conny dachte an Eva, Amanda suchte einen römischen Kaiser mit acht Buchstaben, eine Elchkuh überquerte die Straße

von rechts nach links. »Never stop for bears«, sagte ein Schild am Straßenrand, was Amanda zu dem Ausruf veranlasste: Sollen wir die armen Tiere überfahren?
Sie kamen zu einem Flecken, wo ein UFO eine Elefantenherde eingesammelt und in den Weltraum entführt hatte. So stand es in »Weekly World News«.
In dieser Gegend mag es UFOs geben, aber keine Elefantenherden, sagte er.
Welch eine Logik, Conny! Natürlich gibt es keine Elefanten mehr, weil die Außerirdischen sie entführt haben. Stell dir vor, die kommen auf die Idee, Motorhomes einzusammeln.
Nahe Kalispell gerieten sie in ein Fiddlefestival. Bis zum Horizont parkten Autos auf Feldern und Wiesen, im Zentrum des Riesenparkplatzes stand eine windschiefe Scheune, die den Bürgerkrieg überlebt hatte. Stampfen und Dröhnen empfing die Besucher. Weil er eine disabled person an Bord hatte, durfte Conny bis zum Scheunentor vorfahren und Amanda ausladen. Den Parkplatz für das Motorhome fand er eine halbe Meile entfernt auf einem Sturzacker.
Zu Fuß erreichte er die Scheune, konnte aber Amanda nicht finden.
Draußen saßen Hunderte an langen Tischen, aßen, tranken und sangen. Im Inneren ein menschliches Gewoge, bärtige Männer mit Geigen, Gitarren, Klarinetten und Pauken thronten auf einer Bühne.
Am Abend kommt Johnny Cash, flüsterte ihm ein Mädchen in bayerischer Tracht ins Ohr, das am Scheunentor Geld kassierte.
Wo steckte Amanda? War sie untergegangen in der wogen-

den Menge, die sich in nicht enden wollendem Squaredance versuchte? Er stieg auf eine Bank, er umklammerte einen Balken, hangelte sich an morschen Brettern nach vorn und entdeckte sie, nein, nicht unter den bärtigen Männern auf der Bühne, sondern in einem Pulk von Squaredancern. Sie fasste fremde Menschen an, bildete mit ihnen einen Kreis, riss die Arme hoch, ging in die Hocke … Eine Tänzerin war von den Toten auferstanden. Hatte sie ihre Behinderung nur gespielt, war das kranke Bein eine Autosuggestion? Jedenfalls warf sie auf dem Fiddlefestival in Kalispell die Krücke von sich und zeigte, dass sie auch Squaredance konnte. In Lourdes mochte es solche Wunder geben, auch in Tschenstochau, aber nicht im Wilden Westen Amerikas.

Erschöpft fiel sie ihm in die Arme.

Hol mir bitte eine Cola, Conny.

Als das Wunder nachließ, musste er sie ins Motorhome tragen. Wie ein zusammengerollter Bettvorleger lag sie auf der Schulter und umklammerte seinen Hals. Johnny Cash erschien übrigens nicht, ein zwanzig Jahre jüngerer Ersatz sang »I Walk the Line«.

So ist Amerika, Conny. Für alles Große hat es auch den passenden Ersatz.

Lebt er überhaupt noch?

Johnny Cash lebt ewig.

Den Rest des Tages verbrachten sie im Motorhome, begleitet vom Lärm aus der fernen Scheune. Sie erholte sich so weit, dass sie Kaffee kochen konnte.

Wenn du Lust hast, kannst du in die Scheune gehen und nach Calypsomädchen Ausschau halten.

Er redete sich auf seine Krankheit heraus. Vorgestern Fieber,

heute Calypsomädchen, das sei zu viel des Guten. Außerdem die Ansteckungsgefahr.
Sie verbrachten den Abend vor einer Landkarte der Vereinigten Staaten. Amanda machte ein Kreuz über der Stadt Bismarck und erzählte von unzähligen Bismarck-Denkmälern, Bismarck-Steinen und Bismarck-Türmen, die sie in ihrer Kinderzeit besucht hatte. Um Chicago wollte sie einen Bogen machen, weil einer ihrer Männer in der Nähe begraben lag. Es gab dort auch keine Männerchöre mehr. Noch einmal hörte er die Geschichte vom weltgrößten Sängerfest, das vor hundert Jahren in Chicago begangen worden war. Zu Tausenden kamen Sänger über den Atlantik, um die neue Welt mit deutschem Sang und Klang zu erfreuen.
Du wiederholst dich, Amanda.
Der Männergesang ist das Einzige, was die Deutschen den Amerikanern geschenkt haben, Conny.
Und zurückgegeben haben sie uns den Rock 'n' Roll.
Der Vater ihres ersten Mannes – oder war es ein Neffe oder Onkel? – hatte zu jenen Sängern gehört, die in Bremerhaven an Bord gingen, um in Chicago ihre Stimme zu erheben. Siegberg dagegen war völlig unmusikalisch, er kannte nur Militärmusik und Jagdlieder. Er konnte auch nicht tanzen. Ist das nicht komisch, Conny? Eine Tänzerin heiratet einen Mann, der nicht tanzen kann.

***

Wer lange genug gelebt hat,
hat alles gesehen und auch das
Gegenteil von allem.
Talleyrand

ÜBERMORGEN IST DER LÄNGSTE TAG, sagte sie in einer Gegend, in der nur Weizen wuchs und der längste Tag noch länger zu werden versprach, weil dem Sonnenlicht keine Bäume und Berge im Wege standen. Vor ihnen die große Schüssel fruchtbaren Landes, aus der Amerika sich ernährte. Nach Norden offen für die Schneestürme aus Kanada, nach Süden für die warmen Luftströme der Karibik.

Sie wären zügig hindurchgefahren, aber Amanda musste noch Kondolenzbesuche machen. Der erste führte zu Buffalo Bill, mit dem sie zwar nicht auf der Bühne gestanden hatte, weil er schon 1917 gestorben war, den sie aber sehr verehrte. Hier fuhr die Stage Coach westwärts. Dort jagte der Pony Express vom Missouri nach Kalifornien. Buffalo Bill ritt mit der Kansas Pacific Railroad um die Wette, bis sie zu schnell wurde. Amanda war immer dabei. Dass er bei einem Schießwettkampf die meisten Büffel erlegte, darfst du ihm nicht übel nehmen, Conny. Die Büffel mussten aussterben. Sie wären sonst über die Mais- und Weizenfelder des Mittleren Westens hergefallen. Amerika hätte hungern müssen.

Gegen Mittag kehrten sie in Cody ein, seiner Geburtsstadt. Die Grabstätte am Lookout Mountain, die er sich selbst ausgesucht hatte, um über die Prärie zu blicken, lag weiter südlich, nicht weit genug für Amanda, die einen Hubschrau-

ber bestellte, um ihn zu besuchen. Das ist nur eine Sache zwischen mir und ihm, sagte sie zu Conny. Du musst dich, bis ich zurückkehre, selber beschäftigen.
Er zählte die Autoembleme, die er in Amerika gesammelt hatte, und stellte sich vor, dass sie ihm ein Vermögen einbringen würden, später, wenn die Automobile ausgestorben wären wie die Büffel. Er begann einen Brief an Eva, schrieb ihn aber nicht zu Ende, weil es sinnlos war. Der Brief käme später an als er.
Über ihre Begegnung mit Buffalo Bill verlor Amanda kein Wort, drängte nur darauf, weiterzufahren durch das Land, das einmal den Büffeln gehört hatte. Vor einer Kirche, die verlassen in einem Weizenfeld stand, einer Holzbaracke mit Kreuz, in der der Wind die Glocke zum Klingen brachte und wintertags Schnee durch die Ritzen in den Altarraum wehte, ließ sie halten. Gegenüber stand ein Schild im Weizenfeld, das gebrauchte Pick-ups zum halben Preis anbot: Buy one get one free.
Von einer alten Frau, die Wassermelonen verkaufte, bekamen sie den Schlüssel für die kleine Kirche. Amanda wollte beten.
Für wen willst du beten?
Für meinen Sohn, die verstorbenen Männer, für dich und für meine kranken Beine.
Während sie mit Gott sprach, saß Conny wie ein Wachhund auf der Treppe.
In der Prärie ist Gott sehr groß und seine Kirchen sind sehr klein, stellte sie fest. Conny brachte den Schlüssel zu der alten Frau und bekam eine Wassermelone geschenkt, weil er an Gott glaubte.
Damit die Reise nicht gar zu langweilig wurde, machten sie

Station in einem Vergnügungspark, in dem Amanda Gelegenheit bekam, auf einem Bison zu reiten. Das Ungeheuer, aus hartem Redwoodholz geschnitzt, blickte sie böse an. Der Besitzer kam mit einer Trittleiter angelaufen, aber sie wollte von Conny hinaufgehoben werden. Mit einer Trappermütze auf dem Kopf sah sie fesch aus.
Europa auf dem Stier, fiel ihm ein, als er sie fotografierte.
Ihr Glück wäre vollständig gewesen, wenn der Herr des Bisons noch Indianer mit Pfeil und Bogen aufgeboten hätte, Winnetou mindestens. Aber auch die Rothäute waren in dieser Gegend ausgestorben wie die echten Bisons.
Es folgte der zweite Kondolenzbesuch, den sie in einem weißen Haus in Winterset absolvierte. Sie stieg aus, ging allein um das Anwesen, schaute durchs Fenster, klopfte ans Holz. Niemand zu Hause.
Wie sollte er auch? John Wayne war schon zehn Jahre tot und sein Geburtshaus ein Museum. Das hinderte sie nicht daran, mit ihm ein Viertelstündchen zu plaudern und Grüße von Maureen O'Hara auszurichten, die in vielen seiner Filme mitgespielt hatte.
Er sah aus wie ein Raubein, Conny, hatte aber ein weiches Herz und war sehr schüchtern gegenüber Frauen. Als Howard Hawks »Rio Bravo« drehte, musste John Wayne ein junges Mädchen küssen. Sie mussten es zwanzig Mal vor der Kamera üben und am Ende sah es doch so aus, dass sie ihn küsste und er fast in Ohnmacht fiel.
Sie näherten sich einer Gegend, in der Amerika anfing, eine Geschichte zu haben. Auch die Kultur hatte zarte Wurzeln geschlagen und eine Scheune auf freiem Feld mit »Jerome's Bookshop« bemalt. Es empfing sie eine Halle, vollgestopft

mit Büchern, Zeitschriften und Bildern, zusammengetragen aus Rumpelkammern, von Flohmärkten und Nachlässen. Ein alter Mann saß Pfeife rauchend vor dem Tor, er verwaltete die Papierberge.
Help yourselves, sagte er und schickte sie in die Katakomben der Bücherwände.
Rechter Hand das 18. und 19. Jahrhundert mit den Bibeln der Pilgerväter in Deutsch, Spanisch und Französisch. Die linke Hälfte war der Kultur des 20. Jahrhunderts vorbehalten, die nach Gewicht und Umfang etwas dürftig ausfiel und deshalb mit Erzeugnissen wie »Wall Street Journal« und »Weekly World News« angereichert werden musste. Amanda vertiefte sich in die alten Ausgaben von »Life«. Tänzer und Tänzerinnen kamen darin nur selten vor, immerhin fand sie Nurejew und die Fonteyn zusammen auf einem Titelfoto. In dem Jahr, als der Sputnik die Erde umkreiste, wurde in einem amerikanischen Magazin eine Tänzerin namens Amanda abgebildet. Das große Amerika hatte sie wahrgenommen.
Wäre ich zehn Jahre jünger, würde ich eine Wagenladung voller Bücher nach Europa schaffen, sagte sie. Aber es hat keinen Zweck mehr. Wenn die Bücher in Europa eintreffen, lebe ich nicht mehr. Wer soll sie lesen? Bücher sind vergänglich wie Menschen.
Für einen Dollar fünfzig kaufte sie ein Exemplar »Life« aus den Fünfzigerjahren mit Doris Day auf dem Titelblatt.
Der alte Mann, der den Bücherberg verwaltete, nahm die Pfeife aus dem Mund, als er das Geld kassierte. Er habe noch keines der Bücher gelesen, bekannte er. Um die Wahrheit zu sagen, er könne gar nicht lesen. Deshalb trenne er sich leich-

ten Herzens von den Papierbergen, an kalten Tagen werfe er einige Bände in den Ofen.

Irgendwann wird er an seiner Kasse einschlafen, dachte Conny. Die brennende Pfeife wird ins Papier fallen, die Scheune wird in Flammen aufgehen und Amerika den letzten Rest seiner Kultur verlieren.

Seefahrt ist Not

Am Ufer des Michigansees fiel ihr ein, dass sie noch keine Schiffsreise unternommen hatten. Der Dampfer hieß »Arosa Star« und lag zum Ablegen bereit am Steg, doch ein Matrose verweigerte ihnen den Zutritt.
Wir erwarten einen Bus voller alter Leute aus Chicago, sagte er.
Ich bin auch alt, antwortete Amanda und schlug mit der Krücke aufs Geländer.
Ein Lieferwagen brachte Essenkübel und Pakete, dazu mehrere Kisten Getränke, darunter auch Coca-Cola.
Euer Schiff ist so groß, da wird für eine alte Frau und einen jungen Mann wohl noch ein Plätzchen übrig sein, redete sie auf den Matrosen ein.
Es ist eine geschlossene Gesellschaft, ein Altersheim auf Reisen, antwortete der Mann und verschwand in den unteren Räumen. Nach fünf Minuten kam er zurück und erklärte, sie könnten mitfahren, bekämen aber nichts zu essen, auch müssten sie sich unauffällig verhalten, um die Herrschaften aus dem Altersheim nicht zu stören. Amanda versprach es. Nachdem sie zwei Tickets gelöst hatte, betraten sie das leere Schiff. Im Salon fanden sie die Tische gedeckt für die Leute aus Chicago. Der Raum sei für sie out of bounds, erklärte der Matrose. Sie durften ihn nur eilig durchqueren, um auf dem Achterdeck Platz zu nehmen. Falls es regnen sollte, wäre es erlaubt, unter Deck zu kommen und in einer Matrosenkabine auszuruhen.

Warum wolltest du unbedingt auf diesen alten Kahn?, fragte Conny, nachdem sie unter dem Sternenbanner Platz genommen hatten.
Auch das gehört zu Amerika.
Sie sagte, ohne zu stocken, das Gedicht von John Maynard und dem Eriesee auf. Conny hatte keine Ahnung von John Maynard, dass der Eriesee ein beliebtes Wort in Amandas Kreuzworträtseln war, konnte er sich denken. Bis der Bus mit den alten Leuten eintraf, erzählte sie zum zweiten oder dritten Mal von jener Schiffsreise im Januar 45, die unter einer Plane im Rettungsboot endete.
Was tut der Mensch nicht alles? Um seine Haut zu retten, opfert er seine Haut.
Auch für diesen Widerspruch war Konrad Eisbrenner zu dumm.
Der Bordlautsprecher plärrte Musik für alte Leute: »The Yellow Rose of Texas«, »Sentimental Journey«, »My Bonnie is over the Ocean« …
Wo blieb der Bus?
Ein Mädchen kam und fragte, ob sie Kaffee wünschten.
Habe ich dir schon erzählt, dass das Schiff, das mich rettete, später torpediert wurde? An die dreitausend Menschen versanken in der Ostsee.
Die Lautsprechermusik brach ab, es meldete sich eine Männerstimme:
Hier spricht der Kapitän. Ich habe zwei Nachrichten, eine gute und eine schlechte. Zuerst die schlechte: Der Bus mit den alten Leuten hatte einen Unfall; wir laufen also nicht aus. Und die gute Nachricht: Wir haben für sechzig Personen Verpflegung an Bord, jeder kann sich bedienen, all you can eat.

Amanda sprang auf und begab sich auf die Suche nach dem Kapitän. Sie hielt ihm die Tickets unter die Nase und erklärte, sie habe bezahlt und bestehe auf der Schiffsreise, all you can eat interessiere sie nicht.
Mit nur zwei Passagieren könne er unmöglich auf den großen See fahren, erklärte der Kapitän. Zwanzig müssten es wenigstens sein, um den Treibstoff zu bezahlen.
Du bleibst hier und isst, soviel du kannst, befahl sie. Ich kümmere mich um die zwanzig Leute.
Sie ging von Bord, humpelte durch die Straßen, sprach Passanten an, zeigte auf das Schiff und winkte mit der Krücke. Nach zehn Minuten erschien sie mit einer Gruppe von Kindern und alten Leuten an der Gangway, löste eine Gruppenkarte und schickte die Kinder in den Salon an die gedeckte Tafel.
Der Kapitän schaute von der Brücke aus zu. Das hätte deine Großmutter einfacher haben können, sagte er zu Conny. Wenn sie mir das Geld für die Gruppenkarte gegeben hätte, wäre ich mit euch beiden allein hinausgefahren.
Und was wäre aus dem Essen geworden?
Er zeigte in die Tiefe. Die Fische wollen auch leben.
Sie erzählte später, sie hätte einen Kindergarten und ein Altenheim aufgesucht und den Leuten eine kostenlose Seereise mit all you can eat versprochen. Nach dieser Heldentat quartierte sie sich auf der Kommandobrücke neben dem Kapitän ein, berichtete noch einmal vom Tod der dreitausend in den Wellen der Ostsee, kam abschließend auf den Untergang der Titanic zu sprechen und versicherte glaubhaft, sie gehöre zu den wenigen Überlebenden jener Katastrophe. Conny gegenüber widerrief sie später das Titanicabenteuer. Nein, Amanda

trieb nicht als kleines Kind auf einer Eisscholle im Nordatlantik.
Mit Putenschnitzel und Plumpudding saß er unter dem knatternden Sternenbanner, genoss das Gekreisch der Möwen und das Lachen der Kinder. Als sie nach anderthalb Stunden wieder anlegten, fragte Amanda, ob er satt geworden sei. Dem Kapitän erzählte sie, was es mit Hans Albers, La Paloma und Lale Andersen auf sich hatte. Die Kinder verließen mit gefüllten Tüten das Schiff. Der Rest ging zu den Fischen.

***

> Mit wachsender Geschwindigkeit aus
> großer Höhe fallen – das ist Leben.
> *Tolstoi*

AMANDA WAR des Motorhomes überdrüssig.
Es wird Zeit, dass wir nach Hause fahren, Conny. Ich erzähle dir meine Geschichten schon zum zweiten und dritten Mal.
Eine merkwürdige Unruhe hatte sie erfasst. Schuld hatte »Weekly World News«. Das Blatt meldete die Landung der Außerirdischen in der Tiefgarage des Kapitols. Eine Machtübernahme schien bevorzustehen. Amanda hielt es für an der Zeit, in den Osten der Vereinigten Staaten zurückzukehren, um nach dem Rechten zu sehen. Wie reagierte Wall Street auf das Geschehen in der Tiefgarage? Coca-Cola war gestiegen, auch die Außerirdischen mochten das braune Getränk.

Von Chicago schickten sie den größten Teil des Gepäcks voraus nach New York. Ein kleiner Umweg musste noch sein: Amanda hatte eine Verabredung mit den Niagarafällen. Nur mit Handgepäck flogen sie nach Buffalo, von dort mit einem Mietwagen Richtung Kanada. Es musste schnell gehen, sie hatte es eilig, zu ihrem Schicksalswasserfall zu kommen.
Fast drei Millionen Liter fallen pro Sekunde in die Tiefe. Wie viele Menschen sind schon im Niagara umgekommen? In einem Film versucht Marilyn Monroe, ihren Mann ins Wasser des Niagara zu stürzen. Aber du brauchst keine Angst zu haben, Conny.
Er dachte an seine Vorgänger, die auch mit Amanda zum Niagara gefahren waren.
Du brauchst wirklich keine Angst zu haben.
Sie wollte auf die kanadische Seite zu den Horseshoe Falls. Dort war sie mit Lena verabredet, die in Toronto lebte, in einer Straße, deren siebentausendste Hausnummer mitten im kanadischen Busch endete.
Strom in Sibirien mit vier Buchstaben. Lena führte Leon den Haushalt, als er noch in Breslau lebte. Das war in der schlesischen Stadt mit sieben Buchstaben, jetzt Wroclaw, ebenfalls sieben Buchstaben. »Leon und Lena« wäre ein klangvoller Titel für einen Roman, einen Film, eine Novelle. Ein Liebespaar, das sich in den Niagara stürzt, »Romeo und Julia« in Amerika.
Lena ist nach dem Krieg ausgewandert und hat einen Kanadier geheiratet. Es wird das letzte Mal sein, dass ich sie sehe.
Sie wollte sie vor einem kleinen Tempel inmitten eines blühenden Parks treffen. Da sie noch nicht eingetroffen war, ging sie mit Conny den Weg hinab, um die Horseshoe Falls aus

der Nähe zu sehen. Sie klammerte sich an seinen Arm, wickelte ein Tuch um den Kopf, um ihr Haar vor den aus der Tiefe steigenden Dämpfen zu schützen.
Halt mich fest, flüsterte sie, als sie die Mauer erreichten, über die man in die Tiefe blicken konnte.
Gemächlich kam der Niagara daher, man hätte Papierschiffchen auf die Reise schicken können. Erst kurz vor dem Abgrund beschleunigte sich das Wasser, um mit Getöse in den Schlund zu stürzen.
Der Niagara ist ein Gleichnis, sagte sie. Unser Leben ist wie eine Floßfahrt auf dem Niagara. Anfangs strömt es lustig dahin, wir feiern unsere Feste, eine Meile vor dem Abgrund tanzen und singen wir noch, dann ein fernes Rauschen, das Floß wird schneller, es gibt kein Aussteigen, wir stürzen und kommen nie wieder … Das ist von Hölderlin, Leon liebte ihn sehr.
Er löste sich aus der Umklammerung, weil er nicht mit Amanda in den Strudel geraten wollte. Seine Hände krallten sich an die Mauer, er kühlte den Kopf an dem aufspritzenden Wasser und wurde den Gedanken nicht los, Amandas Begleiter seien alle in diesen Katarakt gefallen. Sie kam aus einer anderen Welt, sie war ein Alien, der sich unter die Menschen gemischt hatte. Eines Tages wird sie sich auflösen und mit allen Coca-Cola-Aktien in den Horseshoe Falls verschwinden.
Einige versuchten, den Absturz zu überleben, indem sie sich in Fässern und Drahtkörben einschließen ließen, erklärte sie. Es hat ihnen nicht geholfen. Auch Seiltänzer versuchten, über den Niagara zu balancieren, aber das Wasser zog sie magisch in die Tiefe. Hab keine Angst, Conny, du hast noch hundert

Meilen Floßfahrt mit deiner Eva vor dir. Mach etwas Gutes daraus.
Endlich erschien Lena, eine rundliche Babuschka mit weißem Haar, aber ohne Krücke. Amanda hatte ihre Gehhilfe im Auto gelassen, um Lena dieses Zeichen des Gebrechens zu ersparen. Da Lena kaum noch Deutsch sprach, einigten sie sich auf Englisch als Umgangssprache. Sie stellte Conny als ihren »little boy« vor und Lena meinte: Deine Männer werden immer jünger.
Zu dritt stiegen sie hinab zum Scenic Tunnel, wo das Brausen übermächtig wurde und jedes Gespräch verstummen ließ.
Hier kommen die an, die in den Abgrund fallen, erklärte Amanda. Wenn ich mal so hinfällig bin, dass ich einen Rollstuhl brauche, fahre ich den Niagara hinab.
Sie hat es mit den Abgründen, dachte er. Die hohen Brücken, die Wolkenkratzer, Grand Canyon, Mount McKinley und nun der Niagara.
Lena schlug vor, lieber Kaffee zu trinken, als mit Hölderlin in die Tiefe zu fahren. Sie sprachen über die Vergangenheit vor dem großen Krieg. Lena erzählte von den Festen in der Breslauer Villa, als Leon ein junger Anwalt war, der häufig nach Berlin reisen musste. Einmal kehrte er nicht zurück. Nach Wochen schrieb ein Freund aus Kopenhagen, sie solle sich keine Sorgen machen und weiter das Haus hüten, ihren Lohn erhalte sie bar an der Haustür. Tatsächlich lag alle vier Wochen ein Umschlag mit Geldscheinen im Briefkasten.
Die beiden Frauen wiederholten die Reise, die sie mit der Canadian Pacific vor zwanzig Jahren unternommen hatten. Leon hatte Lena nach dem Krieg ausfindig gemacht und sie

zusammen mit Amanda in Toronto besucht. Dort spendierte er den Frauen eine Eisenbahnreise quer durch den Kontinent nach Vancouver und zurück. Weißt du noch, wie wir uns in Kenora mit dem Riesenfisch Husky The Muskie fotografieren ließen?... Auf dem Columbia Icefield sprangen wir wie die Gemsen herum ... Mit den Hutterites in Saskatchewan sind wir in die Kirche gegangen ... In der Georgian Bay zählten wir Inseln und als wir wieder in Toronto ankamen, wurde gerade der höchste Turm der Welt eingeweiht. Der längste Tag des Jahres wollte nicht dunkel werden. Ein Squirrel sprang auf den Tisch und stahl Kuchenkrümel von Amandas Teller. Die Horseshoe Falls hörten nicht auf zu rauschen und Nebelschwaden stiegen aus dem Abgrund. Er war froh, den längsten Tag überlebt zu haben. Amanda hatte eiskalte Hände.

Du musst mich wärmen, Conny, flüsterte sie.

***

> Wenn die Erinnerung an die
> Jugend nicht wäre, würde man das
> Alter nicht verspüren.
> *Lichtenberg*

DER FLUG NACH NEW YORK verlief in kühler Geschäftsmäßigkeit. Amanda hatte es eilig. Über den Neuengland-Staaten fiel ihr das Hexenmuseum von Salem ein. Wenn du mit Eva nach Amerika fährst, solltest du es besuchen.

Mich interessieren keine mittelalterlichen Marterwerkzeuge. Hast du eine Erklärung dafür, warum es keine männlichen Hexen gibt?
Weil die männlichen Hexen Teufel sind.
Das gefiel ihr. In fernen Zeiten wäre sie auch als Hexe verbrannt worden. Wer schön aussieht und verführerisch tanzen kann, muss mit dem Teufel im Bunde stehen.
Wieder ins »Days Inn« in Manhattan. Der Hoteldiener trug das Gepäck, ohne zu fragen, in ihr Zimmer im siebten Stock, Conny wurde ein Stockwerk tiefer einquartiert.
Conny schnarcht zu viel, entschuldigte sie die Umquartierung. War das die Quintessenz einer fünfwöchigen Amerikareise? Conny schnarcht zu viel!
Noch ein Anruf bei Mister Fisher: Coca-Cola hatte die Stellung gehalten.
»Riesenfliedermäuse attackieren Flugzeug« schrieb »Weekly World News«.
Das kann ja ein lustiger Heimflug werden, sagte sie, beruhigte sich aber, als sie las, dass der Zwischenfall sich auf der Strecke Buenos Aires–Kapstadt ereignet hatte. Die Nordroute über den Atlantik blieb frei von Fledermäusen.
Noch ein Besuch bei Macy's. Es sollte ein festliches Abendkleid sein. Conny musste in einem Sessel Platz nehmen und die Kleider begutachten, die sie anprobierte.
Willst du zu einer Beerdigung?
Beerdigung ist richtig, erwiderte sie schnippisch. Schließlich ist in dieser Gegend einer meiner Ehemänner vom Hochhaus gefallen. Er war nur ein einfacher Halsabschneider, aber es gehört sich, dass ich ihm ein ehrendes Andenken bewahre.

Also das Schwarze mit der goldenen Borte? Oder doch lieber dunkelrot? Er fungierte als Reißverschlussbewahrer, der den Silberaufzug auf ihrem Rücken rauf- und runterziehen musste. Sie hätte ihn auch in die Umkleidekabine mitgenommen, aber davor stand eine strenge Lady.
Nach dem dreizehnten Versuch entschied sie sich für ein rabenschwarzes langes Kleid, das sofort ins Hotel gebracht werden sollte. Für 9 p.m. hatte sie einen Tisch im Kaminzimmer bestellt.
Vorher noch eine Abschiedsreise durch New York. Ein Taxi brachte sie zu den Plätzen, die Amanda wichtig waren. Am Wasserfall des Times Square legte sie eine Gedenkminute ein und behauptete, es seien die Niagarafälle von Coca-Cola. Leon hatte die Vision, Millionen Chinesen würden mit einer Coca-Cola-Dose in der Hand durch die Reisfelder laufen. Um die Wall Street machte sie einen Bogen, auch zu den Türmen des World Trade Center wollte sie nicht mehr aufschauen. Das Taxi drehte eine Runde um das UN-Gebäude am East River. Hier schlug mal einer mit dem Turnschuh aufs Pult und alle Kameras der Welt sahen zu.
Ja, der liebe Nikita war ein richtiger Kerl, mit dem ich gern die Transsibirische Eisenbahn abgefahren wäre. Aber er starb so früh wie alle meine Ehemänner.
Ein baltischer Baron, von dem seine Gutsarbeiter sagten, er hätte einen Vertrag mit dem Teufel, dass er ihm die Hölle mit Brennholz beliefere, lud Amanda – das war eine Ewigkeit her – auf sein Herrenhaus in Dorpat ein, damit sie ihm vortanze. Bevor sie der Einladung folgen konnte, holte der Teufel den Baron und schickte ihn nach Sibirien, wo es Holz in Hülle und Fülle gibt.

Ein Abstecher in die Park Avenue. Conny musste dem Pförtner des PanAm-Hauptquartiers einen Brief für den Chairman übergeben, in dem Amanda den Untergang der Fluglinie ankündigte.
Schließlich die Brücke. Amanda hielt sie für die Brücke aller Brücken, auch ein Weltwunder, eine Poesie aus dem Industriezeitalter. Sie überspannte den East River von Manhattan nach Brooklyn, war über hundert Jahre alt und von deutschen Ingenieuren erbaut worden.
Ach, Conny, damals konnten die Deutschen noch Brücken bauen!
Am Fuß der Brooklyn Bridge ließ sie das Taxi halten.
Leon ist die eintausendachthundert Meter oft gelaufen. Ich würde gern über die Brücke spazieren, aber meine Beine schaffen es nicht mehr. Deshalb musst du es für mich tun. Laufe einmal über die Brücke hin und zurück, anschließend erzählst du mir, was du gefühlt hast.
Dem Taxifahrer sagte sie, er solle abseits der Brücke warten. Sie setzte sich auf eine Mauer, zündete einen Zigarillo an und betrachtete die Brücke, deren Stahltrosse und Sicherheitsdrähte wie ein zum Trocknen aufgehängtes Fischernetz aussahen. Conny begab sich auf die Wanderung über die alten Holzplanken, er rannte nicht, er schritt feierlich wie zu einem Gottesdienst.
In der Mitte zwei Torbogen wie die Fenster einer gotischen Kathedrale. Kandelaber hier und dort. Obwohl die Sonne noch zwischen den Wolkenkratzern hing, brannten schon Laternen. Radfahrer überholten ihn, Fußgänger warfen länger werdende Schatten. Diese Stille. Er hörte den Wind, vom Meer kommend, in den Drähten singen. Der Lärm der gro-

ßen Stadt war verebbt, in Manhattan summte ein Bienenschwarm, weiter nichts. Höher als alle Wolkenkratzer schien diese Brücke zu sein, sie führte geradezu in den Himmel. Amanda hatte behauptet, die Brooklynbrücke kenne keine Selbstmörder. Sich von ihr in den East River zu stürzen wäre eine Beleidigung des Wunderwerkes.

Unter sich entdeckte er sie, hundert Meter weiter das wartende Taxi. Conny sah, wie der Fahrer die Heckklappe öffnete und an einem Gerät herumhantierte.

Auf dem Rückweg fiel die Sonne hinter das Empire State Building, Conny begann zu frieren. Um sich zu wärmen, schloss er sich den Joggern an, die die Brücke bevölkerten. In einem der Torbögen kam ihm eine Person in einer Kinderkarre entgegen. Ein schwarzer Mann schob die Karre.

Das ist New York, Conny!, rief Amanda und breitete die Arme aus.

Als die Karre neben ihm hielt, sah er, dass Amanda nasse Augen hatte.

Wie bist du auf die Brücke gekommen?

Sie zeigte auf den Taxifahrer.

Er hat mich raufgetragen.

Ich hab immer eine Kinderkarre im Auto, sagte der Schwarze. Als ich sah, dass die Lady gern auf die Brücke gestiegen wäre, ging ich zu ihr. Come on, ich trage dich da rauf, habe ich gesagt. OK, hat sie gesagt … Die Lady ist ja nicht schwer … Und die Karre habe ich in die andere Hand genommen … Nun sind wir beide da …

Flugzeuge zogen wie Silberfische über den Himmel, der im Osten tiefblau und über Manhattan rot leuchtete.

Dass ich das noch erleben durfte, flüsterte Amanda. Wenn

wir noch eine Stunde auf der Brücke bleiben, sehen wir die ersten Sterne.
Er hätte sie gern fotografiert: Amanda in der Kinderkarre zwischen den Türmen der Brooklyn Bridge, hinter ihr der schwarze Mann. Aber das wollte sie nicht.
Solche Bilder musst du dir ausmalen, Conny. Gemalte Bilder sind schöner als Fotos.

Königin der Nacht

DER OBER FÜHRTE IHN ins Kaminzimmer. Das einzige Licht kam von drei Kerzen, die auf einem runden Tisch standen, außerdem loderte ein Kaminfeuer. Der Tisch war gedeckt für ein halbes Dutzend Personen, im Hintergrund hörte er Musik, Conny vermutete Bach.

Die Bedienung schenkte ein Glas Sherry ein, dann ging sie.

Was sollte hier geschehen?, fragte er sich. Wollte sie eine Abschiedsvorstellung mit einer spiritistischen Sitzung geben?

Endlich erschien sie, in ihrem neuen Kleid sah sie aus wie die Königin der Nacht. Sie bat ihn, das weiße Jackett zu holen als Kontrast zu ihrer Dunkelheit. Die weiße Jacke, das Kaminfeuer, drei Kerzen und Amandas Augen, die heller leuchteten als je zuvor. Der Ober wollte Wein einschenken, aber Amanda schickte ihn fort, eine neue Flasche zu holen, diese habe zu lange in der New Yorker Schwüle gestanden.

Wir werden uns bei den Händen fassen, dachte Conny. Der Tisch wird mit Tellern, Gläsern und Teelöffeln unter die Decke steigen und eine Stimme aus dem Jenseits wird rufen, es sei nur noch eine halbe Stunde bis zu den Horseshoe Falls.

Er musste ihr gegenüber Platz nehmen. Amanda lächelte. Im Hintergrund Mozart, also doch die Königin der Nacht.

Der gekühlte Wein kam und Amanda bat um weitere Gläser. Sie erwarte noch Gäste.

Der Ober füllte die Gläser und verteilte sie am runden Tisch. Amanda stieß mit Conny an, hinter ihnen sang die Königin der Nacht.
Er erwartete den Einzug der angekündigten Gäste, aber nichts geschah.
Was gibt es zu essen?, wagte er zu fragen.
Wie kannst du über so profane Dinge sprechen, Conny?
Wenn wir nur Wein trinken, fallen wir bald vom Stuhl, unsere Abschiedsfeier wird in der Notaufnahme eines Krankenhauses enden.
Ich verbiete dir, mich in ein Krankenhaus zu bringen. Dort sterben die meisten Menschen.
Das Band wechselte zur »Kleinen Nachtmusik«.
Keiner konnte Mozart so schön spielen wie mein Pianist. Er spielte und ich tanzte.
Sie schob ihm das Glas ihres Pianisten zu. Er kann nicht mehr trinken, er ist schon lange tot. Also musst du es für ihn tun.
Die Bedienung fragte, ob die Herrschaften zu speisen wünschten. Amanda schüttelte unwirsch den Kopf. Die nächste Mahlzeit wollte sie am Morgen vor der Abreise einnehmen. Conny wurde nicht gefragt.
Der Duft des Weines mit der Schwere des Alters erfüllte den dunklen Raum. Auch die Kerzen dufteten und aus dem Kamin kam der Geruch amerikanischer Christmas Shops.
Wir wollten dich besuchen, aber du warst nicht zu Hause, hörte er ihre Stimme. Deine Farm sieht wüst aus, sie müsste mal wieder abbrennen.
Als sie Conny das Glas reichte, verriet Amanda, dass Richard das rote Zeug nie gemocht hatte.

Trink, Conny, trink.
Er suchte nach Vasen und Blumentöpfen, in die er den Wein hätte schütten können. Aber sie waren außer Reichweite.
Leon war voll des Lobes, weil sie Coca-Cola treu geblieben war; eine Milliarde Chinesen können sich nicht irren.
Der Ober brachte weitere Flaschen.
Sie schnippte ihr Feuerzeug an, um einen Zigarillo zu rauchen. Die rote Flamme ließ ihr Gesicht wie eine lederne Maske erscheinen. Ihm fiel »Psycho« ein, und ein Schauder lief über seinen Rücken.
Wenn du unbedingt essen willst, kannst du dir ein Sandwich bestellen.
Morgen hat der Spuk ein Ende, ging es ihm durch den Kopf. Im Flugzeug wird er seinen Rausch ausschlafen, während Amanda Kreuzworträtsel löst. Nur noch diese eine Nacht!
Natürlich kam das Blutbad bei der Panzerschlacht von Kursk zur Sprache. Der rote Wein tropfte aufs Tischtuch, Blutflecken beschmutzten das weiße Jackett. So ist der Krieg, Conny.
Evers erinnerte daran, dass sie im Bunker auf dem Heiligengeistfeld knackiger gewesen sei. Damals habe sie Bockwürste mit Mostrich gegessen.
Du hast ein großes Leben geführt, sagte er, nun schon vom Rotwein beschwingt.
Ich führe es immer noch, Conny. Nur es hört keiner mehr zu. Jeder ist mit seinen eigenen Geschichten beschäftigt, was gehen ihn andere Leben an? Aber du wirst meine Geschichte aufschreiben. Ich erzähle dir mein Leben und du bringst es zu Papier.

Das Band wechselte von Mozart zu Beethoven, im Kamin knisterte das Feuer.
Eroica!, dröhnte eine Stimme vom Kursker Bogen.
Der Ober schob ein Käsesandwich zwischen die Weingläser.
Trink, Conny, trink!
Leon zitierte den Apostel Lukas: »Machet euch Freunde mit dem ungerechten Mammon.«
Ich frage dich, was ist ungerecht am Mammon?
Vielleicht seine ungleiche Verteilung, wagte er zu antworten und wunderte sich, dass er noch so bei Verstand war.
Dich haben die Sozialisten auch schon verdorben, seufzte Amanda. Stell dir eine Welt vor, in der alles Geld und alle Güter gleichmäßig verteilt wären. Es wäre das Ende des Lebens, eine tödliche Langeweile. Womit willst du die Tüchtigen belohnen, die mit ihren Leistungen die Gesellschaft am Leben erhalten, wenn nicht mit Geld? Der Wunsch, mehr Geld zu haben, ist der Antrieb zu großen Leistungen.
Amen, sagte Conny.
Nach diesem Hohelied auf den Mammon – es war wohl Leons Stimme oder die seines Hausphilosophen – eröffnete sie ihm, dass er ans Telefon zu gehen habe, um Eva anzurufen. Mach ihr einen Heiratsantrag. Sag ihr, dass ich euch die Hochzeitsreise nach Hawaii bezahle.
Du kennst Eva nicht, antwortete er.
Eine Frau, die Eva heißt, muss gut sein.
Er redete sich darauf hinaus, nach fünf Gläsern Wein kein Telefongespräch führen zu können, ganz zu schweigen von einem Heiratsantrag. Conny fürchtete, sie würde nun selbst die Initiative ergreifen und zu Eva sagen: »Dein Conny ist zu

feige, dir einen Heiratsantrag zu machen. Deshalb will ich das für ihn erledigen.«

Die Tafelrunde verlangte nach Essen.

Siegberg bestellte Eisbein mit Sauerkraut, Leon einen Fisch aus dem See Genezareth, der den großen Fischzug des Herrn überlebt hatte. Der Pianist gab sich mit einem Omelett zufrieden, den Diplomaten reizte indonesisches Reisfleisch, Richard blieb bei einem texanischen Steak, well done. Der Flieger vom Wolkenkratzer verweigerte jede Nahrung. Evers verlangte es nach norddeutschem Grünkohl mit Röstkartoffeln, dazu wollte er einen Oldesloer Korn, wenn so etwas in Manhattan aufzutreiben sei.

Statt des Essens trug die Bedienung ein Gemälde in den Raum und platzierte es neben Amanda auf einem leeren Stuhl. Um es zu betrachten, musste das Licht eingeschaltet werden. Jetzt sah er, dass außer Amanda und ihm niemand am Tisch saß, nur leere Flaschen herumstanden und drei mit roter Flüssigkeit gefüllte Gläser. Das Gemälde zeigte Amanda als russische Großfürstin in einem dahinjagenden Schlitten, umgeben von einem Rudel gieriger Wölfe, im Hintergrund eine verschneite Landschaft. Ein naiver Künstler der russischen Kolonie in New York hatte es als Geschenk für sie gemalt. Passend zum Bild wechselte das Band zu Tschaikowsky.

Das Bild erinnerte sie an die Weißen Nächte. Wir sollten nach Russland fahren, Conny. Es folgte die Geschichte von der Eisenbahnfahrt Leningrad–Wladiwostok, mitten im Kalten Krieg. Auf Einladung Breschnews.

Die Russen haben das Sprichwort: Wenn du ein Schwein an die Tafel setzt, legt es gleich die Füße drauf.

An der Tafel der Transsibirischen Eisenbahn saß aber nur ein Beauftragter des Geheimdienstes, ein freundlicher Tatare, der morgens das Frühstück servierte und abends Amandas Bett machte. Er interessierte sich für ihre Lektüre – sie las gerade »Wem die Stunde schlägt« –, für ihre Salben und Öle, schließlich auch für die Schnäpse, die sie trank. Der KGB befolgte die Regel: Reisende, die mehr als drei Wodka täglich trinken, sind für die große Sowjetunion ungefährlich. Wer aber jeglichen Schnaps verweigert, führt Böses im Schilde.
Auf der Rückreise empfing Leonid sie auf dem Leningrader Bahnhof und küsste ihre Hand.
Das war nichts Besonderes, Conny. Die Kommunisten küssen alle Hände, auch wenn sie schmutzig sind.
Weil viel Schnee gefallen war, wurde sie mit einem Schlitten abgeholt. Eine Militärkapelle spielte, Amanda genoss eine Schlittenfahrt zum Zarenschloss Peterhof. Die Kanonen des Kreuzers »Aurora« schossen Salut, in der Stadt läuteten Glocken, über der Newa brannte ein gespenstisches Feuerwerk. Abends gab Katharina die Große auf Schloss Peterhof einen Empfang.
Trink, Conny, trink.
Kaum war das Licht im Kaminzimmer erloschen, trafen die Hiobsbotschaften ein: In New York sei kein Sauerkraut aufzutreiben, auch mit norddeutschem Grünkohl gebe es Probleme. Mehrere Fische aus dem See Genezareth seien dagegen eingetroffen und würden gerade zubereitet. Evers bekam tatsächlich seinen Oldesloer Korn, danach stürzte er in die Niagarafälle. Bei der Panzerschlacht von Kursk tranken sie erbeuteten Wodka.
Das Käsesandwich vertrug sich nicht mit Rotwein.

Conny, Conny, was machst du nur für Sachen! Amanda befahl dem Ober, ein Tuch zu holen und den Tisch abzuwischen.

Der Kopf lag auf dem Holz, ihre Hände massierten den Nacken. Sie ließ Eisstücke kommen und legte sie so auf seinen Schädel, dass das Wasser in seine Augen lief.

Er müsse nun an die frische Luft, nur die Kühle der Nacht könne ihn retten, sagte er.

Du wirst in der 34. Straße umfallen und sie werden dich ausrauben.

Ich habe fünf Dollar in der Tasche und einen brummenden Schädel, den kann rauben, wer will.

Ich verbiete dir, in diesem Zustand zu den Calypsomädchen zu gehen, das gehört sich nicht.

Er wollte keine Calypsomädchen umarmen, sondern Wolkenkratzer und kalte Wasserhydranten.

Ohne Gruß fuhr sie hinauf in den siebten Stock. Er saß auf der Treppe vor dem Hotel und sah den Flugzeugen nach, die den Himmel über der Stadt ausmaßen. Der Portier verbot ihm, auf der Treppe einzuschlafen. Also lief er durch Manhattan, bis er mit den Betrunkenen und Obdachlosen auf den Luftschächten allein war.

Es gibt nichts Größeres, als nachts durch Manhattan zu bummeln. Um das zu begreifen, musst du vorher mit der Königin der Nacht sieben Gläser Rotwein getrunken haben. Aus den Luftschächten strömte Wärme, er hörte das Rauschen der Klimaanlagen, das Trippeln von Stöckelschuhen auf dem Boulevard und das Jaulen der Einsatzwagen. Nur nicht hinfallen! Wer in Manhattan hinfällt, kommt nie wieder auf die Beine.

Vor dem Central Park sprach ihn ein Mann an. Als Conny sagte, eine gewisse Amanda habe ihn ausgeschickt, Calypsomädchen zu suchen, wollte er ihm zeigen, wo es Calypsoboys gibt.
Nein, ich brauche kein Taxi. Ich brauche auch keinen Drink und Calypsoboys schon gar nicht.
Hast mal 'nen Dollar?
Nein, ich bettle selbst.
Hast du Feuer?
Ich rauche nicht, also wozu Feuer?
Gegen ein Uhr nachts fand er zurück ins Hotel. Ihn überkam eine große Sehnsucht, seinen Kopf unter die Dusche zu halten.
Im siebten Stock brannte Licht. Sie wird im Bett sitzen und mit John Wayne durchs Monument Valley reiten. Morgen früh ist sie in Laramie.
Vorsichtig näherte er sich dem Telefon und war erstaunt, dass der Rotwein nicht Evas Nummer ausgelöscht hatte.
Ich möchte dich zu einer Hochzeitsreise nach Hawaii einladen.
Eva befand sich im Bad und putzte ihre Zähne. Sie musste erst den Mund ausspülen, bevor sie sagen konnte: Ich glaube, du bist betrunken.
Stimmt, antwortete er. Aber bis Hawaii bin ich wieder nüchtern.

***

Selig sind, die da Heimweh haben,
denn sie sollen nach Hause kommen.
Jürnjakob Swehn der Amerikafahrer

UM ACHT UHR weckte ihn per Telefon eine liebliche Frauenstimme, nein, nicht Eva. Der Rotwein hatte sich verflüchtigt, geblieben waren Kopfschmerzen. Er klopfte an Amandas Tür, erhielt aber keine Antwort. Sie wird im Frühstücksraum warten, dachte er. Nein, sie wartete nicht. Kaum hatte er Platz genommen, erschien die Bedienung – die gleiche Person, die gestern den Rotwein serviert hatte – und schob ihm einen Briefumschlag neben die Untertasse. Darin fand er ein Flugticket und zweihundert Dollar.

Sie ist mit der ersten Maschine geflogen, sagte der Mann.

Amanda hatte ihn im Stich gelassen. Während er an Ham and Eggs würgte, schwebte sie über den Wolken. Sie wird mit neuer Begleitung zu neuen Abenteuern aufbrechen, während er sich den Innereien des Menschen zuwenden musste.

Ihn überfiel eine tiefe Traurigkeit, gegen die auch der Kaffee nichts ausrichten konnte. Der Ober bemerkte das Unglück und sagte: Amanda lässt grüßen.

Die Königin der Außerirdischen war verschwunden. Sie hatte ihre Mission beendet und war heimgekehrt in ihr Reich. Vielleicht war sie auf dem Wege nach Kalkutta oder Rio.

Es ist alles bezahlt, hörte er die Männerstimme. Das Taxi zum Flughafen wartet schon.

Er rief Eva an. Sie war nicht da.

Heute Nacht komme ich nach Hause, sprach er auf ihren Anrufbeantworter. Sie wird auf ihn warten, sie wird ihn vom Flughafen abholen.
Die vom Rotwein beschmutzte weiße Jacke warf er in den Müll. Jeans, Turnschuhe und ein buntes Hemd, mehr besaß er nicht für die Heimkehr zu seiner Eva.
Vom Taxi aus sah er die Brooklyn Bridge in der Morgensonne. Es war übrigens der gleiche Taxifahrer, der Amanda gestern in einer Kinderkarre über die Brücke geschoben hatte. Conny versuchte, sich mit Zeitunglesen abzulenken. Immerhin, Coca-Cola war gestiegen.
Die Stewardess sah ihn verwundert an, als wollte sie sagen: Waren Sie nicht auf dem Hinflug in Damenbegleitung? Von wegen Damenbegleitung. Conny war mit der berühmten Tänzerin Amanda durch Amerika gefahren. Jetzt kehrte er allein zurück, weil die Tänzerin ihm verloren gegangen war. Niemand fragte nach einer Stadt in Schlesien mit sieben Buchstaben. Der sibirische Strom namens Lena blieb unerwähnt.
Neben ihm saß eine Matrone mit viel Popcorn.
How are you?
Ich fühle mich ziemlich elend.
Da hilft nur Rotwein, tröstete sie ihn.
PanAm führte immer noch keine Coca-Cola. Also wird die Airline zugrunde gehen.
Er hoffte, Amanda werde ihn bei der Ankunft erwarten. Sie wird an der Absperrung stehen und ihm zuwinken. Eva wird auch da sein.
Mit diesen tröstlichen Gedanken schlief er ein, träumte von Riesenfledermäusen, die das Flugzeug, in dem Amanda saß,

attackierten, sah weder Eisberge noch Eisbären, verweigerte jede Nahrung, muss aber im Tiefschlaf nach Rotwein verlangt haben, denn als er, schon im Anflug auf Europa, wieder zu sich kam, stand ein Fläschchen des roten Saftes vor ihm.

***

> Das Beste, was man von einer
> Reise mit nach Hause bringt, ist
> die heile Haut.
> *Persisches Sprichwort*

KEINE WINKENDE AMANDA, keine Eva mit bunten Luftballons. Er sah Menschen, die sich in der Ankunftshalle umarmten, für Konrad Eisbrenner war niemand da. Mit Fidel Castro auf der Brust schlich er wie ein geprügelter Hund auf die Straße. Über der Stadt hing eine Dunstglocke wie über Los Angeles, wie über New York; die Sonne hatte Mühe aufzugehen.

Er wählte Evas Nummer. Niemand nahm ab, sie hatte nicht einmal den Anrufbeantworter eingeschaltet. Im Telefonbuch suchte er nach Amanda von Vegesack. Vergeblich. Eine Graf-Waldersee-Straße gab es.

Mit dem Bus bummelte er in die Stadt, malte sich aus, welche Überraschungen ihn noch erwarten könnten: Amanda und Eva begrüßen ihn mit Blumen vor der Tür. Er hatte die Hoffnung, Eva würde in seiner Wohnung auf ihn warten, schließlich hatte sie einen Schlüssel.

Von der anderen Straßenseite beobachtete er sein Fenster; die Vorhänge hingen so, wie er sie vor sechs Wochen verlassen hatte. Im Treppenhaus war es düster, Mark Twain würde sagen, wie im Bauch einer Kuh.
Abgestandene Luft wehte ihn an. Auf der Fensterbank lagen tote Fliegen. Keine Menschenseele war in den sechs Wochen in diesem Raum gewesen.
Er riss das Fenster auf.
Ja, das Telefon funktionierte. Er versuchte es noch einmal, Eva nahm nicht ab.
Die mitgebrachten Embleme der Buicks, Oldsmobiles und Cadillacs legte er auf ein weißes Handtuch und versuchte, sie den Schrottplätzen von Oklahoma bis Arizona zuzuordnen. Mehr hatte ihm Amerika nicht gegeben. Kein Foto von Amanda, keinen Spruch zum Sonntag am Frühstückstisch: Weißt du noch, Conny … Es war gerade so, als hätte es diese Person nie gegeben.
Conny legte die Füße auf die Balkonbrüstung und beobachtete das Erwachen der Stadt.
In den sechs Wochen Amerika hatte er mehr gelernt als in einem Semester an der Uni. Amanda hatte ihm gezeigt, wie Leben geht.
Gegen acht Uhr holte er das Fahrrad aus dem Keller und radelte zur Graf-Waldersee-Straße. Dort suchte er eine Villa im Park, umgeben von hohen Ulmen. Auf der weißen Treppe sollte sich ein Butler zeigen, in den Blumenbeeten ein Gärtner arbeiten. Amanda wird auf der Terrasse unter einem Sonnenschirm sitzen und in Reiseprospekten blättern: Neuseeland, Australien, der Ferne Osten … Ach, Conny, es gibt noch vieles zu sehen!

Eine Frau, die ihren Hund spazieren führte, fragte er nach Amanda von Vegesack.
Sie kannte den Namen nicht.
Auch im Adressbuch kein Hinweis. Die berühmte Tänzerin Amanda war verschwunden, eine Außerirdische war mit dem letzten UFO zu anderen Sphären aufgebrochen. Hatte es sie überhaupt gegeben?
Im Lexikon fand er einen Siegfried von Vegesack, Vertreter des baltischen Adels. Er kam aus jenem sagenhaften Osten, in dem auch Amanda das Licht der Welt erblickt hatte. Warum stand sie nicht im Who is Who der Künstler?
Nurejew und die Fonteyn haben tatsächlich in London getanzt. Sie bekam einen Bänderriss und musste pausieren, von einem Ersatz namens Amanda sprachen die Bücher nicht. Jo Mihaly wurde erwähnt, ihre Freundin aus Jugendjahren, die für den Antifaschismus tanzte. Selbst La Jana und der »Tiger von Eschnapur« kamen vor, aber keine Amanda.
Über Mata Hari sagten die Bücher: niederländische Tänzerin, im Jahre 1917 als Spionin erschossen. Ein würdevoller Abgang für eine Tänzerin.
Er fuhr in die Uni, um im Hörsaal der Juristen nach Eva zu fragen.
Keine Spur. Und dann die niederschmetternde Botschaft: Eva ist verreist.
Wohin?
Zu den Weißen Nächten von Leningrad.
Sie fährt mit dem Fahrrad um den Schweriner See, obwohl sie nicht Rad fahren kann, sie besucht Leningrad, über das sie vorher nie ein Wort verloren hatte. Was war mit Eva los?
Er vertiefte sich in medizinische Lehrbücher und dachte an

Amandas kranke Beine. Er wartete auf ihren Anruf. Unsere Fotos sind fertig, wird sie sagen. Wir sollten uns in den Garten setzen und sie gemeinsam anschauen.
Aber niemand meldete sich. Die Außerirdischen können nicht telefonieren und die Telefonleitungen in Leningrad sind seit der Belagerung auch nicht mehr in Ordnung.
Die Zeitungen posaunten die Schlagzeile hinaus: Die DM erobert die DDR! Es interessierte ihn nicht.
Nach drei Tagen erhielt er einen Brief. Er enthielt einen Scheck über tausend Mark und einen handgeschriebenen Zettel:

> Lieber Conny!
>
> Als wir die Wall Street besuchten, habe ich tausend Coca-Cola-Aktien gekauft und für Dich in ein Depot gelegt. Du kannst darüber verfügen, wenn Du Mr. Fisher eine Urkunde über die Hochzeit mit Eva und ein Zeugnis über den erfolgreichen Abschluss des Medizinstudiums vorlegst.

Ob tausend Aktien für eine Hochzeitsreise nach Hawaii reichten? Fürs Erste fehlte ihm die Braut.
Er besuchte das Reisebüro, in dessen Schaufenster immer noch John Wayne durchs Monument Valley ritt. Die Frau, die ihm die Reise vermittelt hatte, stand vor der Weltkarte mit dem Spinnennetz der Fluglinien. Sie erkannte ihn und lächelte, als wüsste sie alles.
War es schön mit Amanda?
Sie hätten mich warnen sollen.

Dann hätten Sie die Reise nicht angetreten und ein großes Abenteuer wäre ihnen entgangen.
Ich kann sie nicht finden.
Das ist eine Marotte von ihr. Geht eine Reise zu Ende, bricht sie alle Brücken ab.
Er fragte nach ihrer Adresse.
Die kann ich Ihnen nicht geben.
Schließlich bat er um Namen und Adressen der anderen, mit denen sie nach Amerika gefahren war. Er wollte ein Amanda-Hinterbliebenentreffen arrangieren.
Die Frau am Schalter lächelte.
Es gibt keine anderen, Sie waren der Einzige, der Amanda nach Amerika begleitet hat.
Conny hörte das Rauschen des Niagara. Hatte sie alle in die Tiefe fallen lassen? Konrad Eisbrenner, der einzige Überlebende des Abenteuers Amanda?
Sie ist schon wieder unterwegs, sagte die Frau.
Er dachte an einen hübschen Jungen der Technischen Hochschule.
Nein, diesmal in Begleitung einer Jurastudentin.
Wohin sind sie gefahren?
Zu den Weißen Nächten an der Newa.

In memoriam

Konrad Eisbrenner schloss sein Studium ab und begann, in menschlichen Körpern herumzuschneiden, was ihr so zuwider gewesen war. Ein Jahr später heiratete er Eva, aber nicht in der Hochzeitskirche von Kona auf Big Island, sondern in der Schlosskirche zu Schwerin. Die Hochzeitsreise unternahmen sie nach Hawaii, nicht bezahlt von Amanda, sondern von den ersten Gehältern, die ein Chirurg verdiente.

PanAm wurde zahlungsunfähig. Coca-Cola feierte den hundertsten Geburtstag. Ob Amanda nach Atlanta geflogen ist, um in Coca-Cola zu baden? An der Börse überflügelte der Emporkömmling aus Seattle die alte Coca-Cola-Dame. Dass auch Pepsi bedeutender wurde, wird sie noch schwerer getroffen haben.

»Weekly World News« stellte das Erscheinen ein, es fiel den Redakteuren nichts Übersinnliches mehr ein, weil die Realität schon alle Verrücktheiten vorweggenommen hatte.

Im neuen Jahrtausend ist Amanda gestorben. Immerhin konnten die Herren in Atlanta noch eine Todesanzeige im »Wall Street Journal« finanzieren, in der sie der treuen Aktionärin gedachten. Auch in deutschen Blättern erschien eine nichtssagende Anzeige. Sie verschwieg das Alter der Verstorbenen, sprach von einem »erfüllten Leben« und davon, dass Amanda von Vegesack zu ihrer »letzten Reise« aufgebrochen sei. Todestag und Todesort wurden nicht genannt. Vermutlich ist auch sie in die Niagarafälle gestürzt oder beim Son-

nenuntergang im Monument Valley für immer ins Bett gegangen.
Also doch eine Seebestattung. Damals erwog sie, sich im blumengeschmückten Sarg per Hubschrauber im Anstoßkreis eines Fußballstadions absetzen zu lassen, während auf den Rängen die Fischer-Chöre sangen. An einem Montagmorgen wurde ihre Asche von Norderney aufs Meer gefahren. Als Helgoland in Sicht kam, versenkten sie Amanda in den Fluten und spielten ihr Lieblingslied: »My Bonnie is over the Ocean«.
Die New Yorker Anwaltskanzlei Goldberg & Johnson teilte mit, die Verstorbene habe ihm tausend Coca-Cola-Aktien hinterlassen. Sie befänden sich in einem Depot der Bank of America und könnten dort nach gehöriger Legitimation in Empfang genommen werden. Es müsste der Nachweis erbracht werden, dass der Begünstigte sein Medizinstudium erfolgreich abgeschlossen und eine gewisse Eva geheiratet habe. Im Übrigen habe die Verstorbene ihren Nachlass der Tanzschule Mary Wigman zur Förderung des tänzerischen Nachwuchses vermacht. Zusätzlich war ein Vermächtnis von 20 000 Dollar ausgesetzt für die Erstellung eines Manuskripts über Amandas Leben, weitere 10 000 Dollar als Druckkostenzuschuss. Den Titel hatte sie vorgegeben: »Amanda oder Ein amerikanischer Frühling«.

ENDE

Vielschichtig und verstörend

Vor über dreißig Jahren verbrannte sich im provinz-sächsischen Steinburg der evangelische Pastor Benno Wuttke vor seiner Kirche. Wie konnte es sein, dass ein Geistlicher auf so spektakuläre Weise seinem Schöpfer die Seele hinwirft?

Tatsächlich wurde Benno Wuttke ein Opfer anonymer Gewalt, einer Zersetzung durch die Stasi. Jahre später schildert ein Amtsbruder einem Journalisten Wuttkes Geschichte und kämpft dabei um seine eigene Integrität. Denn er wird verdächtigt, ein IM gewesen zu sein und Mitschuld an Wuttkes Tod zu tragen. »Heimgehen« ist die literarische Gegendarstellung zu den Presseberichten über den öffentlichen Freitod eines Pfarrers in der DDR im Sommer 1976. Die Novelle erhielt 2009 den Publikumspreis des Ingeborg-Bachmann-Wettbewerbs.

Karsten Krampitz
Heimgehen

160 Seiten, ISBN 978-3-7844-3189-5